AF439784

Pierre Larrebourg
et
Charlotte B. Hodler

LES PLEURS DU MÂLE

Parodies au féminin

~ 4 ~

LES PLEURS DU MÂLE

Table des matières

Première partie : des femmes libres

Jeanne d'Arc à la manière de *Ségolène Royal* — 11

Amélie Nothomb à la manière d'*Amélie Nothomb* — 15

Une héroïne dans la débâcle à la manière de *Régine Desforges* — 35

La reine Victoria à la manière d'*André Mauroy* — 41

Elizabeth II en 2034 à la manière de *Stéphane Bern* — 47

La Princesse Palatine à la manière de *Françoise Chandernagor* — 53

Maryline à la manière de *Carla Bruni* — 63

Arlette Laguillier à la manière de *Pierre Péan* — 67

Liliane Bettencourt et Isabelle Balkany à la manière de *Pierre Tchernia* — 75

Liliane Bettencourt à la manière de *Georges Perec* — 81

Lisbeth Salamander à la manière de *Stig Larson* — 89

Layla Ben Ali à la manière de *Frédéric Mitterrand* — 95

Une ex-ministre de la culture a la manière d'une *main courante* — 105

Deuxième partie Nos fardeaux

1) Nos bêtes de compagnie : les hommes   111

  a) Quand ils exhibent leur pauvre petite chose comme un trophée

-en majesté, à la manière de *DSK*   115

-au repos à la manière de *Philippe Delerm*   119

  b) Quand ils font semblant de mettre la main à la pâte à la manière de *Maïtena Biraben*   123

c) Quand ils nous envient à la manière d' *Erik Orsenna*   131

d) Quand ils nous négligent à la manière de *Marguerite Yourcenar*   137

e) Quand ils rêvent de nous à la manière de *William Boyd*   145

f) Quand ils nous traitent comme de la viande, quoique…

à la manière de *Keith richard*   153

à la manière de *Booba*   157

à la manière de *Rudyard Kipling*   167

g) Quand il faut aller les chercher

à la manière de *Rudyard Kipling*   171

à la manière de *Michel Houellebecq*   177

h) Quand nous les traitons comme de la viande à la manière de *Karine Tuil*   187

i) Quand nous réussissons mieux qu'eux à la manière de *Dan Brown* (extraits)   213

2) nos enfants

a) Quand ils nous faisaient mourir deux fois sur cinq à la manière *de Laurence et Régine Pernoud*   223

  c) Quand ils nous prennent pour un distributeur et une laverie à la manière d' *Aldo Nahouri*   225

c) Quand ils nous crachent dessus à la manière de *Yann Moix*   213

3) nos aïeux

Quand ça doit rester dans la famille à la manière d '*Emmanuel Leroy Ladurie*   237

4) nos frères

Quand ils piquent dans notre assiette à la manière de *Marguerite Duras*   247

5) nous mêmes

Quand notre propre perfection est notre pire ennemi à la manière des *paresseuses*257

Quand les hommes ne comprennent pas que c'est d'abord pour nous-mêmes que nous nous faisons belles à la manière de *Pierre Dukan*   269

Conclusion : notre avenir

Quand ils disparaitront à la manière d' *Elizabeth Badinter*   279

Première partie :

des femmes libres

Jeanne d'Arc

à la manière de

Ségolène Royal
(ed. 2007)

Seccotine Impérial

"Jeanne d'Arc ou la Mission"

Elle s'avance dans la grande salle. Elle est seule au milieu de la foule. Elle n'a pas peur, sa mission la guide. Elle sait qu'elle a été choisie, elle et elle seule. Elle et personne d'autre. Elle est là pour libérer le peuple de France de l'ennemi qui occupe indûment le pouvoir depuis des années. Déjà toute sa région la suit dans sa croisade.

Elle sait qu'elle va se heurter à toutes sortes de manœuvres, de bassesses, de coups bas, de chausses trappes. Elle sait que les ennemis irréconciliables d'hier vont se liguer contre elle pour contrarier ses plans, miner ses initiatives, la trahir même peut être. Elle voit déjà leurs mines faussement cordiales par devant et allongées et moqueuses par derrière. Elle les entend murmurer qu'elle ferait mieux de retourner à ses fourneaux.

Ils ne savent pas ce qui les attend. Chapons de soie contre heaume, pourpoints de brocard contre armure, elle va leur marcher sur les poulaines avec ses éperons de fer, les déchirer, "à donf" comme disent les jeunes de Domrémy dans leur français approximatif mâtiné de dialecte germanique de zone frontière avec le Saint Empire, mais gravement, comme il sied à l'importance de sa mission.

Oui, à elle seule elle va rétablir la France. Une France meilleure, une France maîtresse de son destin, une France apaisée où qui sait peut être un jour les bergères pourront épouser des princes, où les maris adultères seront écartelés, où les exilés et les nains seront à jamais bannis, où les malvoyants et les malvoyantes seront conduits dans des hospitaux où ils seront si bien soignes qu'ils ne voudront jamais plus en sortir, où le fromage de chèvre coulera à flot, où, sous un soleil au zénith, tous les hommes, toutes les femmes seront frères et sœurs et même les animaux, une France où tout ne serait que tapotements de queues de castors, frottis de chat, léchouilles de chiens, bisous d'ours ...

Etc"

Amélie Nothomb

à la manière...

d'Amélie Nothomb

Amélie Notton

"Encore soif"

Après, entre autres, Touffeurs et ballonnements", "Le Larousse des locutions latines", "les Verrines", "les ignifuges", "Pilonnage et ébranlements", "Raideur et renflements", la pétillante Amélie Notton nous livre son opus annuel "Encore soif" où elle mêle pour la première fois autofiction, roman historique, et science-fiction

Paris, 31 octobre 2020

Quelle journée.

Foutu buffet.

 Plus que 10 manuscrits tout prêts dedans.

Je ne m'en étais pas rendu compte.

Parce qu'une des portes s'était bloquée.

Oui, plus que dix.

Quand j'ai publié mon premier roman "hygiène du scatophile", à 20 ans, il y en avait 40.

Deux par an, écrit entre l'âge de 10 ans et celui de 20 ans, comme un métronome.

Oui, dès l'âge de 10 ans.

 J'étais une enfant mutique certes.

J'arrachais la tête de mes poupées certes.

Mais j'étais précoce.

Chaque année, comme un rituel, j'en sors un du buffet et je le porte à mon éditeur ravi.

Moi je n'écris plus depuis vingt-cinq ans.

Ou plutôt si, j'écris 3 mots.

"Amélie Notton à"

Et des milliers de prénoms derrière.

 je me rappelle de chacun d'eux.

 Et du visage qui va avec.

En fait je pourrais dicter tous ces prénoms dans un magnétophone et en faire un « Larousse des noms propres ».

La critique aimerait.

Le public je ne sais pas.

Je ne fais pas que ça.

J'explore aussi le vignoble champenois.

Parcelle par parcelle.

Le vin est gai heureusement, et j'ai lu toutes les étiquettes.

Là aussi je pourrais les réciter une par une

Et en faire un guide Albin Michel du champagne.

Pour une seconde carrière peut-être.

 Parce que la question de la seconde carrière se pose.

Il ne reste plus que 10 manuscrits dans le placard.

Les plus vieux.

 Et bien que je sois hypermnésique, je ne me souviens même pas de ce qu'ils contiennent.

Je me souviens tout juste de m'être inspiré à l'époque de Colargol, Rikiki et Roudoudou et Zorro.

Alors j'hésite.

ça passe ou ça casse.

Ou les critiques crient au génie.

Ou ils se rendent compte.

Je ne peux pas prendre le risque.

 je vais devoir recommencer à travailler.

La poisse.

Pas envie.

Plus d'idées.

 Depuis que j'ai fait sauter mon premier bouchon, pour mon premier roman.

 Avant je voulais devenir carmélite, j'avais fait vœu de sobriété.

 D'où les nuits sans sommeil, l'énervement, la graphomanie, les extases mystérieuses de l'écriture
.
Relisez sainte Thérèse de la croix.

 Oui, depuis ce premier bouchon au plafond, un bruit de fond cérébral , un discret pétillement a remplacé mes idées fiévreuses.

 j'ai trouvé la paix et sérénité dans les bulles.

Mais pas dans celles de mon jacuzzi.

Encore que.

j'y verse parfois du champagne, avec du lait d'ânesse.

J'ai lu quelque part qu'Elizabeth Taylor l'avait fait, sur le tournage du « Cléopâtre » de Mankiewicz.

Parce que les prises n'en finissaient plus.

 A la quinzième prise, elle était ivre morte.

 et elle a arrosé toute l'équipe du plateau avant d'essayer de noyer Mankiewicz.

Il voulait refaire encore une prise dans la baignoire de marbre en carton- pâte.

Pour finir Richard Burton a sauté dans la baignoire.

Soi-disant pour sauver Mankiewicz de la noyade.

En fait pour la peloter.

Lui aussi était ivre mort puisque onze heures du matin étaient passées depuis longtemps

Et la baignoire de carton pâte s'est fracturée sous le poids et les gigotements des trois énergumènes.

En inondant au passage le plateau de tournage.

Le tout à Pinewood, le studio britannique bien nommé.

J'aurais voulu être là.

Pour être honnête, j'aurais voulu faire ça.

Mais je n'aurais pas pu.

Je suis trop bien élevée.

Fille de diplomate quand même.

Mais pour en revenir au champagne, quel apaisement.

Je comprends mieux l'expression des mécanos « tout baigne «

C'est ça, Tout baigne.

Un jacuzzi perpétuel.

Mais potable, coloré et gouteux.

Rétro-olfactif et cérébral.

Enfin pour ce qui me reste de cerveau.

Car je n'ai plus d'idées.

Plus une seule.

Et depuis longtemps.

Très, très longtemps.

Je signe des autographes.

Je ne peux tout de même pas écrire en même temps.

Ni même à côté.

Allez, un effort.

Le dernier sorti "soif", c'était sur le Christ.

Je l'avais écrit en sortant du catéchisme.

A douze ans.

Il s'est bien vendu, comme les autres.

Tout le monde a fait parler le Christ.

Emmanuel carrière en dernier.

Et pas moyen de mon avoir d'avoir un succès scandale.

L'église s'en fiche.

Et de toute façon plus personne n'y va.

Bon.

Qui après le Christ?

Qui de plus grand?

Qui de plus fédérateur ?

Flûte je suis à sec.

La coupe est pleine.

Enfin elle est vide plutôt.

J'ai poussé le bouchon trop loin.

Au plafond pour être précise.

Ma cervelle ne pétille plus.

Je suis débullée.

Oui voilà débullée-

Vite, un tour dans la porte intérieure du frigo.

Pour recharger les batteries-

Là aussi, c'est marée basse.

Il va falloir que j'appelle Nicolas

Je me mets devant la commode.

Je me refais une bouche en cœur.

Ecarlate façon Louise Brooks.

Encore un peu de fond de teint blanc.

Là, c est mieux.

J'ai déjà plus mauvaise mine.

Plus gothique, plus palotte.

Il faut que je re-rentre dans mon personnage.

J'ai salon demain-

Je n'ai que Mylène Farmer comme rivale.

Mais c'est facile d'être cadavérique quand on est maigre

Quand on a des formes c'est tout un art.

Vilaine fermière.

Oui elle mérite son surnom, ce vieux sac d'os-

Mon chapeau.

Moi, en somme.

C'est mon arrière grand-père qui m'en a soufflé l'idée

Il avait été administrateur colonial au Congo Belge.

Il ne sortait jamais sans son casque colonial.

Qu'importe si la cervelle est vide en dessous, l'indigène respecte le casque , répétait-il en boucle

C'est lui qui m'a acheté mon premier chapeau

A la braderie de Lille

Contre « un peu de verroterie »

C'est comme ça qu'il appelait les francs français.

C'était un haut de forme de magicien

Beaucoup trop large pour ma tête

J'avais six ans et pas encore de frisette

Après je ne voulais plus quitter le chapeau

Je croyais réellement qu'il était magique

Je dormais avec.

L'école n'était pas un problème puisque j'avais, Dieu sait pourquoi, des précepteurs

Ma précocité sans doute.

Mais même.

Quand la leçon ou la tête du précepteur ne me revenait pas je l'enfonçais jusqu'au cou

J'ai fait ça jusqu'à ce que ce que mon père soit muté au Japon.

Et même après

Mes précepteurs, japonais cette fois, dans leur infinie politesse, faisaient semblant de ne s'apercevoir de rien.

Ils appliquaient à la lettre l'expression argotique des modistes

 Oui :« t'occupes pas du chapeau d'Amélie «

Pour intimer à une ouvrière distraite et bavarde de se concentrer sur son ouvrage plutôt que sur celui d'autrui.

Attesté vers 1880, je le sais

 À six ans je connaissais le Littré, le Larousse et le Robert par cœur, sans parler du Perret .

Et peut être mon chapeau enfoncé jusqu'à la tête n'étonnait il pas mes professeurs japonais.

Après tout on peut s'attendre à tout de la part d'une gaijin.

 D'une barbare à long nez

 Et le chapeau enfoncé jusqu'au cou évitait précisément de voir ce long nez disgracieux
 Par contre pour l'apprentissage des idéogrammes, même dans leur versions simplifiée, les kanji , le chapeau posait problème .

Mes parents malgré leur infinie patience ont fini par se lasser.

 Ils ont découpé des trous dans le chapeau à la place des yeux, de la bouche et des oreilles.

 Mais pas du nez.

Par respect pour mes professeurs japonais

Et c'est comme ça que j'ai appris le japonais et ses alphabets.

Une enfance normale et saine, quoi.

De retour en Belgique, par contre, j'ai dû l'abandonner.

On est certes au pays de Bosch, Magritte, Ensor et Delvaux, mais aussi au plat pays des bourgeois de Brel et Hugo Claus.

 Au début on me laissait le mettre la nuit et puis un jour il a disparu.

Le jour de mes premières règles, allez savoir pourquoi.

C'est par manque de ce chapeau magique qui me faisait sentir toute puissante que j'ai commencé à écrire frénétiquement

Et que je me suis juré de remettre un chapeau ,

Toute ma vie

Dès lors que je la gagnerai

Et je l'ai fait.

J'ai payé mon nouveau chapeau, celui qui est devenu emblématique ,avec les royalties de mon seconde livre « touffeurs et ballonnements «

Parce qu'honnêtement j'ai bu les toutes les royalties de mon premier livre

À la santé de toutes les veuves de champagne.

Enfin c'est ce que m'a dit Tintin.

Tintin c'est mon éditeur

C'est lui qui tient mes comptes.

Et je l'appelle Tintin parce qu'il porte des pantalons jodhpur ridicules

Il faut dire que depuis qu'il m'édite 'il s'est mis au golf à temps presque plein

Oui au golf, comme moi au champagne

.

Peut-être que mon nouveau chapeau est lui aussi magique.

Je n'ai qu'à refaire le rituel du lapin

C'est ça qui me donnais tant d'idées avant qu'on ne m'arrache mon premier chapeau -.

Bon, je vais chercher dans mon lapin doudou.

Dans le buffet au-dessus des manuscrits.

Je le mets dans mon chapeau.

J'enfonce le chapeau sur ma tête jusqu'au yeux, jusqu'à ce qu'il coince le lapin.

Je mets un vieux CD d'AC/DC en boucle sur le lecteur.

Je n'aime que le vieux métal et la seconde école de Vienne.

Bon jovi et Stockhausen.

Comme tout le monde.

En boucle et à fond.

Rien à craindre des voisins.

Je n'en ai pas.

Ni au-dessus ni en-dessous.

Tintin m'a fait acheter les appartements du dessous et du dessus.

Avec les royalties de je ne plus quels livres

"Un écrin pour ma perle" disait-il

"Oui un nid pour sa poule aux œufs d'or plutôt"

Sauf qu'il ne sait pas que les œufs sont déjà pondus

Et qu'il n'en reste presque plus

Bref j'y stocke mes bouteilles de champagne.

On a dû renforcer les planchers avec des IP

Pour mon trentième roman Tintin m'a promis de les transformer en cave climatisée et de les relier à mon appartement avec un passe plat réfrigéré

C'est mieux que de faire monter et descendre ma gouvernante rhabiller la petite.

Mais ce n'est pas encore parfait.

Ce que je veux c'est un robot de pharmacie dans la chambre froide avec reconnaissance optique des caractères sur surface courbe pour choisir à distance et selon l'inspiration du moment telle ou telle bouteille

« Alors il faudra attendre le cinquante cinquième » m'a dit Tintin

Je suis sûr qu'il me ment

Mais je n'ai pas la force de vérifier mes relevés

Juste de signer des dédicaces

Et avec l'épuisement de mon stock et ma panne d'inspiration depuis 20 ans, le 55ème c'est pas gagné

Je ne peux même pas menacer Tintin d'aller voir ailleurs

Avec quoi ?

Mon Colargol-Rikiki-Roudoudou ?

Il faut vraiment que je trouve quelque chose

Je fais sauter le bouchon.

Il laisse une jolie marque au plafond

Une après tant d'autres.

Ça fait comme une marqueterie au plafond.

 Comme un plateau de cuivre martelé par un dinandier.

Tous les jours je martèle.

Et pas qu'une fois.

Et la peinture ne craque pas.

C'est du Tollens.

« Y en a pour plusieurs pages « m'avait dit Tintin, qui avait supervisé les travaux.

L'unité de mesure de Tintin c'est une page d'un de mes romans.

Il n'a jamais voulu me dire combien ça faisait d'euros.

Pour moi et surtout pour lui.

Mais bon

Comme ça, j'ai un plafond original

Un peu comme dans ces maisons de nobles portugaises où l'on collait au plafond la vaisselle qui avait servi à recevoir le roi à diner

J'avale une première coupe.

Je me tire les frisettes.

Rien.

Deux coupes.

Trois coupes.

Toujours rien.

Je me retire les frisettes.

ça y est je commence à avoir mal

Quatre coupes.

Un blanc

ça y est, je sens mon lapin remuer tandis que je me tire à les cheveux.

ça y est, ça y est !!

L'inspiration est là…

Qui Après le Christ ?

Moi bien sûr !

Qui d'autre ?

Je vais faire un journal.

Aujourd'hui ils appellent ça de l'auto-fiction.

Mais c'est un journal

Et c'est vieux comme César et Saint Augustin

ça ne demande pas d'inspiration, un journal.

Sauf pour mentir.

Mais mentir c'est fatigant

Il faut réfléchir d'abord.

Et même après.

Hors de question.

Non, juste raconter ce qui se passe.

Même, et surtout, s'il ne se passe rien

Anaïs Nin en a vendu cinq tomes.

Et c'est tout juste si elle n'y détaille pas le nombre de factures et de prospectus qu'elle a reçues.

Elle en a vendu plus que Vénus Erotica.

Pourtant, c'est moins palpitant.

Et Jouhandeau.

Et les Goncourt…

Toutes ces aigreurs au fil des pages…

Mais moi en matière d'aigreur je n'ai que des aigreurs d'estomac.

C'est le champagne.

Et je soigne le mal par le mal.

Un journal, c'est ça.

Pour faire bonne mesure je vais faire aussi celui de la Vierge.

Comme ça aussi, aucun risque que mon éditeur ne se rende compte de ma panne sèche.

Moi en panne sèche un comble !

La Vierge Marie à la première personne.

Un Joseph demeuré.

Et une F.I.V extraterrestre.

 Qu'est-ce que ça pouvait être d'autre de toute façon ?

Bon, je récapitule un journal mêlé d'extraits du roman suivant

Deux pages par jour

Cent cinquante pages

Soixante quinze jours

Deux mois et demi

Donc neuf mois et demi en régime normal champagne- dédicace

Ou, si j'y prends goût, quatre livres et demi par an

Ou vingt livres en quatre ans suivis de 20 ans de champagne dédicace .

Et après la retraite.

Que Tintin le veuille ou non

A Reims ou Epernay, je pense.

 Ça va être dur

Mais c'est jouable.

Bon, je reprends mes calculs…

Brive la Gaillarde , 1er novembre 2020

Quelle journée.

Je suis réveillée toute courbaturée.

 Et brutalement.

AC/DC continuait à hurler en boucle sur la platine.

On tambourinait et sonnait en même temps à ma porte.

La sonnerie de mon smartphone retentissait elle aussi sans répit.

Ainsi parlait Zarathoustra.

J'ai toujours eu des goûts simples.

J'étais encore assise dans le fauteuil.

Mon chapeau enfoncé jusqu'à aux yeux.

J'ai enlevé mon chapeau.

Je me le suis arraché plutôt.

Son liseré intérieur était blanc de fond de teint collé

Mon front, par contre, était lacéré d'une marque rose-rouge formant un cercle avec la trace du chapeau dans mes frisettes

Comme un œuf à la coque prêt à être décapité

Ou plutôt comme singe thaï qu'on s'apprête à décalotter au sabre pour en manger la cervelle crue

En cheveux, comme aurait dit mon arrière-grand-mère

La femme de l'administrateur colonial au Congo belge.

Mais pas le temps d'épiloguer.

Le téléphone d'abord.

Je coupe le sifflet à Richard Strauss

C'est Tintin

Il hurle

« Mais Amélie, qu'est-ce que tu fous ? »

« Tu appelles d'où d'abord ? du golf ? »

«Non, enfin si, du club-house; ça fait une heure que ton chauffeur t'attend en bas et une demie-heure qu'il sonne et tambourine à ta porte, c'est la panique, on a dû aller me chercher sur le green, au quatrième tour tu te rends compte ! si tu n'avais pas décroché tu aurais manqué le train du cholesterol!»

Le train du cholesterol, C'est comme ça qu'Eric Orsenna a surnommé le train SNCF Austerlitz-Brive La Gaillarde, affrété tous les ans par les organisateurs du festival, tout ça à cause des spécialités corréziennes servies à bord .

Orsenna exagère, du train où il est parti- littéralement-, il finira à l'eau plate.

« Tu faisais quoi, pour ne pas répondre?»

-«Je m'étais endormi«

-« Sans mettre de réveil? »

«J'avais mon chapeau enfoncé sur ma tête…»

«Houlà, tu devrais y aller mollo sur les coupettes…».

«Tu as fait ta valise au moins ? »

«Euh non…»

«Trop tard, ouvre au chauffeur, fais une toilette de chat et saute dans la voiture, ce soir quand on fera le ré-assort des palettes de «soif» le chauffeur de la camionnette repassera et je demanderai à ta gouvernante de préparer une valise. ça lui fera des vacances, au lieu de monter et de descendre… tu sais j'étais sur le point de t'organiser un transport à la moscovite …

« -à la moscovite, comment ça ? »

-dans une ambulance avec un gyrophare et une sirène hurlante, c'est comme ça qu'à Moscou les oligarques évitent les embouteillages

-Mais comment aurais tu -fait pour organiser ça?

-J'ai un copain haut placé à Sainte-Anne, tu sais on rencontre des gens au golf. Allez zou, démarre ! »

J'ai débarqué gare d'Austerlitz un peu froissée.

Le chapeau vissé pile sur ma marque

Je ferai les ravalements de façade à Brive.

J'ai tout ce qu'il faut.

J'ai eu le temps de jeter dans ma valise deux pots de fond de teint.

D'un kilo chacun.

J'ai un salon d'une semaine à tenir.

Et impossible de trouver ça à Brive.

C'est une recette de créateur.

Une reconstitution de fond de teint cérusé de la cour de Louis XV.

Le plomb en moins.

Enfin c'est ce qu'ils m'ont dit à la boutique.

Même chose pour le rouge à lèvres.

Cinq bâtons.

Bon là aussi j'aurais pu prendre une recette du XVIII ème siècle.

Moëlle de veau, pommade de concombre et cire d'abeille.

Mais j'ai préféré celle de Cléopâtre :

Oeufs de fourmi et cochenille écrasée

Les espagnols adorent

Ramòn , oui c'est cela il s'appelait bien Ramòn , au cocktail d'ouverture du salon du livre de perpignan m'a dit «mademoiselle, votre bouche c'est une tranche de chorizo découpée en cœur. On la dévorerait toute crue »

J'en ai avalé ma coupette de travers.

L'hidalgo est si romantique. -

Une héroïne dans la débâcle

à la manière de

Régine Desforges

Régine Desgorges

"la bicyclette sans selle"

Régine Desgorges a commencé sa carrière littéraire dans le récit érotique avant de trouver sa voie dans la saga familiale. L'apparition, lors d'un "Apostrophes" d'anthologie, de son minois mutin, commentant, avec gourmandise, des pratiques vieilles comme le monde mais rarement évoquées à la télévision d'Etat giscardienne, a marqué toute une génération.

Au début des années 80 l'apparition de la vidéo et la création de Canal + avec ses programmes novateurs l'ont sans doute poussé à se reconvertir vers les pâturages plus fades, mais plus verts, et plus étendus, de la saga.

Cette transition ne s'est toutefois pas effectuée sans tâtonnements. Témoin, cet extrait d'une première esquisse de saga, reste inédite, où elle tente de marier les deux genres.

"Chapitre 4 torride exode

Paris, juin 1940

 Ils étaient dans Paris comme des enfants qui se sont laissé enfermer la nuit dans un magasin de jouets.
La ville entière, totalement désertée, était leur terrain de jeu.

-" Fais moi l'amour comme un stuka " criait -elle soudain.

Et ils s'engouffraient par les portes battantes dans un palace désert de la rue de Rivoli ou de la place Vendôme et là il ils faisaient l'amour, appuyés, haletants, sur le comptoir de la réception, sans même se déshabiller. Puis les sens apaisés, il la portait, telle une jeune mariée sur les canapés du salon et la déshabillait lentement, sans un mot. Puis il la soulevait, légère et svelte comme une plume bien taillée et revenait au bar la déposer sous les robinets des pompes à bières.

Dans un rituel que n'aurait pas renié une cohorte de SA ivres a l'oktober fest, il l'arrosait d'or liquide et de mousse blanche. Il la reposait ensuite sur les canapés et lapait sans toujours mot dire, le liquide sur les moindres replis de sa peau jusqu'à ce que leur désir renaisse.

Transie, collante et humide, elle frémissait de bonheur. Les coups de langue râpeux sur sa peau poisseuse la rendait folle et quand s'y joignait le bruit des sirènes des alertes aériennes, elle frôlait l'orgasme.

Souvent les rôles s'inversaient, lui allongé sur le bar et elle l'aspergeant en poussant de manière aléatoire les robinets des bouteilles d'alcool forts suspendues à l'envers au-dessus du bar pour composer les cocktails.

Elle en jouait comme un organiste joue du Bach, seul au monde, sur un Silbermann ou un Cavaillé Coll .
Le corps de son amant était à la foi sa partition et son métronome. Toujours sans un mot, elle déplaçait allègrement le corps offert de son amant sur le lisse comptoir de marbre pour bien imbiber d'alcools successifs la touffe de poils qui surmontait un sexe glorieux mais momentanément assoupi , le retournait pour voir glisser le curaçao ou le Tabasco au creux de ses reins, et le retournait encore pour inonder ses aisselles, son nombril, ses cils, ses narines, ses oreilles, avant d'y darder une langue sauvage et goulue.

Elle rejouait de mémoire ses classiques Singapore Sling, Black Velvet, Black and Tan, Stinger, Manhattan.

Parfois elle se lançait dans des improvisations. Mais comme elle n'était pas toujours satisfaite du résultat ils avaient très vite pris un livre de cocktails dans les rayons désertés de la librairie Galliano. Depuis expérimentaient avec la méthode et l'énergie d'un Sade des grand jours, déclinant à l'infini ses figures, celui de la Philosophie dans le Boudoir ou des Malheurs de la Vertu.

Tout le livre y passait:

- Langue de feu (1/2 vodka, 1/2 bière, Tabasco ou piment en poudre),

-Bandista. (2 cl cognac, 2 cl sirop de citron, 4 cl limonade),

-Trou Noir (3/5 vodka, 2/5 jus de pomme, 2 cuillerées de caramel tiède),

-Pina Colada (1/5 rhum, 3/5 jus d'ananas, 175 lait de coco),

- Tronçonneuse (1/7 calvados, ,1/7 eau de vie de framboise, 1/7 liqueur de lychees, 1/7 sirop de sucre de canne,3/7 cidre),

-Monkey Gland (2/5 gin, 2/5 jus d'orange, 1/5 absinthe, 1 trait grenadine),

-Screaming Orgasm (1/4 Bailey's, 1/4 Amaretto, 1/4 crème, 1/4 Kalhua),

-Chupacabra (2/5 tequila,1/5 liqueur de gingembre infusée aux piment japlapenos, 2/5 jus d'ananas)et

- Redhead Slut (1/2 Jagermeister, 1/2 liqueur de pêche, 1 trait de jus de canneberge)

A l'ivresse des corps se joignait l'ivresse tout court, à force de lappements et de suçotis. A la poutre, à la paille.

Très vite, ces petits jeux n'avaient plus suffi à entretenir leur excitation.

Pour corser leurs ébats ils s'étaient mis à jouer avec les jets de vapeur des percolateurs.

Un jour, au petit matin, alors. qu'ils se léchaient mutuellement leurs cloques avec avidité, ils entendirent plus haut sur l'avenue des Champs Elysées un bruit de bottes, de moteurs et de cliquetis de chenilles de blindés.

Etc

La reine Victoria

à la manière

d' André Maurois

Simone de Caillavet (?)épouse Maurois

« Victoria »

*Les chercheuses ont découvert récemment qu'il y avait deux manières chez André Maurois
le brouillon brut de fonderie et la version finale soigneusement censurée pour les lecteurs.*

*Pour son Lyautey destinée à la bibliothèque verte il ne pouvait décemment citer le
mot de Clémenceau "Lyautey est le seul militaire français qui ait des couilles au cul,
dommage que ce ne soit pas toujours les siennes").*

*Le portrait ci-dessous, est tiré d'une brouillon découvert récemment dans le fonds Maurois
de la bibliothèque d'Elbeuf.par madame Colette Vily. Il est criant de vérité et expose une
point de vue presque féminin sur ce personnage complexe.*

*De là à penser que son véritable auteur est l'épouse d'André Maurois, Simone de Caillavet
(elle même écrivaine avant de rencontrer son mari et ayant de qui tenir) et que sa retouche
dan «Disraeli » est de la main d'André Maurois il n'y a qu'un pas*

« Rien ne résume mieux le caractère national britannique, son flegme, ses paradoxes,
ses contradictions peut-être et ses mystères aussi, que les rares citations de la reine
Victoria.

 Pour quelqu'un qui ne voyait son pays que de loin et du fond d'un carrosse, et qui
avait été délibérément peu éduquée par ses parents, elle connaissait diablement bien
son peuple. Elle se plaisait en effet à répéter :

*" Donnez à mon peuple plein de bière, de la bonne bière et de la bière bon marché et il n'y aura
pas de révolution "*

Elle avait tout compris. Et mieux que Karl Marx pour qui, à la même époque, la
révolution apparaissait inéluctable en Angleterre. La révolution est donc soluble
dans l'alcool. Le communisme aussi comme l'a montré l'expérience russe. Mais là il a
fallu passer de sept degrés d'alcool à 70, le climat sans doute. Marx aurait dû boire
plus. Cela l'aurait rendu plus lucide.

La leçon de Victoria n'a été oubliée par aucun gouvernement postérieur : la bière a
continué à couler à flots sous le blitz et n'a pas été rationnée contrairement au bacon
ou au pain.

De fait c'est probablement, avec Shakespeare, la plus grande contribution britannique au patrimoine de l'humanité.

Sans lien avec la bière, (sinon peut- être la lettre B), Victoria était convaincue que :

"Ce livre, la Bible explique la suprématie de l'Angleterre. L'Angleterre est devenue grande et heureuse par la connaissance du vrai Dieu à travers Jésus Christ ".

Les anglicans, qui sont tenants de la communion sous les deux espèces, auraient dû remplacer le vin par la bière.

Mais si elle était consciente et soucieuse de la grandeur de l'Angleterre, elle haïssait la politique au quotidien

" J'aime la paix et la tranquillité, je hais la politique et l'agitation. Nous autres femmes ne sommes pas faites pour gouverner, et si nous sommes de vraies femmes nous devons détester ces occupations masculines"

Victoria est d'abord et avant tout une femme amoureuse, follement amoureuse même, de son jeune époux allemand, Albert de Saxe Cobourg. Un amour partagé semble-t-il, chose rare pour l'époque et pour le milieu. Jugez-en plutôt

"Mon très cher, très, très cher, cher Albert était assis sur un tabouret à mes côtés, son amour et son affection excessives me donnait des sentiments d'amour paradisiaque et de bonheur que je n'aurais jamais espéré ressentir avant cela ! Il m'étreignait dans ses bras et nous nous embrassions l'un l'autre encore et encore ! .Sa Beauté, sa douceur et sa gentillesse- réellement comment ne pas être éternellement reconnaissante d'avoir un tel mari !".

Dans le même temps elle considérait, d'une manière générale, le mariage comme une malédiction pour les femmes :

" Quand je pense à une jeune fille, libre, heureuse et joyeuse et quand je regarde l'état pitoyable et douloureux auquel une jeune femme est généralement vouée ce qui, vous ne pouvez pas le nier, est la sanction du mariage, je suis sûr qu'aucune jeune fille ne voudrait marcher vers l'autel si elle savait ce qui l'attendait". Et d'en remettre une couche "Je pense que les gens se marient bien trop, c'est une telle loterie après tout et pour une pauvre femme un bonheur extrêmement douteux".

Et de conclure :

" oh ! si ces hommes égoïstes, qui sont cause de toutes ces misères, réalisaient ce que leurs pauvres esclaves endurent! Que de souffrances, que d'humiliations pour les sentiments

délicats d'une pauvre femme et par-dessus tout d'une jeune femme, spécialement avec ces vilains docteurs".

L'allusion aux "vilains docteurs" reste mystérieuse et inexpliquée d'autant qu'à en croire l'épuisement du prince Albert, mort de consomption, Victoria aimait elle-même beaucoup jouer au docteur. En revanche on comprend bien sa méfiance vis à vis des artistes :

"Méfiez vous des artistes, ils se mélangent avec toutes les classes de la société et ils sont par conséquent les plus dangereux ".

Elle considérait l'enfantement comme une horrible corvée débouchant sur un résultat répugnant :

"Être enceinte est un des risques professionnels lié à la condition féminine"

et d'ajouter :

"Les hommes ne pensent jamais ou ne pensent que très rarement, quelle tâche terrible c'est pour nous d'en passer par là si souvent" et encore " je pense que les femmes qui sont toujours enceintes sont assez répugnantes, elles tiennent plus du lapin ou du cochon d'Inde que d'autre chose et ce n'est pas très joli".

Et d'avouer pour finir

"Je ne déteste pas les bébés, bien que je pense que les très jeunes bébés sont répugnants"

pour conclure :

Fermez les yeux et pensez à l'Angleterre" et

"nous, pauvres créatures, sommes nées pour le plaisir et l'amusement de l'homme, et destinées à traverser des épreuves et des souffrances sans fin".

Cette conscience aigüe de l'effectivement misérable condition féminine de son époque, pourrait la faire passer pour une féministe, mais il n'en est rien. Elle abhorrait au contraire le mouvement des suffragettes, qui commençait à apparaître et, plus généralement, les revendications féministes.

"Si les femmes devaient se dé–féminiser en réclamant l'égalité avec les hommes, elles deviendraient les plus haïssables, les plus barbares et les plus répugnants des êtres, et périraient sûrement sans la protection des mâles".

Et encore, à la troisième personne

"La reine est des plus anxieuses pour enrôler tout le monde dans sa croisade contre cette folie des "droits des femmes". C'est un sujet qui rend la reine si furieuse qu'elle ne peut se contenir."

Cherchez l'erreur, mais à cela aussi, elle avait une réponse imparable :

"Never complain, never explain".

 Femme libre et complexe donc, puisque tout en faisant voiler les pieds des tables pour éviter qu'ils ne fassent penser à des chevilles féminines, elle vécut apparemment, quelques années après la mort de son cher Albert, une seconde histoire d'amour avec un garde highlander, John Brown, ivrogne et malappris, la rudoyant à sa demande, et lui faisant, en tout cas, boire plus de whisky que de raison.

"We are not amused ".

My foot!

Elizabeth II

à la manière de

Stéphane Bern

« 2034, la relève de l'Hagarde ? »

par

Stéphane Burne

Agée de 109 ans, la reine incarne, plus que jamais, le symbole de cette nation re-née de ses cendres.

A défaut d'avoir bon pied bon oeil (elle est grabataire et sous respirateur artificiel), elle sillonne toujours son royaume, dans la "queenomobile".

C'est un break Rolls-Royce Phantom, dont la partie supérieure vitrée, expose à l'adoration de son peuple, la reine, dans son lit médicalisé.

Elle a toujours fière allure avec ses éternels chapeaux rose ou vert fluo et une blouse d'hôpital assortie, dessinée par les plus grands couturiers du Royaume.

Un infirmier dévoué l'aide à agiter vers la foule, de manière distinguée, un bras, à vrai dire un peu flasque, après tant d'années de service.

On dit d'elle qu'elle est la seule personne bien soignée du royaume. C'est très exagéré : il y a le premier ministre aussi.

Les images de son jubilé ont fait le tour du monde. Pour l'occasion on avait attelé la queenomobile à huit chevaux. Il aurait en effet été trop difficile de médicaliser un carrosse.

Le montant des droits de télévision, payables en devises fortes, était très élevé. Le gouvernement a aussitôt confisqué la somme à la BBC. Il l'a affecté au budget de l'aide alimentaire pour le Royaume.

Cet argent, dit-on, n'a pas été perdu pour tout le monde. Mais il a permis pour la première fois depuis longtemps une bonne "soudure" de l'hiver, presque sans émeutes de la faim.

Au-delà de cette touchante unanimité autour de la reine, la question de la succession se pose. Le prince Charles s'est éteint de sa belle mort, l'an dernier, à l'âge respectable de 86 ans. Mais même s'il avait survécu à sa mère, il ne serait peut-être pas monté pour autant sur le trône.

En effet le prince Charles, déjà soupçonné par la presse tabloïd d'opinions progressistes et europhiles, a été profondément révolté par les émeutes de la faim et par l'envahissement du zoo de Londres et le gigantesque barbecue qui s'en est suivi.

Du coup il a décidé de consacrer la production de ses nombreux domaines agricoles ("Prince's trust") à la seule fin de nourrir la population. Dans ce but, il avait proposé à sa mère de transformer toutes les résidences royales, dont Windsor[1], en centres de distribution.

La reine a refusé avec cette seule phrase *"Mais que dirons-nous à ces gens..."*. Elle parlait d'elle-même à la première personne du pluriel, bien sûr.

Le prince a alors transformé sa résidence principale, Kensington palace, et ses autres demeures en soupes populaires géantes : les restaurants du Prince ("Prince's restaurants").

Des amis dans le show business emmenés notamment par Rowan Atkinson, mr Bean, ami intime du couple princier, ont apporté un complément de ressources en réactivant un show et une tournée annuelle "the intubated" ("les intubés", nom provenant de la vocation initiale plus restreinte de l'œuvre: aider les malades intubés du Covid 19). Les droits de diffusion s'en arrachent dans le monde entier.

Les gouvernements brexiters successifs y ont vu un désaveu public et royal de leur politique, sans oser sévir sur le moment. Mais il est certain que le prince Charles aurait été poussé, tôt ou tard, à l'abdication.

Le très beau film américain "la gamelle d'un prince" ("Prince's pot"), n'a rien arrangé. Et ce, malgré un Colin Firth vieillissant mais au sommet de sa force expressive, et revenu de son exil Hollywoodien pour l'occasion, pour la première fois depuis quinze ans.

Le film a fait un tort considérable à l'image du royaume à l'extérieur. Dans le même temps il a déclenché un vaste mouvement de solidarité internationale. Le grand concert "live aid for starving England" à Central Park en 2032, quintuple disque de platine, en a été le sommet. On n'avait pas vu une telle mobilisation depuis l'Ethiopie dans les années quatre-vingt.

Le prince William était le suivant dans l'ordre de succession. Était et non "est" parce qu'il y a eu un petit problème.

Le coup de club de golf pris dans l'occiput par le prince William en 1991 n'avait, apparemment, pas laissé d'autres traces qu'une petite cicatrice. Toutefois, à partir de 2022, les absences mentales du prince se sont multipliées.

---

[1] mais pas Balmoral, aujourd'hui à l'étranger, en Ecosse, et que la reine visite comme le pape va à Castel Gondolfo en Italie et pas au Vatican.

Son entourage a mis un peu de temps à s'en rendre compte (le nombre de neurones exigées pour agiter la main et même planter des arbres ou signer des registres étant malgré tout limité).

Mais il a bien fallu se rendre à l'évidence lorsque, comme son ancêtre Georges III, il s'est mis à parler aux arbres dans un langage inconnu. Les meilleurs médecins d'Harley Street n'ont rien pu y faire.

L'ordre de succession est donc passé au prince Harry. Hélas une erreur de jeunesse, bien anodine, pourrait lui barrer la route du trône.

On avait presque oublié, avant le Brexit, la fameuse "une" du Sun." Harry the nazi" avec une photo pleine page du prince se rendant à un bal costumé déguisé en officier SS et arborant fièrement un brassard à croix gammée.

Et les rares grincheux qui s'en souvenaient encore, convenaient qu'il ne s'agissait que d'une peccadille d'un jeune homme ayant mal retenu ses leçons d'histoires.

Soyons pragmatiques: à quoi bon faire des études poussées, ou même des études tout court, quand on va passer sa vie à agiter la main comme un automate?

Mais la rivalité latente entre le UKIP et le British National Party, ressuscité depuis le Brexit, a ramené cette photo sur le devant de la scène.

Le BNP s'acharne en effet à afficher les liens, étroits et anciens, qui unissent son fondateur dans les années trente, Oswald Mosley, à la famille royale, toujours très populaire.

Pour ce faire, le BNP multiplie les ré-éditions de photos people vintage du duc de Windsor, ex-Edouard VII en compagnie du chancelier en 1938 et inspectant avec lui des détachements militaires d'élite qui allaient bientôt s'illustrer.

Le BNP a également re-publié et distribué gratuitement une biographie amicale écrite au bras levé, du duc et de la duchesse de Windsor par Diana Mitford, l'épouse d'Oswald Mosley, fondateur du BNP .

Le BNP offre ainsi à la population (grâce à un financement russe dit-on) à la fois de la lecture (à une époque où les journaux sont limités à quatre pages, faute de papier), de quoi emballer les déchets ménagers et du combustible.

D'ailleurs le fils d'Oswald et de Diana, Max, qui fut le président charismatique de la Fédération Internationale Automobile, s'est fait prendre dans les années 2000 en train de se faire fouetter par des call-girls, déshabillées en officiers SS.

Bon sang –fouetté- ne saurait mentir. On est là en plein tropisme familial.

Ce brassard princier est malgré tout mal vu en Angleterre parce que symbole allemand. Et il est mal vu en Allemagne, parce que symbole nazi.

C'est un sujet particulièrement épineux, qui resurgit à la veille de chaque renégociation bilatérale annuelle de l'aide alimentaire allemande. Or celle-ci absolument nécessaire à la soudure de l'hiver.

La mort du prince Charles n'a fait que rendre cette situation plus critique.

Comme on le voit, la question royale, comme on disait en Belgique dans les années cinquante, ou au défunt Royaume-"Uni" dans les années trente, reste entière.

La Princesse Palatine

à la manière de

Françoise Chandernagor

Françoise Terminator

"La laie du Roi"

Dans "la laie du Roi" Françoise Terminator revisite les mémoires de la princesse palatine qui avait été ainsi surnommée, par des courtisans médisants et jaloux, en raison de son physique porcin et de son tempérament sauvage.

Quand on sait qu'une femelle de sanglier, traversant tête baissée, une nationale, avec sa harde de marcassins, est capable de défoncer de manière irréparable, l'avant d'un monospace d'une tonne cinq lancé à quatre-vingt-dix kilomètres heure, on imagine, sans peine, la terreur que pouvait susciter un tel animal pour les occupants d'un carrosse.

C'est dire comme la rude franchise, la fausse naïveté et l'aplomb de la palatine pouvaient terrifier des courtisans aussi fielleux que frileux.

Une partie de la correspondance de la Palatine avec son père a disparu dans l'incendie du château fort d'Heidelberg par les troupes françaises en 1689, du vivant même de la Palatine.

Les ruines de ce château, jamais reconstruit, dominent encore la ville, symbole précoce et ambigu de relations franco-allemandes vouées à la complexité.

Pour imaginer une reconstitution de cette correspondance perdue, Francoise Chandernagor a relu les chroniqueurs et les commères du temps, à commencer par le duc de Saint Simon et madame de Sévigné.

Mais elle a aussi eu accès à des sources inédites comme ces mémoires de Georges Lucas, valet à la cour restés à l'état de manuscrit et retrouvées dans l'enfer de la Bibliothèque Nationale après qu'elles aient été transférées sous le directoire de la forteresse de Pignerol.

C'est la curieuse reliure métallique en forme de masque de ces mémoires qui avait attiré son attention.

Elle a dit elle-même de cet ouvrage "J'ai écrit ce texte en état de transe, en pleine ivresse créatrice, je ne sais même plus ce que j'ai fait, lu, bu ou vu la veille, juste d'avoir revu une intégrale de cinq films avec les enfants". On veut bien la croire.

Et d'ajouter "je ne me relis jamais, en littérature comme dans la vie, c'est toujours le premier jet qui est le meilleur"

"Mein darth Vador,[2]

Je ne sais que vous conter, tant la vie est pour moi un tourbillon depuis que je suis arrivée à Versailles.

Je n'en pouvais plus de voir mon futur mari qu'en peinture, je l'ai enfin vu en chair et en os.

En peau et en os, devrais-je dire, car il a les traits encore plus fins et la peau plus diaphane que sur son portrait.

Il a aussi des manières véritablement exquises. Un essaim de jeunes gens, très bien mis, l'entourent, ses compagnons de chasse, je présume.

Mon carrosse est arrivé en avance, chose rare en France, où l'on semble toujours en retard et où la ponctualité passe pour de la précipitation et de l'impolitesse.

Du coup Philippe ne m'attendait point sur le perron comme il eut dû et on a dû l'aller chercher dans ses appartements privés.

Dans son antichambre, j'ai assisté à une scène curieuse. L'un de ses gentilhommes a frappé, un autre a ouvert. Et a dit "c'est pour le maître ?" L'autre a répondu tout de go "non c'est juste pour lui parler..." et toute l'assistance s'est esclaffée.

Je croyais mon français parfait et je pensais avoir de l'esprit, mais là, j'avoue que je n'ai pas compris la raison de cette hilarité.

Comme je demandais autour de moi la signification de ces rires, on me répondit toujours d'un air ennuyé et évasif voire gêné que je comprendrais bien assez tôt , que c'était trop "subtil", qu'il y avait là trop de "nuances" et de" traits d'esprit" pour une étrangère bref qu'on ne faisait pas de quelqu'un, fût-ce d'une princesse, fille d'Electeur du Saint Empire Romain Germanique, une "versaillaise ", comme si cela était de plus haute noblesse encore.

---

2 "mon cher papa" ou plutot "mon papounet" en dialecte du palatinat (pfalzer). La palatine écrit par ailleurs en français. il ne lui viendrait pas à l'idée d'écrire en hoch deutsch, même à son propre père. A cette époque où les lettres étaient écrites pour être copiées, diffusées et lues à des tiers, la Palatine comme tous les européens cultivés, ne s'exprimait qu'en français. Récemment consacré par les traite de Westphalie (1648) comme langue diplomatique universelle aux dépens du latin, le français apparait alors en quelque sorte en Europe comme une langue de jeunes : il est tellement plus facile apprendre, malgré ses exceptions, que le latin, toujours enseigné mais dont l'usage tombe en désuétude. Ces "jeunes" franco-phones et -philes se reconnaissaient d'ailleurs entre eux à leur juron favori, aujourd'hui delicieusement suranné, "fesse de bouc" et au colophon dont ils adornaient les marges de leurs devoirs latins "L.O.L/M.D.R" (Latinus Odio Libere/ Maledictio Declinationis Radotare"), texto.

J'ai claque le bec a ces... blanc becs en leur répliquant "chez nous on rit franchement, on ne glousse pas fesse de bouc! j'ose le dire, avec un balai dans le cul !!"

"Je ne vois pas où est le problème "m'a répondu d'un air finaud mon futur mari.

Que d'affèteries, que d'effronteries, que de mensonges sans doute, quel chantier en tout cas.

Dans la grande salle du château de Heidelberg, quand le feu crépite pendant les longues soirées d'hiver, on sait au moins pourquoi l'on rit: tel conseiller aulique a roulé sous la table et vomi sa bière, tel pasteur s'est endormi trop près de la grande cheminée et ayant mis le feu à son habit, hurle au feu, et sous la douche des seaux d'eau glacée glapit comme un chien en chaleur que l'on sépare en pleine besogne de sa femelle , telle vieille comtesse plutôt que de dégrafer son corset ou de s'évanouir, comme tout le monde, soulage ses embarras par des flatulences..

Oui voilà du bon rire, du rire solide, du rire allemand !

Pas de ces gloussements étouffés de prétentieux français.

Je dois vous quitter Darth Vador, deux jours que je suis là et je dois faire déjà les essayages pour mon mariage demain, je me demande pourquoi une telle hâte "

*
*   *

"Mein darth Vador,

J'ai encore dix mille choses à vous conter tant les journées que je viens de vivre ont été agitées.

Les préparatifs du mariage ont été quelque peu rugueux.

D'abord les couturières du palais n'avaient pas commandé assez de brocard pour faire ma robe. Mes formes amples et bien de chez nous les ont prises au dépourvu, elles qui sont habituées à attifer des coquettes qui n'ont que la peau sur les os.

Et je n'exagère pas ! Vous connaissez le mot de monsieur de Lauzun qui après avoir mis la main à une belle paire de fesses émergeant d'un buisson en train de conchier dans les jardins de Versailles, avait dû solliciter la grâce de la maîtresse royale, madame de Montespan à qui le fessier s'était révélé malheureusement appartenir: "madame si votre coeur est aussi dur que votre cul, je suis une homme perdu".

A quoi la belle avait répondu "monsieur si votre vit est aussi ferme que votre main, la grande Demoiselle est une femme comblée".

Vous vous étonnez sans doute, mon cher père, de voir la fine fleur de la cour chier dans les jardins plutôt que dans des latrines, comme chez nous.

Ici cela n'a rien que de très ordinaire. On chie partout et même à l'intérieur des bâtiments quand on est trop presse ou qu'il fait froid dehors. Les embrasures, les rideaux et les recoins comptent parmi les endroits les plus prisés. Les escaliers offrent aussi une position et un appui commode et si le grand escalier de Versailles est si glissant, ce n'est pas à cause du marbre dont il est fait.

Les ourlets des robes à panier sont amovibles et lavés à part chaque jour tant ils ramassent dans la journée. ça ne se passe pas comme ça chez nous en Allemagne .

Nous, nous sommes organisés. Nous chions dans des pots de chambre de faïence immaculés, sur l'oeil peint et sous l'oeil du seul seigneur et non en publi,c comme le roi, qui seul a droit à une chaise percée.

 Nous vidons nos pots dans la rue certes mais à heure fixe, de telle sorte que seuls les étrangers à nos villes fassent, à l'occasion, la connaissance de nos déjections.

Mais ce serait demander trop de discipline et trop d'ordre aux français .

Bref je m'égare. Ayant, contrairement à la Montespan, de la bonne graisse entre la peau et les os, il a bien fallu me vêtir.

On a donc dû retarder le mariage d'un jour, le temps que la manufacture des Gobelins fournisse le brocart demandé en travaillant jour et nuit.

Sous prétexte que je suis solide comme un roc et bâtie comme une tour, au lieu de ressembler comme les françaises a une échauguette, les commères de la cour m'ont traité, dans mon dos, de "grosse cylindrée".

Voilà ce que c'est que d'être allemande et d'avoir un bassin de pouliche comme il sied à une princesse chargée de donner des héritiers.

J'ai même entendu voler le mot "truie", mais, après tout, pourquoi pas.

Je préfère être une truie à la peau rose produisant de beaux porcelets grouinants de santé à chaque portée, qu'une veille chouette maigrichonne comme le sont toutes ces commères.

Les français ne savent décidemment pas ce qu'ils veulent. Ce ne sont pas des gens sérieux.

Pour la coiffure, on voulait m'attifer d'une horrible perruque poudrée avec un chignon haut comme un clocher et des rubans, et, pour faire bonne mesure, me raser mes longs cheveux blonds pour que la perruque tienne mieux.

J'ai envoyé promener coiffeuses et duègnes.

Je me suis coiffée avec ma femme de chambre comme pour les grands jours à Heidelberg: deux tresses nouées en macaron, de part et d'autre de mes bonnes joues.

Monsieur Laduraie, pâtisser du roi, ne se tenait plus de joie: il a décidé de créer un gâteau, qu'il a appelle macaron, en fait un pain au raisin de la taille et de la forme approximative de mes macarons.

En toute modestie, je ne crois pas que cela puisse prendre. Comme le dit madame de Sévigné "Racine passera comme le café" et j'ajouterai "et les macarons de monsieur Laduraie" .

Le roi qui a eu vent de mes démêlés avec les coiffeuses a pris, contre la cour, le parti d'en rire.

Il m'a dit "vous vous n'êtes pas une princesse, vous êtes une lionne".

"Princessa lea " a cru bon de renchérir cet hypocrite d'évêque de Paris en latin macaronique (LOL/MDR).

Pour la cérémonie, monsieur de Lully a composé une marche nuptiale en mon honneur, de tonalite un peu martiale "Pompompom, pompopom.." .

Il connaît mes goûts, ce bougre d'italien. Le valet français qu'on m'a affecté, monsieur Lucas, en était tout remué.

Mon futur mari a fait son entrée sous une haie de sabres, ceux de ses compagnons de chasse, qui se nomment plaisamment entre eux la "confrérie du jeudi" parce qu'ils s'entraînent ce jour-là chez leur maître d'armes, monsieur Iodat.

Ce dernier est une vraie célébrité ici. C'est un petit homme âgé et chauve mais encore fort vif. Il a payé de sa personne pour apprendre son art : c'est le comte de Jarnac lui-même qui lui a taillé petit à petit les oreilles en pointe, en lui apprenant ses bottes secrètes, jusqu'à ce qu'il sache enfin les parer.

Mes dames d'honneur pépiaient derrière moi. Je ne vous ai pas encore parlé de mes suivantes, madame de Herdeut-Desdeux et madame de Cétrois-Pehault.

Elle sont toutes deux de petite mais de vieille noblesse. On ne peut imaginer deux êtres plus dissemblables et pourtant si bien assortis.

L'une est grande et maniérée et pépie de toute part, en faisant voler ses rubans dorés, l'autre est petite, boulotte, très silencieuse et discrète, dans sa modeste robe blanche et bleue, n'était ce sifflotement joyeux dont elle assortit tous ses gestes. Avec ça une débrouillardise de renard qui compense les embrouillaminis faits par sa commère.

Elles ont été merveilleuses pendant les préparatifs et l'on voyait bien que la cérémonie était l'un des plus beaux jours de leur vie.

Je ne saurai en dire autant. La famille royale toute entière à qui j'avais été présentée en grande pompe la veille, semblait me tenir rigueur d'avoir bouscule le bel ordonnancement des réjouissances de la cour.

Le roi regardait ailleurs d'un air faussement vague que la cour épiait, et les courtisans ne savaient quelle contenance prendre, ne sachant d'où soufflerait le vent.

Cerise sur le gâteau-(ah qu'elles me manquent déjà mes forêts noires) mon futur époux n'a rien trouvé de mieux, au sortir de sa haie de sabres, que de se prendre les pieds dans le tapis, et d'atterrir, en roulé boulé, dans ma traîne.

Il est vrai que quoique de taille raisonnable, il porte des talons très hauts et très fins.

L'assistance a étouffé ses rires. Monsieur, Frère du Roi, n'a pas le sens de l'humour et a la rancune tenace.

Mais il est aussi maladroit que son père Gaston.

J'ai entendu fuser un sybillin" c'est bien la dernière fois qu'il traine dans ses jupes".

Puis les choses ont repris leur cours et l'archevêque de Paris, ce grand benêt prétentieux nous a finalement marié.

S'en est suivi un interminable banquet de trente plats servis simultanément auprès duquel notre fête du chou nouveau et de la bière en octobre fait figure de collation.

J'étais engoncée dans mes brocards, comme une poupée, et j'ai bien dû faire cinq cent révérences, et essuyé autant de regards fuyants, en cinq heures.

Après quoi ces messieurs sont partis tout de go à la chasse, forcer le cerf.

Impossible de les suivre comme je le faisais au bord du Neckar avec votre grand veneur Hans Solow et son molosse Tchoubaka. Ici cela ne se fait pas, l'étiquette s'y oppose.

Mon nouveau mari n'est revenu qu'a la nuit tombée. Il m'a dit qu'il était brisé de fatigue et s'est endormi comme une masse, sans autres et sans même ôter ses bottes.

Il sentait l'alcool et le sang caillé et ronflait comme un sonneur. Rien là qui puisse me dégoûter, mais, au contraire, toutes choses de bonne augure, car si typiquement masculines.

Mais au petit matin quelle déception! Quand je me suis réveillée il avait déjà filé "pour tâter du fleuret à la salle d'armes " m'a-t-on dit.
C'était il y a trois jours et je ne l'ai toujours pas revu. Des joies de l'hyménée, je dois vous avouer mon père, que je n'ai encore rien connu, sinon de bonnes paroles.

Il est vrai qu'on me les dit fort décevantes.

Et je ne vous parle pas des inquiètudes que me cause mon cher valet monsieur Lucas, mais que tout le monde appelle ici ce pauvre Georges.

Depuis qu'il a vu la tragédie " la revanche de scythes" à l'hôtel de Bourgogne, il est tout agité. Le pauvre homme toujours la tête dans les étoiles et à jouer avec ses poupées, ses soldats de plomb et se petits vaisseaux de bois, je crains qu'un jour il ne fasse une grosse bêtise et qu'on ne le doive enfermer."

Maryline

à la manière de

Carla Bruni

"Maryline"

Une chanson inédite de Carla Burni (2010)

Pour des raisons qui nous échappent, cette chanson n'apparait dans aucun des albums de carla Burni. Elle a cependant fuité sur internet. La DCRI a enquêté. En vain.

Refrain:

Maryline sur sa bouche de métro
s'y blottit pour avoir un peu chaud
Y a longtemps qu'elle n'a plus de boulot
Et qu'elle ne dort même plus dans une auto

Couplet :

Le Dentiste elle n'y va plus
Il n' veut pas prendre la CMU
Les restaus du cœur
C'est l' métro à six heures
Y a plus de monde chaque année
Mais à quoi bon en parler
Y en a que pour la laïcité
C'est pas ça qui va la réchauffer

Alors…

Maryline sur sa bouche de métro
s'y blottit pour avoir un peu chaud
Y a longtemps qu'elle n'a plus de boulot
Et qu'elle ne dort même plus dans une auto

Les passants, ils donnent pour le chien
Elle, c'est comme si elle n'était rien

Heureusement qu'elle n'est pas d'Roumanie
Elle aurait embarque à Roissy
Pour la première fois de sa vie
Pour se retrouver encore plus démunie
Dans les égouts de Pitesti

Alors ...

Maryline sur sa bouche de métro
s'y blottit pour avoir un peu chaud
Y a longtemps qu'elle n'a plus de boulot
Et qu'elle ne dort même plus dans une auto

A Nanterre, un collègue de galère
Lui a volé son alloc de misère
Quand passe le fourgon du SAMU
Elle se cache, elle n'veut pas être vue
Au foyer elle ne veut plus y aller
Elle n'a pas envie d's'faire agresser
Pour des draps propres et un repas chaud
C'est un peu cher payé même pour une clodo

Alors...

Maryline sur sa bouche de métro
s'y blottit pour avoir un peu chaud
Y a longtemps qu'elle n'a plus de boulot
Et qu'elle ne dort même plus dans une auto

Voilà un policier municipal
Qui lui dit "allez on remballe "
Et veut l'embarquer en douceur
Elle s'accroche à son chien, elle a peur
Ils appellent le SAMU
Pour ce soir c'est foutu
C'est noël, faut pas perturber les achats
De ceux qu'ont encore un peu de gras

Alors..

Maryline n'a plus sa bouche de métro
Pour se blottir et avoir un peu chaud
Y a longtemps qu'elle n'a plus de boulot
Et qu'elle ne dort même plus dans une auto

Arlette Laguillier

à la manière de

Pierre Péan

Arlette, Nick et Léon

De Pierre Pédan

Pierre Pédan, célèbre journaliste d'investigation, est l'auteur d'enquêtes qui ont fait date sur les diamants de Giscard ou sur les manipulations orchestrées par le journal Le Monde. A l'orée du quatrième âge, il nous revient avec un livre-testament, rempli à nouveau de révélations.

Lui, le premier, lui seul, a compris ce qui expliquait la conduite apparemment aberrante et suicidaire du président Sarkozy. Au terme d'une longue et difficile enquête, il a découvert le secret le mieux gardé de France, et qui explique tout.

«Je vais vous conter une histoire incroyable mais vraie. Celle de Nick et Léon. Je dis bien Nick et Léon, pas Nickelodéon, même si la vie quotidienne de notre président, telle que rapportée par les médias, ressemble fort à un dessin animé de Speedy Gonzalez diffusé par cette excellente chaîne TV pour enfants.

Prologue: une enquête chasse l'autre

J'enquètais au départ sur les financements occultes d'une grande centrale syndicale. Le moins que l'on puisse dire que cette centrale pratiquait l'oecuménisme. Elle était passée sans sourciller des fonds secrets de la CIA en 1947 au moment de sa scission d'avec un syndicat à majorité communiste à ceux de la mairie de la capitale et enfin à ceux de l'ambassade d'Albanie pour financer la campagne d'un de ses hiérarques, candidats trotskiste maoïste à une élection présidentielle. Il faut dire qu'il avait eu l'opportune idée de traiter la politique chinoise de «révisionniste», c'était pourtant l'époque de la bande des quatre.

Tout cela était bien connu mais j'en voulais plus. Je m'intéressai en particulier à l'improbable passerelle que le syndicat constituait entre les gaullistes et les trotskistes, unis par un anticommunisme commun. Je sentais que j'approchai de quelque chose de très gros, sans savoir quoi, lorsque j'ai fait l'objet de menaces.

" Tu sais qu'on pourrait te foutre la DCRI au cul» m'avait dit un de mes interlocuteurs "voir pire" en passant son index sur sa gorge d'un geste évocateur-

-"dois-je comprendre que vous menacez physiquement un journaliste d'investigation" avais-je répliqué «vous devez vous sentir sacrément protégé pour oser ça"
"-protégé tu peux pas savoir comme !!! » m'avait répondu mon interlocuteur avec un clin d'oeil appuyé.

Il ne me faisait pas peur. J'avais déjà fait tomber Giscard avec les diamants et sérieusement écorné la réputation du «quotidien du soir de référence». Après ça il n'y avait guère plus que ma femme qui me fasse encore peur et manifestement il n'était pas question d'elle.

-" comme quoi de haut ? De très haut ?"

-" De très, très haut, de tout en haut même »

Je ne l'ai pas cru. J'ai eu tort. Il m'avait défié. J'ai donc continué à fouiller un temps, juste pour embêter. Bon, bien sûr, deux Malabars m'ont passé à tabac dans un parking. Mais ça ne m'a arrêté que 15 jours. Les traditions se perdent : ils n'avaient même pas de poings américains. le SAC, c'était quand même plus professionnel.

 Bref cela m'a confirmé qu'il y avait quelque chose à trouver. Alors j'ai cherché et cherché encore. Et finalement, j'ai trouvé. Mais permettez-moi de vous raconter cette incroyable histoire depuis son tout début.

Chapitre 1: Un électrochoc et un coup de foudre

Nicolas a toujours eu le sentiment d'être né du mauvais côté.

Du mauvais côté de Neuilly, d'abord, dans le quartier le moins chic et sur le mauvais trottoir. À Sainte-Croix, il sentait le regard méprisant de ces petits camarades. « Racaille du bas de l'avenue Charles De Gaulle », voilà ce qu'ils pensaient. « Sa mère travaille» ajoutaient-t-ils d'un air dégoûté; les leurs faisaient du bridge et donnaient des ordres à leurs employés de maison.

Du mauvais côté de la courbe de croissance aussi. Les nuits de cauchemar, il revoit encore la courbe standard du carnet de santé avec de part et d'autre les moyennes inférieures et supérieures et sa propre courbe, tracée au stylo Bic toujours, et toujours en dessous. Il se souvient aussi des conciliabules de sa mère avec le médecin. Ils les entendaient chuchoter des mots comme «traction vertébrale de nuit», et « hormones de croissance ». Peut-être les destinées de la France et donc du monde auraient-elle été différentes si les décisions du pédiatre avaient été autre.

Du mauvais côté de la classe, au fond, près du radiateur.

Du mauvais côté, même quand il essayait d'être dans ce qu'il croyait alors être le bon. Il raconte dans un de ses ouvrages comment sa mère lui avait interdit de se joindre à la contre-manifestation gaulliste des Champs-Élysées en 1968 parce qu'il était « trop jeune » : 14 ans. En fait il savait très bien au fond de lui-même que ce n'était pas la vraie raison. Sa mère avait simplement peur que, trop petit, il ne soit écrasé par la foule. Il s'était alors juré descendre un jour les champs Élysées tout seul, sans personne à côté de lui, à qui le comparer. À nouveau à quoi tient le destin…

Mais son premier vrai choc politique est un peu plus tardif. C'est l'élection présidentielle de 1974. C'est aussi un choc amoureux, contemporain de ses premiers transports en commun, comme 1968 l'avait été de ses premiers émois, par définition solitaires.

Ce choc porte un nom. Pas celui de Jacques Chaban-Delmas comme le disent les biographes ordinaires. Mais celui d'Arlette Laguillier. Oui Arlette Laguillier. Son apparition sur les écrans dans les émissions de la campagne présidentielle - la télévision pompidolienne, reprise en main après 1968, ne lui avait évidemment jamais donné la parole jusque-là- fit au jeune Nicolas l'effet d'une bombe au propre et au figuré. Contrairement à toutes les jeunes filles qu'il connaissait, elle n'avait ni serre-tête, ni carré Hermès, ni collier de perles. Et pourtant c'était une femme, bien que son pull bouloché cachant ses formes, sa coupe à la garçonne, et sa voix grave, à la fois voilée et haletante, puisse en faire douter. Elle était différente. Elle parlait sous l'emprise de la passion, d'une cause plus grande qu'elle: Il n'y avait en elle ni intérêt, ni calcul. Son débit saccadé et non pas étudié elle s'enflammait, elle vivait. Nicolas regardait, fasciné, tandis que fusaient les lazzis de ses frères et de sa mère visait sur cette «guichetière qui aurait mieux fait de rester dans son agence bancaire ».

Arlette aussi était du mauvais côté, du mauvais côté du guichet, celui de l'employé, pas celui du déposant - il n'y avait pas de débiteurs, elle travaillait dans un quartier chic, qu'elle rejoignait de sa banlieue lointaine en RER-.

Pour Nicolas c'était vraiment une fenêtre sur un autre monde qui s'était ouverte. Sur la ligne de métro Pont de Neuilly-Château-de-Vincennes, il n'avait jamais dépassé, à 20 ans révolus, la station Saint-Paul-Le Marais et plus au nord, il n'était jamais descendu à Château-Rouge ou à Barbès. C'était comme si, d'un coup, les banlieues nord et est venaient de rentrer dans son salon.

« Arlette, mais elle n'a pas de serre-tête » avait-il lâché quand même, interloqué, la première fois qu'il avait vu.

Ses frères avaient cru à une plaisanterie et l'un d'entre eux avait renchéri « et Liselotte n'a pas de culotte » dès lors Nicolas se le tint pour dit.

Nicolas se mit à guetter les apparitions d'Arlette, vaguement honteux mais de plus en plus sûr de ses sentiments pour elle et pour la Cause. De plus en plus soucieux aussi de discrétion. Il se joignit donc au choeur des lazzis familiaux sur la «guichetière». Il fouilla la bibliothèque familiale à la recherche d'informations sur le trotskisme. Il ne pouvait tout de même pas emprunter un livre de ce genre à la bibliothèque municipale de Neuilly, ni à celle de Sainte-Croix. Il ne trouva pas grand-chose mais le peu qu'il trouva il le lut fébrilement, en cachette, le soir, dans sa chambre en pensant à la Cause et Arlette, à Arlette surtout. Comme le disait Rousseau dans «Les confessions», « il y a des livres qui ne se lisent que d'une seule main ». Forcément, puisque l'autre est un petit poing crispé, levé sous le drap, mais quand même. Dans un internat jésuite, c'était, à l'époque, déjà suffisant pour finir au pain sec et à l'eau, voire à la sacristie, en cas de récidive.

La campagne électorale s'acheva trop vite. Une fois Giscard élu, on ne vit plus Arlette à la TV sauf le soir même de l'élection pour l'entendre déclarer goguenarde, avec un sourire en coin, qu'une fois de plus, les travailleurs avait été bernés par le grand capital monopoliste, que les élections étaient bien, pardonnez-moi l'expression, un piège à cons mais que les travailleurs ne se laisseraient pas abuser par cette mascarade. Cet air goguenard, et ce sourire mystérieux hantaient Nicolas. Il lui fallait comprendre. Il ne pensait plus qu'à ça, plus qu'à elle. Ces notes, déjà médiocres, empirèrent encore. Son appétit commença à osciller entre boulimie et anorexie, il devint encore plus irritable ce que son entourage que n'aurait pas cru possible. Il était ailleurs, miné, obsédé, amoureux. Un soir d'été il n'y tint plus.

La veille, il avait passé toute la soirée dans un "rallye" un de ces rassemblements mixtes où sous l'oeil vaguement complaisant tes parents, des jeunes gens de bonne famille font connaissance en vue d'affinités ultérieures éventuelles et de maintien du pedigree. Une version grand public du "Point Gamma", le bal de Polytechnique, également connu sous le nom de "foire aux génisses". Du buffet où il s'était réfugié, les gloussements des filles en petit tailleur bleu marine et les rodomontades du garçon arrivés en scooter, le petit bruit de ruissellement des colliers de perles agités et les couinements des Westons et des Churchs sur le parquet massif lui parurent soudain horriblement superficiels. Comparé à la sincérité et à la simplicité d'Arlette tout cela était totalement insupportable. Du coup il avait bu à presque lui seul le saladier de punch pour oublier tout ça et fini par vomir sur les escarpins vernis de la fille de son hôtesse. ça ne pouvait plus continuer comme ça.

. Alors Le lendemain il prit le taureau par les cornes. Il emprunta le métro jusqu'à la station Maubert dans le Quartier latin. Il avait repéré qu'Arlette tiendrait meeting tient à la Mutualité ce soir là. Il faillit se faire refouler par le service d'ordre. Les deux barbus perfecto et brassard ne pouvaient pas croire qu'un petit jeune homme bien mis, arborant un crocodile sur son polo, puisse vouloir assister innocemment à un meeting d'Arlette. Ce ne pouvait être qu'un agent provocateur à la solde du grand capital monopoliste. Nicolas était à 100 lieux de comprendre ces soupçons: tous les polos qu'il avait eu l'occasion de voir à Neuilly, dans le 16ème ou à Versailles arborait un crocodile. L'idée qu'un polo puisse ne pas être orné d'un crocodile ne lui était jamais venu à l'esprit. Le crocodile était pour lui au polo ce que la poche est au slip kangourou.

Quand il comprit enfin, après quelques insultes et bourrades, il fit une chose folle. Il courut sur le boulevard Saint-Michel, entra dans une boutique de fripes et acheta un tee-shirt noir à l'effigie des Rupette's, le groupe anglais dont le tube "Suck me baby love " tournait en boucle sur les radios cet été là. Sur le boulevard-même, il ôta son polo, qu'il jeta hardiment dans une poubelle, enfila le T-shirt et profita de la cohue qui s'était formée entre-temps pour entrer dans la salle, sans plus d'histoire.

Elle était là, sur la tribune, les yeux perdus dans le vague, comme une madone de Lippi (pour Nicolas qui n'avait pas encore épousé une artiste, cela s'écrivait encore avec une apostrophe et un H). Pourtant quand elle se mit à parler ses yeux s' animèrent, sa voix se fit frémissante. Elle mit toute la salle en transe, Nicolas en tête. Il se laissa bercer par la musique des mots, sans chercher à les comprendre "monopole", "capitalistes", "travailleurs", "exploitation", "aggravation des contradictions du système" "grand soir". Ces mots s'élevaient dans la salle et répétés à intervalles réguliers comme une mélopée, ils l'emportaient au-delà de l'horizon. Nicolas était ailleurs, aux anges... Après 18 ans de frustration et d'angoisse il avait enfin trouvé sa place, sa vraie place, ici à préparer la révolution avec ses camarades et avec elle, oui avec elle surtout.

En rentrant, il dut s'expliquer sur la disparition du polo et le mauvais goût de son tee-shirt. Il prétexta une déchirure gênante et un achat à la hâte. Au sourire en coin de sa mère il vit qu'elle ne le croyait pas mais qu'elle soupçonnait quelque aventure galante et une fuite devant des parents de retour plus tôt que prévu. "Pourvu que ça reste dans le quartier" devait-elle penser, vaguement flattée par ce qu'elle supposait être le succès de son petit coq enfin désinhibé. Il jura qu'on lui reprendrait plus. It donc l'habitude d'emporter deux sacs plastiques, un Cyrillus pour quitter Neuilly et un Tati pour arriver à Paris où il mettait alternativement son polo et son T-shirt.

Quand il exprima le voeu de commencer à militer et à faire le coup de poing contre les "fafs" d'Assas et du GUD, il fut soumis à un interrogatoire serré.

À l'époque déjà l'élocution de Nicolas est très imparfaite et son inculture abyssale. Grâce à LO il a fait quelques progrès, la lecture des classiques faisant partie des obligations militantes avec le cloisonnement, les pseudonymes, la clandestinité, l'entrisme et un surprenant puritanisme.

De toute façon les oreilles exercées du comité détectèrent immédiatement dans ses intonations un je ne sais quoi de bourgeois voulant s'encanailler. Il dut avouer qu'il venait de Neuilly. Il leur cacha, en revanche, ses sentiments pour Arlette. Il 'avais compris en effet qu'elle serait très difficile à approcher et qu'il lui faudrait des trésors de patience pour y arriver.

Curieusement, en identifiant son véritable pedigree, les militants se détendirent. Que leurs idées puissent séduire un ennemi de classe les flattaient quelque part. Leur obsession maniaque du secret, de l'entrisme, trouvaient un nouveau terrain de jeu.

 Après quelques épreuves initiatiques, comme la vente à la criée de "Rouge" à la sortie de la Sorbonne puis une vente identique, mais beaucoup plus brève, à la sortie d'Assas, il fut pris en main par un comité de trois vieux militants. Ils se présentèrent sous des noms de guerre. Ils lui expliquèrent qu'il avait mieux à faire que le coup de poing. Cette décision épargna sans doute à Nicolas de se faire cogner par plusieurs de ses futurs ministres. A quoi tient l'histoire, là encore.

Ses relations familiales, ses origines géographiques et sociales leur offraient tout un monde à pénétrer, un monde où ils n'avaient jamais mis les pieds et où ils n'avaient aucune chance d'entrer. Ils le convinrent qu'il devait être un sous-marin, qu'il devait infiltrer les organisations de jeunesse des partis de droite, se faire élire au niveau local si possible national et une fois en place tout faire pour "aggraver les contradictions du système" comme on disait dans le jargon. Alors il serait inévitablement amené à rencontrer Arlette.

Ainsi commença sa nouvelle vie. On connaît la suite

Tout s'explique

" L'aggravation des contradictions du système" voilà l'explication du comportement apparemment aberrante et incohérent de Nicolas Sarkozy: le soutien Balladur contre Chirac, le démantèlement de la police de proximité, la fête de la victoire au Fouquet's, le concert de Mireille Mathieu , les vacances sur un yatch d'un patron du CAC 40, la Rolex, le casting curieux du premier gouvernement avec porteur de sac de riz ,fashion victim, amateur de cigare, turfiste douteux, Iago , séminariste égaré etc , le bouclier fiscal, la politique africaine confiée un préfet, la perte de toute les régions métropolitaines sauf deux, les papouilles à la chancelière qui déteste ça, la tentative de nomination du gamin triplant sa première année de droit à l'Etablissement Public d'Aménagement de la Défense, l'expulsion des Roms, la quasi-guerre avec le Luxembourg, le débat sur l'identité nationale, la tente puis le bombardement de Khadafi, les matraques pour Ben Ali l'affaire Bettencourt , la racaille, le Karcher, l'idylle à Disneyland, l'air Sarko One, le ni eczéma ni choléra, j'en passe et des meilleures , chaque jour ou presque apportant son lot.

Tu as bien travaillé camarade Nicolas. Léon serais fier de toi.

Ce n'est qu'un début, continue le combat !!!

Liliane Bettencourt

Et

Isabelle Balkany

à la manière de

Pierre Tchernia

Pierre Torchnia :

Fiches Messieurs Cinéma

Les fiches "Messieurs cinéma" de Pierre Torchnia et de son équipe ont toujours été une référence pour les cinéphiles francophones. Elles étaient disponibles autrefois en jeu de société et en vente par correspondance. Elles nous reviennent aujourd'hui sur internet grâce à un partenariat avec le site de ventes de DVD et de livres bien connu "Ah ma zone.com" qui s'en sert judicieusement pour illustrer son offre. . Les fiches présentées ici traitent de deux remakes, l'un hilarant, l'autre plus grave, et tous deux succès surprises du box-office français

Fiche n°1
"Faut pas prendre les enfants du Bon Dieu pour des chevaux sauvages"

Les personnages :"la vieille", Nico "le hun", Ricou le turfiste, gros Patrick dit "le baron", une maitre d'hôtel indiscret, une petite fille décidée

Le pitch : Parce qu'il le vaut bien...

La fin : On ne peut pas savoir: on n'a pas encore ouvert le testament

Pour les attardés qui lisent encore:

La eenèse du film:

A l'occasion du vingt cinquième anniversaire de Michel Audiard la célèbre société de production "la firme" nous gratifie de ce remake avec une nouvelle génération de comiques arrivés au faîte de leur succès et faisant tout pour s'y maintenir. Ce film nous prouve au moins deux choses. D'abord que l'argot contemporain de la banlieue ouest vaut bien celui du Ménilmuche des années trente-cinquante, Ensuite que c'est dans vieux pots qu'on trouve les meilleures soupes.

Le scénario :

Nico dit "le hun" convoite le magot de "la vieille" veuve d'un caïd, retirée des affaires. Il envoie un de ses plus fidèles lieutenants, celui chargé de tenir la caisse du gang, "Ricou le turfiste", pour circonvenir "la vieille" dans son hôtel particulier. Ricou a déjà un pied dans la place puisque sa régulière travaille pour gros Patrick dit "le baron", l'homme de confiance de "la vieille".

Mais la petite fille, qui fait écouter sa grand-mère par maître d'hôtel, cuisinier et comptable interposés, ne l'entend pas de cette oreille. S'ensuit une cascade de gags et de quiproquos sanglants...

L'accueil de la critique:

<u>Télérama :</u>

Ce remake est presque aussi savoureux que l'original de Michel Audiard. Il pêche cependant par des erreurs de casting. Si Françoise Rosay est avantageusement remplacée, ce n'est pas le cas de Marlène Jobert. Quand à Nico "le hun", qui reprend le rôle de Bernard Blier, il en fait décidément beaucoup trop et frise le ridicule dans ses colères et ses dénégations, au risque de lasser son public. Même Louis de Funès l'aurait joué de manière plus sobre.

<u>Cahiers du Cinéma :</u>

Un film plus profond qu'il n'y paraît. Sur une idée initiale de Michel Audiard, c'est en fait vers le Comencini d'"'Il Scopone scientifico" ("l'argent de la vieille") et vers le Billy Wilder de "Sunset Boulevard" que l'on tend. Grandeur et déclin. Argent et inaptitude au bonheur, convoitise et absence d'amour. Des thèmes éternels. Certaines possibilités scéniques, comme le mystérieux petit phallus doré figurant sur un guéridon de l'hôtel particulier, ne sont pas pleinement exploitées. Par-delà la comédie et le happy end convenu, une grande réconciliation familiale qui sonne faux, on reste ému par le personnage attachant de Ricou le turfiste, au pinacle au début du film, dindon de la farce, trahi, abandonné et dépressif à la fin. Un vrai grand rôle dans cette pantalonnade.

Fiche technique :

Etc...

Fiche n°2

"Little attilas"de Bernardo Berlingofini

 Les personnages : Nico et Brico, médiocres étudiants en science politique, Patrizio et Patrizio ex étudiants en droit et nostalgiques du bras tendu, Isabella une étudiante, une serveuse anonyme et un vieil élu sicilien

Le pitch :D'un farniente médiocre à des horizons glorieux, au prix de quelques concessions

 La fin Les années de plomb

La Genèse du film:

Malgré son titre, le film ne se déroule ni au Tibet ni en Hongrie mais bien dans l'Italie du début des années cinquante.

 Pour ce remake des "Vitelloni" de Federico Fellini, Bernardo Berlingofini a choisi de faire cette référence à Attila pour deux raisons, la première parce qu'Attila a imprégné l'imagination populaire italienne au moins autant que la française en menaçant Rome puis en renonçant à son invasion, après une mystérieuse entrevue d'une nuit entière avec le pape a Aquilée en Vénétie, d'où par exemple un opéra de Verdi.

La seconde raison est qu'il existe des liens forts, et méconnus de ce côté-ci des Alpes, entre les deux pays, qui ont longtemps fait partie du même empire autrichien et ont développé de nombreux échanges culturels. Plus que Kossuth et Manin, ou Silvio Pellico emprisonné en Hongrie, plus que le goût partagé des deux pays pour le Tokay-ce sont des officiers hongrois en garnison à Milan au dix-neuvième siècle qui ont inventé la mode de le boire «à l'escarpin»-,les belles escalopes et les gros salamis, c'est Ilona Stahler, dite "La ciccicolina" qui est le parfait exemple de ces liens et de ces va et viens et de cette interpénétration culturels.

Le scénario:

Brico et Nico poursuivent sans grande conviction des études de science politique à l'université La Sapienza, à Rome au début des années cinquante.

 Au Basileo, le café jouxtant l'université, ils font la connaissance des "deux Patrizios", Patrizio Da Veggiano et Patrizio Balcani, tous deux plus âgés et nostalgiques du fascisme.

A eux quatre, ils rebâtissent le monde dans le café tout en essayant de draguer maladroitement les étudiantes et les serveuses.

L'un des Patrizio a une aventure avec une étudiante, Isabella, qu'il trahit presqu'aussitôt avec une serveuse qu'il maltraite et qui finit par le quitter.

Patrizio revient penaud vers Isabella qui, toujours amoureuse, lui pardonne.

Un beau jour lassé de leurs vies sans but et de leurs 400 coups à la petite semaine - incendier des poubelles, faire peur à des pauvres filles obligées de faire le trottoir...-

Nico décide de se lancer dans la politique du bon côté du manche et se rend chez un vieil élu sicilien de la démocratie chrétienne qui s'est implanté à la suite des américains et de Lucky Luciano dans la banlieue chic de Rome, pour faire acte d'allégeance et proposer ses services. Une nouvelle vie commence …

L' accueil de la critique

<u>Les Cahiers du Cinéma :</u>

« Un chef d'œuvre absolu, encore plus fort que le film original de Fellini.

On passe quasiment sans transition d'un néo-realisme à a De Sica avec la scène de l'incendie des poubelles ou celle de la chasse aux prostituées sous le pont de la bretelle d'autostrade, au surréalisme fellinien, avec par exemple la scène de la fellation de la serveuse a Patrizio Balcani, où l'on ne voit que le flingue de Patrizio s'agiter spasmodiquement sur la tempe de la serveuse, la coupe à la Jeanne d'Arc de celle-ci, vue de dos, et le pantalon baissé de Patrizio, un dépouillement quasi cistercien qui oscille entre Dreyer et Bresson, avec un rien d' Egon Schiele.

 De grands moments d'émotion et de pureté aussi comme celui où Isabella, toujours amoureuse, pardonne à Patrizio et le défend même devant la police avec ces mots admirables " Patrizio n'a pas besoin d'un flingue pour se faire faire une pipe".

 Des moments d'une intensité dramatique rare aussi, de ceux ou se jouent une destinée, ainsi lorsque Nico baise l'anneau d'améthyste de "Don" Carlo Pascuale : on pressent un moment de doute, vite repoussé, chez le vieillard, comme si César avait entr'aperçu déjà le poignard de Brutus, on sent aussi que ce baiser à l'anneau marque le terme d'une chute et d'un abaissement moral et le début d'une ascension sociale et politique et que l'une ne va pas sans l'autre.

Bref, un film à voir absolument.

Fiche technique : ...

Etc.

Les internautes qui ont acheté ce film ont acheté également:

"Chérie le nain a encore vexé les juges ", "Chérie, le nain s'est acheté un avion", "Chérie, le nain a rétréci ma retraite " "Chérie le nain a saccagé l'école " et "Rocco et ses sœurs"

Cliquez ici pour en savoir plus.

Liliane Bettencourt

~ 81 ~

à la manière de

Georges Perec

Georges Erec

« A qui ce petit phallus doré sur la table en marqueterie sous le Fantin-Latour?

Ou l'album du baron

Roman à contrepets »

Georges Erec est l'un des principaux animateurs du mouvement littéraire OLISBOS (Ouvroir de Littérature Sémantique Booléenne Spécifique) dont l'ambition était selon sa propre expression "de mettre la littérature cul par-dessus tête et fermement" en la faisant obéir à des règles formelles aussi contraignantes que celles qui régissent l'écriture des programmes informatiques. Ces milliards de bits impeccablement ordonnés et articulés, au prix d'un labeur intense et sans fin, tous ces zéros, tous ces uns, le fascinaient en effet.

Raymond Quenouille fut aussi membre de ce mouvement puis le quitta, avec fracas mais sans ressentiment. D'où le surnom de "quenouille sans haine" que lui donnèrent par la suite les membres du mouvement qui le considéraient encore comme l'un de leurs pairs.

Aujourd'hui l'OLISBOS est surtout connu par sa variante spontanéiste anglo-saxonne, le mouvement DILDO (Do It yourself, Don't Let them DO). qui est très populaire chez les geeks et les Nerds de la Côte ouest.

Dans le texte qui va suivre, une évocation de la tristement célèbre affaire Bittencour, Georges Erec se montre fidèle à son programme de contraintes formelles sans cesse renouvelées. Après avoir écrit un livre entièrement dépourvu de la lettre "E", puis un livre ne comprenant comme voyelles que des E, multiplié les palindromes et les lipogrammes, après avoir produit le premier dictionnaire française des élisions ("endimanché =di"; éditions de Minuit moins le quart, 2007) dont la diffusion est hélas restée confidentielle, il a décidé, cette fois, de multiplier cette figure de style admirable de langue française et qui n'a d'équivalent qu'en chinois la contrepèterie[3].

---

[3] Ce n'est pas tout a fait exact, il existe en anglais quelque chose d'approchant, le spoonerism, du nom du révérend William Archibald Spooner (1844-1930) qui en parsemait, volontairement ou non, ses sermons. Eu égard a sa respectable origine, le spoonerism n'a jamais pris la dimension

Pour Georges Erec la contrepèterie est une passion, une insulte et un défi. Une passion parce que c'est un objet totalement mathématique et donc informatisable puisqu'elle s'apparente à une permutation de termes dans une matrice. Une insulte parce qu'elle est le prototype de ce qu'on pourrait appeler un bug, pardon une bogue linguistique. La fourche qui langue, le lapsus calami est à l'orateur ce que le programme qui crashe est au Nerd.

On connaît la fascination de Georges Erec pour les nombres, la symétrie et les emboitements en abîme. Son roman compte donc 69 chapitres comportant chacun très exactement 69 contrepèteries.

D'une certaine façon en les utilisant ad nauseam, Georgs Erec crée une catharsis. Il cherche à exorciser les contrepèteries, à les bannir à jamais de ce langage qu'il veut épurer jusqu'au dépouillement comme le sont l'assembleur, le pascal, le cobol et le C++. En n'en donnant jamais la solution, il redonne son innocence au texte dont elles pourraient être tirées. En en saturant le lecteur, il les lui rend inoffensives. En en usant, il les usent à jamais. Comme en son temps Malherbe, le bien nommé, il arrache symboliquement ces mauvaises herbes de notre langue.

Chaque ligne ou presque de ce texte en cache une. Pour aider lecteur nous les avons, contre l'intention initiale de l'auteur, signalées par la mise en gras de voyelles, consonnes ou syllabes à inverser.

Chapitre 1

Autour d'une **p**inte de **f**ine

A Beau**m**ont le vicomte[4], Hauts de Seine, octobre 2010

- Ce **f**lanc est décidément trop **gr**êle !

- Arrêtez, ne **br**onchez pas, **t**aisez-vous !, Gouaillez si vous voulez en avalant votre flanc mais cessez de critiquer ce repas ! Vous avez commencé par trouver la liqueur de **m**enthe trop **f**orte ensuite vous vous êtes récrié "des **n**ouilles encore!", alors qu'elles sont au caviar. Ces **n**ouilles ne **c**uisent tout de même pas au **j**us de **c**anne! . Ensuite vous avez râlé contre, je cite la "**g**amelle" de **m**orilles servie avec le poulet au vin jaune. "Gamelle" allons donc! c'etait une saucière! Et en **p**ierre **f**ine*, qui plus est ! Qu'est-ce qui ne va pas encore ? La décoration peut être ? Vous la trouvez de mauvais goût? Vous croyez qu'il faut **c**acher ce **l**umignon ? Vous allez finir par vexer le maître d'hôtel et le cuisinier, et vous savez combien nous avons besoin pour nos petites affaires de gens de maison dévoués, à commencer par les concierges

---

égrillarde qu'il a toujours eu en France depuis Rabelais ni été élevé comme chez nous au rang de grand art. Pourtant il avait tout pour, puisque Shakespeare lui-même, le Barde, le pratiquait dans le même esprit ; "**ph**easant **pl**ucker" ou "those girls have a **c**unning array of **st**unts"

[4] Celle ci date de 1532 (Rabelais « Pantagruel »)

-Ah les concierges n'aiment pas être éveillés brutalement... Et ils sont toujours là à quémander des étrennes...

-Ah, qui dira l'avidité des concierges !

- Et je ne parle pas du comptable et de l'infirmière ...

- Cette poule minable...

- Minable peut être mais cette bonne faiseuse nous prépare la bête...

- Il ne faut tout de même pas des notices pour mettre des ventouses...

- Détrompez -vous ! Aujourd'hui il faut avoir de sacrées notions pour piquer et c'est tout de même bon d'être piqué sans nausée*. Et je ne parle de l'informaticien qui "arrange" les comptes pour les rendre illisible au fisc

- C'est vrai que la puce est bien nourrie…

-Eh oui ! Mais c'est le prix de la subtilité, dans une affaire pareille, on ne peut pas arriver bravement avec ses grosses galoches

- Et puis parfois on trouve plus malin que soi…

- C'est donc vrai ? Quelqu'un a un jour réussi à vous léser, baron! Je n'en crois pas mes oreilles !

- c'est vous qui le dites!...

-Ne soyez pas ballot donnez-moi vos sources! …

- N'insistez pas, dites moi plutôt ce qui vous déplaît ici, le panorama ? De la terrasse, on peut tout de même voir la berge...

-oui mais vous taisez ce brouillard qui en monte, ces voiles de brumes me glacent, on se croirait dans Lohengrin...

- Ah ces bêtes cygnes, décidément la muse vous habite... Avalez plutôt une pinte de cette fine

- Elle est excellente en effet, cette fine est sans dépôt, cet alcool a une fine ampleur, vous savez quoi, elle me fait l'effet d'un trou normand: après ce marc j'ai à nouveau envie d'une bonne dînette...

- vous savez, au fond, nous avons un peu les mêmes problèmes : gestionnaire de fortune et trésorier de campagne électorale sont vraiment des métiers de longue haleine, de coureur de fond au propre et au figuré, au singulier et au pluriel. C'est comme le tennis: il faut le pratiquer avec patience. Vous êtes toujours comme un équilibriste, vous dansez avec votre perche. N'a pas de part de butin qui veut. Il ne faut jamais quitter son but des yeux. Nous arrivons au port mais il est miné mais qu'importe bientôt nous atteindrons le but en criant "vainqueur"!

- Mais pourquoi avoir décidé d'agir maintenant ?

-Ecoutez, je n'avais pas trop le choix dans la date. D'abord la juge des tutelles s'est déférée sur le tard, ensuite sa fille est momentanément calmée par un chèque à ses œuvres.

-notre midas a fini par banquer quand on lui a présenté habilement ce don mais il en a fallu lui donner des couleurs à notre don..

- Certes ce noble but se souffrait pas de la crise

- Vous comprenez naturellement que notre contribution à vos propres "bonnes œuvres" doive rester secrète: s'il venait à se savoir que celui qui se dit le président de tous les français se fait financer sa campagne par plus riche héritière du pays ça pourrait mortifier les foules.

-Oui il ne faut pas que la foule sente le magot. Beaucoup se sont brûlés pour moins que ça…

-Ah le suffrage universel, goûtez moi cette farce! Quelle sente pleine de fables! On verra peut être un jour Besancenot en pull Lacoste

-Et puis après s'ils ne sont pas contents qu'est ce qu'une manifestation? Rien! Une simple pluie la disperse, la foule n'aime pas être mouillée…et toutes ces grèves sont d'un vulgaire

- Dites moi et bien sûr sans aucun rapport avec l'enveloppe que je vais vous faire remettre tout à l'heure, avez vous pu parler à vos amis du programme économique que je vous ai remis ?il y en assez de ces amas de patentes !

- Oui, oui, tout à fait, le ministre des finances lui même trouve toutes les baisses faisables, mais elles risquent de paraître assez ciblées, mon devoir…

- Ecoutez dans "compagnons du devoir" il y a "devoir" et c'est un mot de trop, au diable la philanthropie de l'ouvrier charpentier…

- Si le mot "devoir "vous paraît obscène, moi c'est le mot "enveloppe", c'est un mot de guichet, parlez plutôt de contribution…

- D'ailleurs puisque nous en sommes aux explications de gravures, je vous serai reconnaissant à l'avenir de passer par moi et de ne pas vous adresser directement au comptable, même si vous en avez parlé avant a madame Bittencour, c'est moi qui décide, lui ne fait que peser les butins. D'ailleurs si vous insistez le caissier va vous fuir…

- Vous êtes bien méfiant, croyez vous que votre caissier dissimule des fonds?

- Sûrement pas, mais votre maladresse le heurte, à chaque fois mon caissier est fumant de rage

- Cette belle probité lui demande sûrement une belle tension

…
- Cessons la nos disputes, comment va notre hôtesse ?, son état m'inquiète. Si la juge des tutelles s'en mêle …

- Elle est bien agitée, il faut l'apaiser en la berçant doucement. Elle s'énerve aussi parfois, une sorte de rage lui tient lieu de verve... Et elle devient acariâtre, elle exhale sa bile et se fait détester...

- Et vous donnez-moi des nouvelles du président...

-il va bien, enfin, aussi bien que les sondages le permettent, mais il travaille sur ses faiblesses, il passe beaucoup de temps à réviser avec son conseiller culture ...

- Ah le dompteur dresse sa bête à lire ! Et sur un plan plus personnel ?

- Sa nouvelle marotte est le chocolat chaud, il en boit à tout propos...

- Croit il que le cacao peut le guérir de son nanisme?

- Oh! vous êtes bien grossier…

- Et vous donc tout à l'heure avec votre " alors ce jus c'est pour quand ?"

- C'est vrai, je me suis laissé aller, je l'avoue, mais quand je suis un peu saoûl je n'ai plus de remords, je doute de mon foie et puis j'ai beau fréquenté la crème à Chantilly, la politique a un vocabulaire de corps de garde...

- Et ses débauchages chez l'adversaire ?

- Il va bientôt marquer un grand coup. Il va nommer secrétaire d'Etat à la ville une ancienne députée communiste, eh oui en douce elle a pu lâcher le marteau

- Et ces histoires de valeurs chrétiennes, de visite au pape avec Bigard que sais-je encore, il y croit vraiment ?

- Absolument! il n'y a aucune fiction dans ces messes...bien assez bavardé, pour combien allez vous m'inscrire dans votre album cher Baron ? A dire vrai il me faudrait cette fois 400.000 euros...

- 400.000 euros ! Si j'en juge par le coût c'est vraiment incongru!

Chapitre 2 :
Qui a piqué ce petit nabot...

Carla...

-

Lisbeth Salamander

à la manière de

Stig Larson

Stieg Klakson

"La fille qui buvait de l'aquavit au petit déjeuner

Pandemonium tome 4 "

"Eggkart Tequist ôta la clé de contact de la motoneige qui cessa de pétarader, quatre heures de l'après midi, un 15 novembre en Scanie, le soleil se couchait déjà. Tequist aimait ces paysages et ce climat méridional. Moins quinze degrés seulement. Sa morve ne gelait même pas dans son nez. Pour un peu on se serait presque cru en plein été indien.

Il avait du laisser sa voiture sur la côte. La glace n'était pas encore assez solide pour qu'il puisse s'aventurer avec sa Saab jusqu'a l'île de son hôte.

La vieille demeure de pierre l'attendait au bout de l'allée. Le drapeau suédois pendait, flaccide, au bout d'une hampe pourtant fièrement dressée. Fantaisie du propriétaire, la grange attenante n'était pas rouge sang de bœuf avec un toit à double pente comme partout ailleurs en Scanie, mais parallélépipédique et bleu électrique avec en lettres jaunes "Jag ar glad" (Sam'suffit en suédois). C'est dans cet entrepôt que l'aventure du patriarche avait commencé.

"Bienvenue Tequist", l'homme qui était venu le chercher au bout de l'allée avait une crinière blanche et se tenait encore bien droit pour ses 80 ans. Il avait une poignée de main franche et un regard droit mais lourd, presqu'accablé.

"- Alors on me dit à Stockholm que tu t'es encore mis dans une merde noire ! Que tu vas devoir vendre ou arrêter ton journal pour payer les dommages et intérêts du procès en diffamation que t'as intenté le groupe APPLA" .

Les épaules de Tequist s'affaissèrent mais il tenta une timide riposte

"-ça n'a pas encore été jugé"

"- Oui mais les experts ont démontré que les photos que tu as publiées étaient truquées et que le pénis n'était pas celui de Frieda Oumpapa, que tu as donc accusée à tort d'être un travesti!"

"- Mais elles étaient tellement nettes !! J'étais sur de tenir un scoop!"

"- Mais tu t'es fait piéger, tu sais pourtant bien qu'avec Photoshop on peut faire croire n'importe quoi aujourd'hui, que Sarkozy est plus grand que notre premier ministre qui fait pourtant deux mètres, ou que mes étagères tiennent toutes seules alors... d'ailleurs je croyais que ta copine était informaticienne, elle aurait du te dire ..."

"- Ah Lisbeth... "

 Les traits de Tequist s'étaient crispés, une expression de douleur et de regret passa fugitivement dans son regard.

"-.. Elle..., elle était partie à ce moment là ...en fait, elle est partie définitivement …mais..."

"-Mais...?"

"- Mais, oui c'était sérieux entre nous, trop sérieux même, quand elle m'a surpris avec la stagiaire sur la photocopieuse, elle a tout cassé, vous savez comment elle est, la fille s'est retrouvée au travers de la vitre, j'ai pris des éclats de verre dans le...enfin vous voyez et elle a même essayé de me sodomiser avec le toner de rechange et puis elle est partie en claquant la porte..."

"-Tss, tss Tequist, c'était plus fort que toi hein! Fallait que tu sautes sur tout ce qui bouge, une minijupe et c'est parti, la petite tête dirige la grande ("*Die klunk dickies rullt ubar die grosbar dickie*" proverbe suèdois), tu es bien un homme des années quatre vingt. Moi c'est plutôt les années quarante... "

"- Eh bien, c'est à dire... j'ai pensé que ça ne portait pas à conséquence. Expliquer a une étudiante en communication que dans le milieu des médias, même en Suède, il faut coucher, c'est lui rendre service non ? Ca fait même partie du projet pédagogique quelque part. En plus elle n'était même pas jolie, ni intelligente d'ailleurs, juste jeune. C'était juste pour le principe. Mais bon, Lisbeth ne l'a pas vu comme ça. Apres tout a été de mal en pis. La stagiaire a porté plainte pour agression sexuelle contre moi et pour coups et blessures contre Lisbeth qui a disparu complètement de la circulation, comme à la grande époque, non sans avoir crevé mes pneus, vidé mon compte en banque, jeté mes costards à la poubelle et saccagé notre appart' de Trudbalsgattan. Ensuite il y a eu l'échec de ma pétition contre l'institution d'une séance quotidienne de taïchi obligatoire chez Volvo après leur rachat par les chinois...à croire que tout le monde se fout aujourd'hui de ce qui arrive aux ouvriers suédois"

"Ils ne sont plus suédois mais turcs, serbes ou afghans, alors pas étonnant. De toute façon, tu as été trop loin sur ce coup, moi mes ouvriers en Pologne et en Roumanie, je ne leur fais pas fêter la Sainte Lucie parce qu'il faudrait leur donner un jour de congé mais je leur fais des réductions sur les restes de boulettes de viande à la confiture de mes restaurants et je leur fais écouter du Appla: tant qu'à entendre des scies toute la journée, autant qu'elles soient de chez nous. Oh mais je suis désolé, j'ai parlé d'Appla en bien, excuse mon manque de délicatesse, c'est parce que je parlais affaires, je pense ..."

"- Bon bref, je me suis dit, si le social ne marche pas, faisons dans le people et le graveleux, ca remontera les ventes. Alors quand j'ai eu ce scoop sur Appla j'ai vraiment cru que j'allais pouvoir me refaire et vous connaissez la suite, je suis vraiment un homme acculé .."

.

Le magnat se demanda un instant si le choix de l'adjectif n'était pas lie à l'histoire du toner. En devisant, ils étaient entres dans la demeure et avaient déposé leur protèges chaussures sur un vestiaire Pompkrad, accroché leurs cagoules et leurs manteaux épais à une patère Krodvilpin et pose leurs moufles sur une desserte Futvar. Le patriarche le guida aimablement vers un salon confortablement meublé de canapés Flippan bleus et jaunes, de fauteuils Podgang et d'une table basse Flack.

"- Assieds toi Tequist. Tu m'as été chaudement recommandé par un vieil ami que tu as tiré d'affaire, j'ai une proposition à te faire, qui te sauvera peut être financièrement la mise mais qui comporte des risques et puis j'ai une surprise aussi…".

La vitre d'une des fenêtres éclata dans un choc violent faisant pénétrer en bourraque l'air glacé du dehors. Le projectile était un cocktail Molotov dont l'amorce d'étoupe finissait de se consumer.

"- Igor ! ... Oui pas de quoi rire, j'ai un majordome russe qui s'appelle Igor, son père était un ancien de l'armée Vlassov "Igor! Éteins-moi ca tout de suite et appelles les vitriers et la police mais les vitriers d'abord. La police ne trouvera rien, comme d'habitude, que des traces de pneus"

Peut être declenché par ces mots, Tequist pensa, en un éclair, que le patriarche s'était foutu, lui aussi, dans une belle merde.

"-... de Harley Davidson, foutus motards!!! Tu sais que leur chef un certain Gunsborg est même venu me narguer ici en me proposant sa "protection" mais je lui ai dit d'aller se faire foutre, que je n'avais besoin de personne en Harley Davidson. Alors il m'a répondu en se la jouant patriote et en essayant de faire vibrer ma corde sensible - comme si j'en avais encore une -, "je voulais régler cette affaire entre suédois de sang viking pur mais puisque tu le prends comme ca, je crois que je vais accepter l'offre de ces russes dégénérés". Texto. Cela dit, il n'avait pas tort pour les russes, foutus russkofs, dans quel guêpier ai je été me fourrer en ouvrant un magasin là bas. Pourtant je les ai bien arrosés, tous et beaucoup, beaucoup trop"- l'avarice du patriarche était proverbiale. "Mais non, ils leur en faut toujours plus et maintenant ils menacent de hacker tous mes catalogues en ligne dans le monde !"

Tequist resta silencieux un instant. Cette histoire de Harley lui avait ramené en mémoire ce proverbe de Hell's' Angels "l'amour c'est quand on aime quelqu'un plus fort que sa moto". C'est exactement ce qu'il ressentait pour Lisbeth. Il l'aimait plus encore que son journal, plus même que son propre reflet dans le miroir Eckhart Tequist le beau mâle, cheveux en brosse regard d'acier, mâchoire franche, Eckhart Tequist le chéri de ces dames, un homme un vrai, à l'impératif. C'était dire.

Tandis qu'Igor s'affairait avec un extincteur, puis les volets puis le téléphone, le patriarche s'était assis dans un fauteuil Podgang.

"- tiens Tequist reprends un de ces réglisses salés ça va très bien avec les boulettes de viande et la sauce a l'aneth du saumon, là sur la table ... "

Tequist s'éxécuta, en se demandant si Krampredd ne lui servait pas des boulettes périmées, comme a ses ouvriers roumains. Mais le patriarche le détrompa.

"Si nous faisons affaire je ferai ouvrir par Igor une boite de hareng pourri de 1941, un grand cru, pour fêter ça. Je ne te dis pas la forme de la boite de conserve j'ai du la caler sur un socle! Il paraît que la rouille ajoute une pointe de goût très délicate, tu penses, c'est du bon fer suédois de chez nous, il valait cher a l'époque, tout le monde en voulait..".

Du surstromming 41! Un millésime à ouvrir avec un masque a gaz, on n'en trouvait plus ni sur internet ni en salle de ventes et même dans les caves du palais royal on n'en avait pas trouvé assez pour en servir au dîner de gala du dernier sommet européen. Décidément le vieux tenait absolument à ce qu'il signe, ce vieil avare devait avoir la pétoche de sa vie pour faire une telle dépense.

"eh bien voilà, c'était une jolie entrée en matière, tu sais pratiquement tout, je fais l'objet d'un chantage sur mes catalogues en ligne, je crois que c'est lié a mes affaires en Russie, il y a aussi, euh des lettres anonymes faisant allusion a ma jeunesse un peu troublée, ce n'est un secret pour personne, je me suis mille fois excusé, je me suis trompé, c'est tout. Même toi, tu l'as reconnu dans ton magazine après m'avoir bavé dessus, mais bon, je ne tiens pas trop à mêler la police a ça, alors j'ai pensé à toi et à ..."

"Salaud ! Ordure !" La porte du fond s'était ouverte brutalement et une lanière de ceinture cingla l'air pour zébrer la joue de Tequist et s'abattre en claquant sur son sexe .Il se plia de douleur

"- oui ordure! Je te retrouve! Ah tu m'as manque salopard ! Les punks malgré leur piercing où je pense, ce ne sera jamais comme avec toi, ah tu m'as bien fait souffrir connard! Tu vas me le payer"

-" ça s'arrange..." pensa, soulagé, Tequist.

Layla Ben Ali

à la manière de

Frédéric Mitterrand

"Sous l'aile brisée de l'aigle: destinées tragiques de reines et de presque reines"

De Frédéric Mittelbrand

Avant de devenir ministre de la culture d'un président dont ce n'est apparemment pas la préoccupation première, non pas à cause de ses talents artistiques, mais presqu'en dépit d'eux, et bien plutôt par la grâce d'un nom célèbre de l'autre bord (belle prise ou gibier faisandé, l'histoire tranchera), Frederic Mittelbrand a eu plusieurs vies. Parmi elles, celle de chroniqueur lyrique de destins illustres fracassés par l'histoire.

Sous le titre, comme toujours très sobre, de "Sous l'aile brisée de l'aigle: destinées tragiques de reines et de presque reines", il s'intéresse aux épouses des dirigeants qui ont d'une certaine façon, par leur permanence, incarne le visage de leur pays, avant de sombrer, emportes par le flot de l'histoire.

C'est aussi un journal de voyage, car il a séjourné, parfois longuement, dans le pays de ses héroïnes et un journal personnel car il a été souvent l'ami et le confident de ces étoiles lointaines. Après "Soraya, Persépolis ","Chiang Ching, Pékin", "Elena Bucarest", "Jihane, Le Caire ", "Madeleine, Libreville" "Catherine, Bangui", voici "Leila, Carthage", un témoignage bouleversant, écrit dans l'urgence et sous le coup de l'émotion et dont l'actualité résonne encore à nos oreilles.

Ce livre existe en version audio. La voix de l'auteur, avec sa scansion si particulière du texte, y fait merveille. A l'écouter on est presqu'ému aux larmes devant ce destin brisé.

**«Chapitre 12
"Leila, Carthage**

Elle n'était pas une reine ni une presque reine, elle était plus qu'une reine.

Rien dans le pays ne se faisait contre elle, rien dans le pays ne se faisait sans elle, tout dans le pays ne faisait qu'avec elle et pour elle, ou à la rigueur avec sa famille, qu'elle aimait tant.

Zine était Baal-Moloch et Leila, Astarté, et Carthage brillait de mille feux. Elle etait Salâmbo encore, mais sans voile.

Et Didon aussi.

Virgile raconte, dans l'Enéide, que lorsque les vaisseaux phéniciens, emmenés par Didon abordèrent aux rives du golfe de La Goulette, ils conclurent un accord avec le roi local. Ils auraient autant de terres qu'une peau de taureau pourrait en parcourir, attelée, en une journée.

Rusée, Didon fit découper la peau en fines lanières et multiplia les montures. Et les phéniciens eurent ainsi un territoire 100 fois plus grand que celui que le roi des lybiens proto-berbères ne voulait à l'origine leur concéder.

Leila n'a pas agi autrement dans la répartition du territoire entre son clan, celui des Trabelsi, et celui de son mari les Ben Ali.

A ceux-là l'arrière-pays, pauvre et dépourvu de ressources -au point qu'on y monnaie les postes d'instituteurs.

A elle et sa famille, Carthage, aujourd'hui Tunis, et toute la côte, vibrante d'activités.

Mais Virgile raconte aussi que Didon, désespérée de la trahison et de la fuite d'Enée, s'est immolée sur un bûcher ("uritur infelix pulcherrima Dido"..).

Puisse Leila ne pas faire de même devant la trahison du peuple tunisien qu'elle a pourtant comble de bienfaits.

Et pourtant toute déesse, toute princesse, qu'elle était, elle n'a rien vu venir, rien.

Ni moi non plus, moi qui pourtant connaît si bien ce pays dont on m'a donné la nationalité et où j'ai une petite bicoque, dans un village perdu au bord de la mer, Sidi Bou Saïd.

Rien dans ce pays ne m'était étranger.

Des tunisiens j'en voyais souvent, au travers des vitre fumées de la Mercedes à plaques gouvernementales qui venait toujours m'accueillir à l'aéroport.

Chère Leila, c'est à ces petites attentions qu'on reconnait les vraies amies.

Tandis que la voiture contournait la base militaire qui ceinture l'aéroport, ils s'écartaient à notre passage et ils avaient l'air heureux et insouciants.

Et cette jeunesse aujourd'hui en révolte, je l'ai côtoyée aussi, dans ma piscine, jeunesse des beaux quartiers, venue en voisine, mais aussi jeunesse des quartiers populaires, venue en hôte et je n'ai jamais entendu une plainte, contre le régime, j'entends. Quelle surprise que cette soudaine tempête, que cette dévastation.

<u>Vendredi 14 janvier 2011</u>

Je suis au Burkina Faso quand la terrible nouvelle me rejoint.

J'inaugure l'exposition "ruptures et rédemptions : figures du traître dans l'art et la littérature" à l'alliance française de Ouagadougou, dans le cadre du volet culturel de l'aide au retour.

Je suis épuisé par une journée de mondanités de bas étage. La nouvelle achève de m'anéantir.

Dévasté, je fais annuler "la rencontre avec la jeunesse" que le directeur de l'Alliance, un jeune homme fort prévenant a organisé pour moi.

Je sais que je vais décevoir tous ces jeunes qui m'attendent, mais c'est au-dessus de mes forces.

Les quinze collaborateurs que j'ai amené avec moi -j'ai délibérément voulu un voyage simple et sobre -vont enfin pouvoir se rendre utiles en essayant de me remplacer, même si c'est chose impossible.

Je mords les draps, je hoquète.

L'ambassadeur, paniqué par cette annulation soudaine et par mes sanglots étouffés, toque à ma porte, inquiet.

Je le renvoie sans ménagements dans ses appartements et à ses devoirs.

Je veux être seul avec ma douleur.

Aujourd'hui, Je pleure une amie, une sœur même, et son destin brisé.

Tel un loup blessé, je veux être seul avec ma souffrance, pour lécher mes plaies de tout mon saoul.

J'avais allumé la télévision mécaniquement, sur TV5, pour apprendre que Leila avait fui et avec elle Zine -je l'appelle Zine en privé- Zine qui n'était plus depuis deux ou trois ans que l'ombre de lui-même.

Je suis aussitôt passé sur CNN, connaissant trop bien Christine et Bernard pour faire pleinement confiance à la Voix de la France.

Même si leurs troupes ne leur parlent plus depuis longtemps et sont en rébellion ouverte, les vieux réflexes peyrefittiens, pompidoliens et foccartiens demeurent quand il s'agit du pré carré.

Et là je vois en boucle la foule, la foule qui applaudit aux jets de portraits de Zine par les fenêtres des ministères, et dont elle fait des feux de joie, brulant littéralement ce qu'elle feignait d'adorer hier et avant-hier.

D'autres, plus grossiers, encore brandissent des sèche-cheveux, allusion douteuse a la profession initiale de Leila qui, artiste capillaire pour la première première dame d'alors, avait su séduire Zine, un exploit, s'agissant alors d'un haut gradé aux cheveux ras.

J'entends des slogans obscènes "le bigoudi que tu as saisi, t'as qu'à finir de le sucer en Arabie". Je suis interloqué par cette vulgarité.

Quelle différence avec la classe de son frère quand il nous emmenait, roulant a tombeaux ouverts dans les rues de Tunis, dans son Hummer, pour quelque escapade au bord du golfe de la Goulette.

J'essaie de la joindre sur son portable.

Je la vois encore le sortir de son sac Kelly après quelques recherches infructueuses.

Elle avait une relation d'amour/ haine avec son Kelly, qui ne la quittait jamais.

- "Kelly. Kelly !! qui c'était celle-là? Juste une blondasse tapée qui régnait sur un bout de rocher en face, moi je règne sur un pays de dix millions d'habitants, et sans partage, vos couturiers pourraient enfin se fendre d'un "Leila" non ?"me répétait elle souvent.

."Tant de villas prêtées et si peu de louanges et de témoignages de reconnaissance, Votre intelligentsia et vos créateurs sont décidément bien ingrats..." me disait-elle encore.

Elle avait raison.

J'aimais cette franchise, dénuée d'arrière-pensées.

Je m'étais juré de parler du "Leila" à Lagerfeld et aux patrons d'Hermès et de Vuitton, je n'en ai pas eu le temps.

Ce regret me taraudera éternellement.

Le téléphone qu'elle extrayait de son sac était un Vertu, incrusté de diamants sur toutes ses faces, avec des touches émeraudes et des chiffres à l'or fin.

"Il me griffe mais j'aime ça ..."

Quelle femme, quelle tigresse !

"Cadeau d'un admirateur ?" lui ai-je demande plaisamment

"Non, cadeau d'une entreprise qui veut s'implanter…" 'Avait-elle répondu, mutine.

Mais son portable ne répond pas, peut-être a-t-elle omis de le recharger dans la panique de son départ, peut-être l'a t'elle oublie sur une table du palais ou peut-être est-il déjà dans la poche d'un soudard.

Les idées les plus folles me traversent. Je voudrais rentrer à Paris immédiatement pour suivre les choses de plus près. Mais il n'y a que le vol d'Air France de demain soir, puisque je n'ai pas eu droit au GLAM.

Demander au chef d'escale et au pilote de partir dès demain matin ? Il n'y faut hélas pas songer. Ils ne voudront pas. Ils m'objecteront de basses considérations commerciales et joueront peut être aux héros à bon compte sur mon dos, comme ce pilote de Tunisair qui a refusé d'embarquer Leila.

Sans parler du Canard Enchaîné qui, à coup sûr, en aurait vent et me brocarderait. On ne peut plus rien faire dans ce pays.

Même si l'on a un nom. Surtout si l'on a un nom. Même si on l'a renié.

Essayer de contacter Leila d'ici ? Impossible, j'aurais beau tempêter, l'ambassadeur à Ouaga ne voudra jamais contacter son collègue à Ryad sans passer par le quai, l'ambassadeur à Ryad ne saura pas ce qui se passe à Djeddah.

Et même si nous y avions un consul, il serait bien la dernière personne à laquelle les saoudiens diraient où ils ont mis à l'abri Leila et Zine, surtout après les manifestations de la communauté tunisienne à Djeddah (des manifestations à Tunis et à Djeddah, on aura décidément tout vu, pourquoi pas à La Havane ou à Pyong Yang tant qu'on y est!).

Et même si j'arrivais à obtenir cette adresse et ce numéro de téléphone, qui sait si Leila me répondrait ? Elle doit se considérer trahie par la France et ses dirigeants, donc par moi aussi, depuis qu'on lui a refusé l'asile.

Soudain une angoisse me saisit: Ma maison à Sidi Bou Saïd...

Il fut un temps où les Hummer, les Porsche et les Lamborghini qui se garaient devant chez moi me valaient le respect et la considération de mes voisins.

Mais qui sait si ce soir ces mêmes voisins n'ont pas désigné ma maison à la vindicte populaire comme celle d'un - oh, quel mot horrible- collabo.

Que faire ? demander à l'ambassadeur en Tunisie, d'envoyer les gendarmes de l'ambassadeur protéger ma villa? impossible à nouveau... Impossible de le contacter directement du Burkina sans passer par Paris.

Et puis, je dois bien me l'avouer, il doit avoir d'autres soucis en ce moment que de complaire à un ministre - c'est pourtant l'une des tâches de base d'un ambassadeur avec les mondanités locales et l'hôtellerie -. Il doit déjà avoir bien du mal à faire garder l'ambassade, surtout après la déclaration de sa pauvre ministre sur l'aide que pourrait apporter la France en matière de maintien de l'ordre.

Et puis, même si j'y arrivais, là encore le Canard en aurait ent et me trainerait dans la boue.

Et je n'aime la boue que bien tiède et qu'à Albano Terme.

Non il faut me résigner.

Tout repose sur les épaules -superbement musclées - d'Abdou, mon fidèle gardien.

Il faudra que les manifestants lui passent sur le corps pour dévaster mon intérieur.

<u>Dimanche 16 janvier 2011 :</u>

Je suis revenu à Paris par le vol de nuit. La dernière journée à Ouaga a été une agonie.

Je suis fourbu. J'ai appelé Tunis.

Abdou n'a rien, ma villa non plus. Les manifestants ne s'y sont même pas intéressés.

C'en est presque insultant.

J'ai finalement pu obtenir le numéro de Leila en Arabie Saoudite, après des heures de palabre de mon cabinet avec le foutriquet de permanence au quai d'Orsay, paralysé de trouille après les remous suscités par les déclarations de leur ministre, malencontreuses dans leur timing certes, mais parfaitement justifiées sur le fond.

Parvenue à temps, notre "aide" aurait peut-être inversé le cours de l'histoire et mes alarmes d'aujourd'hui n'auraient pas eu lieu d'être.

Leila, que j'ai pu joindre enfin, me dit qu'elle est saine et sauve, quoique très éprouvée par son voyage: angoisse, précipitation, incertitudes et déception quant à la destination finale, inconfort : les cantines en provenance de la banque centrale étaient trop denses et trop lourdes pour les soutes de l'appareil. On a dû les ouvrir et repartir leur contenu dans la cabine. Leila littéralement dormi dessus.

On n'imagine comme une couchette tapissée de lingots peut être dure et inconfortable.

Leila en est encore toute percluse.

Comme je compatis au récit de son odyssée!! :

La trahison de l'armée, les pressions de l'ambassade américaine. Paris aux abonnés absents, la police débordée, la décision de fuir, le clan éparpillé, les bagages faits à la hâte: un trente-huit tonnes seulement, toute une garde-robe de grand couturiers abandonnée sur place sans parler des fourrures, des bijoux, des meubles.

Le refus d'un premier pilote de décoller, l'armée qui entoure les passagers soi-disant pour les protéger mais en fait pour s'assurer de leur départ, les soutes de l'appareil trop petites pour décharger le contenu du 38 tonnes et les fameuses cantines de la banque centrale, les malles Vuitton entassées tant bien que mal dans la cabine, ambiance d'exod , juillet 1940 en janvier 2011...

Le pilote qui apprend au-dessus de la Sardaigne qu'il ne pourra se poser ni en France ni en Italie, la déception atroce de Zine devant le lâchage de ceux qu'il appelait ses amis lui qui avait accueilli l'exil de Bettino Craxi et qui avait fait préparer deux villas près de Djerba, noms de code "Bunga Bunga" et "Karachi".

La tentation de se poser en Lybie, la tentative de se poser à Malte et finalement l'accord des saoudiens, toujours respectueux du devoir d'hospitalité.

Les quolibets des tunisiens de Djeddah, le monde qui s'effondre décidément, le convoi des Mercedes qui file sur l'autoroute, de nuit, dans le désert, l'arrivée au compound enfin, brisée mais saine et sauve ...

J'en pleurerais.

Mais elle est indomptable, elle va mieux déjà, elle parle de retour au pays, de pendre les traitres à des crochets de boucher -quelle idée barbare, ou a-t-elle bien pu pêcher cela ?-. En attendant elle et Zine s'installent.

Ils ont désormais pour voisins de compound les Amin Dada et les Menguistu.

Les trois hommes et les nombreuses femmes - Zine et Haïle Mariam sont monogames, pas Idi - ont déjà fraternisé.

Les maris d'un côté, les femmes de l'autre, ce petit monde échange en broken english et en arabe dialectal des recettes sur les moyens de tenir les hommes, mais pas de la même façon.

Leila, incarnation de la libération de la femme dans son pays, ne peut plus sortir du compound que voilée.

Comme le compound fait trente hectares et inclut un centre commercial, elle ne souffre pas encore trop.

Elle est quand même très éprouvée.

Nous évoquons ensemble les jours heureux, quand nous pouvions presque tenir un séminaire gouvernemental français ou un conseil restreint dans les salons du palais de Carthage, ou encore nos parties de water-polo endiablées avec Zine.

Quand je l'avais comme adversaire, Il avait la désagréable manie de m'attraper, que j'ai la balle ou pas, et de me mettre la tête sous l'eau jusqu'à ce que j'étouffe. .

Il s'excusait toujours après, mais c'était compulsif. " Que voulez-vous j'ai longtemps été ministre del'interieur et j'étais très proche de mes hommes que je visitais souvent en plein travail, c'est plus fort que moi".

Cher Zine... Si seulement il avait pu faire preuve de la même poigne ces derniers jours...

Mais avec des si, on mettrait Tunis en bouteille: qui sait, si Zine avait été chauve ou si sa première épouse avait porté perruque, si Leila ne serait pas encore au calme dans son salon de coiffure à rêver de luxe, de princesses et de grands de ce monde en feuilletant Paris Match et Point de Vue Images du Monde ...

Crâne de Zine, périnée de Nicolas, nez de Cléopâtre, a quoi tient l'Histoire...

Quelle leçon !

Chapitre 13

Aïcha K ou l'arrivage des Syrtes

Etc...

Une ex-ministre de la culture

à la manière

d'une main courante

Un extrait inédit de

«Das kapital»

de Thomas Von Pikotty

Nous publions ci-après un extrait inédit de « Das kapital », le livre de l économiste Thomas von Pikotty qui connait immense succès outre-manche et outre atlantique.

Mêmes causes, mêmes effets?

Thomas von Pikotty rejoint en effet ainsi au panthéon des intellectuels français waterproof Roland Barthes, Michel Foucault et Jacques Derrida dont les fulgurantes obscurités ont fait les délices d'une frange d universitaires anglo-saxons en mal d'éxégèses subtiles.

Gageons cependant que l'idée- lumineuse- de reprendre le titre du best seller de Karl Marx n'avait aucune visée marketing.

Certes les éditions Robert Laffont nous annonce maintenant une "richesse des nations" par Alain Minc (il aurait eu de toute façon du mal à produire une "Richesse des notions"), tandis que Jacques Attali nous prépare en guise d'opus semestriel un «Essai sur le principe de population » à paraitre fort logiquement aux Editions du Fleuve Noir. On a l'Achéron qu'on mérite.

Bernard Tapie n'est pas en reste avec sa " Théorie générale de l emploi, de l intérêt et de la monnaie" aux Editions numéro un, sans parler du "Nouvel Evangile" ouvrage collectif du service économique de BFM-TV sous la direction de Nicolas Doze et François Lenglet aux Editions TF1.

En ces temps où la librairie principale des Presses Universitaires de France, place du Panthéon a été remplacée par un magasin Nike (ne prononcez pas «naïk» à la française, mais «naïki» à l'américaine ou à la rigueur « Niké» a la grecque qui veut dire, paradoxalement, «victoire») on ne peut que se réjouir de voir des éditeurs importants, au public large et aux visées populaires s'intéresser d'aussi près à l'austère science économique, cette "science sinistre" comme disait si joliment Malthus.

De même, nous devons nous réjouir de vivre dans une époque qui au lieu d'adorer, de vitupérer ou d'ignorer ses classiques les revisite et les renouvelle.

Comme disait si justement une des banderoles des Indignados occupant la Puerta del Sol "Vivimos en una epoca formidable". Il est vrai qu'avoir le gîte et le couvert chez ses parents jusqu'à 35 ans, c'est plus que ce dont Oliver Twist aurait jamais rêvé.

Côté channel, Thomas Von Pikotty rejoint sur la liste des best sellers d'origine française Catherine Miyet et Michel Houellebecq qui ont eu l'heur de conforter l'image que se font, à tort ou à raison, les anglais de nos compatriotes : des porcs - et des truies- assoiffés de stupre.

Ceci nous ramène à l'origine de ce manuscrit inédit : après le "manuscrit trouve a Saragosse" de Potocky, le manuscrit trouvé chez les cognes de Pikotty.

Nous le tenons en effet d un commissaire de police, érudit, homme de gauche et lecteur du Monde (deux espèces en voie disparition: un policier de gauche et un journal qui l'a été) qui ' a trouve au petit matin sur la main courante de son commissariat, rendant compte des incidents d'une nuit ou il n'était pas d astreinte.

"A 23h45 , une jeune femme s'est présentée au commissariat dans un état de grande excitation, poursuivie par un jeune homme, un peu enveloppé, qui essayait de la calmer. Elle a jeté le texte de deux pages, annexé en pièce jointe, sur le comptoir du commissariat en criant_

-«C'est quand je lui ai dit que c'était de la merde, qu' il a commencé à me tarter!!! »

" C'est pas vrai" a répliqué l'homme "C'est elle qui a commencé à me griffer quand je lui ai dit que c était pas de la merde et qu'en plus moi aussi moi aussi j'aimais bien la lèche, comme elle l'a écrit , et quand j'ai essayé de me défendre, c'est elle qui est allée volontairement se cogner sur le coin de la porte et a couru ici pour me salir".

"C'est pas vrai !!! il s'est griffé tout seul pour se justifier après coup, c est un tordu !!" a re- répliqué la jeune femme.

 Compte tenu d'un appel d'urgence fait au commissariat (voir entrée suivante de de la main courante) et de notre sous-effectif, nous avons dû les enfermer momentanément ,ensemble, dans la cellule de dégrisement, aucun autre espace sécurisé n'étant alors disponible.

A leur sortie de la dite cellule et Interrogés en bonne et due forme, les intéressés ont dit   s'appeler respectivement Aube Fulminetti, normalienne de profession (donc institutrice stagiaire) et Thomas Von Pikotty, professeur.

Devant l ambiguité des faits et le caractère contradictoire de leurs déclarations, nous avons conseillé à madame Fulminetti de renoncer à porter plainte et à monsieur Von Pikotty de payer la pochette de glace pour le cocard de madame Fulminetti.

Ils ont tous deux vivement protesté en des termes extrêmement grossiers mais ont fini par quitter le commissariat sous la menace d'un dépôt de plainte pour outrage à la force publique.

Le clochard roué de coups qui fait l'objet de l'entrée suivante de cette main courante prétend les avoir croisés au coin de la rue bras dessus, bras dessous. Ses propos sont à prendre avec prudence compte tenu de son imbibation et de son etat d'extrême faiblesse (il a fallu sortir la serpillère pour éponger)"

Etc…

DEUXIÈME PARTIE :

NOS FARDEAUX

NOS FARDEAUX :

CHAPITRE 1 :

LES HOMMES

Quand ils exhibent leur
pauvre petite chose
comme un trophée…
en majesté,

à la manière de

DSK

Dominique Fausse Panne

"Cyrano, le libertin triomphant"

Dominique Fausse Panne, ambition présidentielle oblige, a dû, lui aussi, se plier à l'exercice de la biographie historique. Il a choisi Cyrano de Bergerac. il a en effet retrouvé un écrit licencieux de cet auteur à la bibliothèque du Congrès à Washington, écrit qu'il publie pour la première fois en annexe de son livre. Il s'agit, en effet, d'un manuscrit car, au XVIIème siècle, on brûlait en place de grève pour moins que ça. Il semble toutefois lui dire qu'Edmond Rostand en a eu une autre copie entre les mains et s'en soit fortement inspiré pour sa fameuse "tirade du nez". Jugez-en plutôt.

Tirade du dard

Ah ! Non ! C'est un peu long, jeune homme !
On pouvait dire… Oh ! Dieu !... Bien des choses en somme….
En variant le ton,- par exemple, vipérin,
Agressif : « moi, Monsieur, si j'avais un tel engin
Il faudrait sur-le-champ que je me l'amputasse ! »
Amical : « mais il doit tremper dans votre tasse :
Prenez garde un chien ne vous le happe !
Descriptif : « c'est un roc !... C'est un pic… C'est un cap !
Que dis-je, c'est un cap ?... C'est une péninsule ! »
Curieux : « de quoi sert cette oblongue capsule ?
De béquille ou d'amarrage à bateaux ? »
Gracieux : « aimez-vous à ce point les oiseaux
Que paternellement vous vous préoccupâtes
De tendre ce perchoir à leurs petites pattes ? »
Truculent : « ça, Monsieur, lorsque vous urinez
Dans les toilettes étroites, arrivez-vous à manœuvrer
Sans que vos frénétiques coups de boutoir
Ne déclenchent l'alarme et les éteignoirs ? »
Tendre : « dans votre pourpoint, Enroulez le bien
Pour que, par terre, il ne traîne pas en vain ! »
Cavalier : « quoi, l'ami, ce croc est à la mode ?

Pour pendre son chapeau c'est vraiment très commode ! »
Emphatique : « aucun vent ne peut, dard magistral
T'enrhumer tout entier, excepté le mistral ! »
Dramatique : « c'est la Vistule quand il éjacule ! »
Admiratif : « pour un bobinard, quelle enseigne ! »
Lyrique : « est-ce une trompe, êtes-vous un éléphant ? »
Naïf : « ce monument, on l'admire tant ! »
Respectueux : « souffrez, Monsieur, qu'on vous salue,
C'est là ce qui s'appelle avoir pignon sur rue ! »
Campagnard : « eh, vindieu ! C'est-y un dard ? Nanain !
C'est queuqu' carotte géante ou ben queuq'tronc nain ! »
Militaire : « pointez contre cavalerie ! »
Pratique : « voulez-vous le mettre en loterie ?
Assurément, Monsieur, ce sera le gros lot ! »
Enfin parodiant Pyrame en un sanglot :
« Le voilà donc ce dard qui, de l'image de son maître
A détruit l'harmonie ! Il en rougit, le traître ! »
-Voilà ce qu'à peu près, mon cher, vous m'auriez dit
Si vous aviez un peu de lettres et d'esprit :
Mais d'esprit, ô le plus lamentable des êtres,
Vous n'en eûtes jamais un atome, et de lettres
Vous n'avez que les trois qui forment le mot: Sot!

etc

A SUIVRE…

Quand ils exhibent leur
pauvre petite chose comme
un trophée…
au repos,

à la manière de

Philippe Delerm

Philippe Desperm

La première giclée d'urine

+C'est la seule qui compte. Les autres de plus en plus longues, de plus en plus anodines, ne donne qu'une satisfaction tiédasse, un bien être fade.la dernière, peut-être, retrouve, avec la désillusion de finir un semblant de pouvoir.

Mais la première giclée ! Giclée ? ça commence bien avant le méat. Au bord de la prostate, dans la vessie puis l'urètre. Déjà cet or mousseux, puis lentement hors de soi ce bonheur tamisé d'amertume. Comme elle semble longue la première giclée! On la laisse partir toute seule, avec une avidité faussement instinctive. En fait tout est écrit :la quantité, ce ni trop ni trop peu qui fait l'amorce idéale, le bienêtre immédiat ponctué par un soupir, un borborygme de soulagement, ou le silence qui les vaut tous deux, la sensation trompeuse d'un plaisir qui s'ouvre à l'infini… En même temps on sait déjà. Tout le meilleur est pris. On secoue la bête en la ramenant un peu vers le petit cercle de la vasque. On savoure la paix et l'apaisement, le bonheur que rien jamais ne peut vous retirer. Par tout un rituel de sagesse et d'attente on voudrait maîtriser le miracle qui vient à la fois de se produire et de s'échapper. On lit avec satisfaction sur la paroi de la vasque le nom du bloc anti-tartre dont les particules entrainées dans un tourbillon joyeux vont bientôt clore la cérémonie tri-quotidienne. Mais contenant et contenu peuvent s'interroger se répondre en abîme, n'est-ce-pas ici que nous méditons et là que nos amies placent nos trois neurones. Rien ne se multipliera plus, ou alors tout au plus par un virgule trois dans des circonstances favorables. On aimerait garder le secret de l'or pur et l'enfermer dans des formules. Mais devant sa petite vasque blanche éclaboussée de lumière froide par le néon, ö'alchimiste, déçu, ne sauve que les apparences .et avec le temps se libère avec de moins en moins de de joie. C'est un bonheur amer : on urine pour oublier la première giclée.

Quand ils font semblant de mettre la main à la pâte

à la manière de

Maïtena Biraben

Maïzena Boirabien et Alain Margoulex

"La cuisine des politiques " (extraits)

La pimpante animatrice de télévision Maïzena Boirabien a planté ses dents du bonheur dans le gâteau de la politique. Elle a invité, pour une remarquable émission de cuisine-réalité, de nombreux hommes politiques à réaliser des petits plats dans sa cuisine, tout en discutant boutique. Elle a ensuite tiré un livre, fort instructif, des meilleurs moments de cette émission.

Nous avons choisi un extrait concernant Alain Margouleix, un homme politique peu connu et à la carrière discrète mais un élément essentiel du dispositif de la droite. Les leaders successifs de celle ci l'ont d'ailleurs toujours choyé. Alain Margouleix est en effet le plus fin connaisseur vivant de la carte électorale française, un savoir délicat et rare qu'ont partagé en leur temps des esthètes aussi raffinés que Henri Queuille, Edgar Faure et François Mitterrand. Sa carrière a pour l'instant culminé avec un poste de secrétaire d'Etat aux collectivités locales, mais sa vie a déjà été très riche en campagnes et son avenir reste à écrire. Il se confie a notre amie Maïzena au cours de la réalisation de sa recette favorite, la daube.

La daube:

Maïzena Boirabien   (MB): Alain Margouleix, pourquoi avoir choisi, parmi les nombreuses recettes de daube existantes, celle de la daube provençale en particulier ?

Alain Margouleix (AM): Mais enfin vous voulez un dessin, une carte peut être? PACA, la Provence, enfin! Ils étaient déjà royalistes en 1815! Napoléon a fait le détour par Sisteron et Grenoble pour les éviter, il était déjà trop progressiste pour eux! alors vous imaginez comme j'aime la Provence ....

MB : Ah nous voila tout de suite dans le bain...

AM: vous voulez dire dans le marigot, non je plaisante bien sûr, je voulais dire «dans la marinade...»

MB; alors justement, si vous le voulez bien, récapitulons pour nos lecteurs (et ex téléspectateurs) les ingrédients puis vous nous parlerez de votre marinade.

Ingrédients :

1,5 kilogrammes de gîte à la noix ou de viande de bœuf à braiser coupée en cubes de 3 a 4 centimètres, 130 grammes de farine, 250 grammes de champignon brossés, essuyés et hachés grossièrement, si possible des cèpes ou des pleurotes, 750 grammes de tomates (par exemple des cœurs de bœufs) blanchies, pelées, égrenées et hachées grossièrement, 3 gousses d'ail écrasées , une cuillère a soupe de persil haché, 1 bouquet garni (thym, persil et feuille de laurier), 12,5 centilitres de bouillon de bœuf , 10 olives noires dénoyautées et coupées en deux, deux vieilles couennes de lard pour le parfum

Pour la marinade : 1 bouteille d'un côte du Rhône bien corsé (demandez conseil à votre caviste si vous ne voulez pas sacrifier un Châteauneuf du Pape), 4 cuillères a soupe d'eau de vie, 2 cuillères à café de sel, 6 grains de poivre, une cuillère à soupe de thym sec, une feuille de laurier, 2 gousses d'ail écrasées, 4 oignons moyens finement émincés, 5 petites carottes fines coupées en julienne.

MB: J'ai un premier commentaire sur cette liste d'ingrédients, pourquoi tant de farine ? 130 grammes c'est beaucoup et on dit souvent que la farine, en cuisine, c'est le moyen de masquer toutes les médiocrités...

AM: Ah justement, c'est pour ca que la farine est essentielle en cuisine comme en politique et dans les deux cas, il ne faut jamais oublier de bien rouler les ingrédients dedans. Bon si j'avais été puriste j'aurais ajouté du saindoux mais c'est un peu compliqué à trouver. Vous savez il y a trois écoles, le saindoux, le beurre comme dans le Dernier Tango a Paris et l'"huile d'olive, mais la, comme on fait dans le provençal, va pour l'huile d'olive ...

MB: J'ai remarqué aussi que vous précisiez qu'il fallait des petites carottes fines pourquoi ?

AM, Parce que d'expérience ca passe mieux. En politique aussi, les carottes sont toujours plus minces qu'on ne le croit d'ou bien des déceptions, c'est une école de vie ...

MB : Vous êtes tres précis sur les carottes mais vous ne dites rien sur les oignons, alors oignons jaunes, oignons rouges, oignons grelots, oignons nouveaux ?

AM: Vous savez tous les oignons font pleurer, tous sont sucrés et le vin de la marinade efface les nuances. A la fin des fins ca ne fait pas de différence, autant ne pas s'en mêler ...mais si vous insistez j'ai une faiblesse pour les grelots et je ne suis pas le seul

MB : Alors votre marinade ?

AM : Eh bien, c'est très simple, Il faut mettre tous les ingrédients de la marinade ensemble et bien les mélanger avec la viande. N'hésitez pas à y aller avec les mains, il faut palper la viande si l'on veut réussir son fricot, regardez Chirac ! Ensuite vous mettez tout cela au frigo pour au moins douze heures. Vous avez eu la gentillesse de le faire pour moi hier soir chère Maïzena et même de vous relever plusieurs fois pendant la nuit pour arroser la viande avec la marinade. Je vous en remercie ainsi que votre mari pour sa patience. Vous savez en politique aussi, l'arrosage est essentiel. Vous avez aussi pré-chauffé le four à 160 degrés. Vous êtes décidément une fée...

MB: Une fée verte alors parce que je viens de l'autre cote de la frontière de Pontarlier ! Alors que faisons nous maintenant ?

AM: Eh bien nous allons sortir les morceaux de viande de la marinade et bien les sécher sur du papier essuie-tout. Comme ceci. Pendant que je fais cela, auriez vous l'obligeance de passer la marinade dans un chinois et de réserver ses légumes d'un côté et son liquide de l'autre? Merci aussi d'enlever la feuille de Laurier

MB Voilà, c'est fait, et maintenant ?

AM: Ah maintenant c'est un instant délicat, un moment capital. Je dirai même le moment clé de la recette en fait. Il faut bien rouler les morceaux de viande dans la farine pour bien les enrober. Tout est dans le roulage et l'enfarinage, on en a déjà parlé

MB: C'est vrai. Bon alors avant de passer a la cuisson proprement dite, goûtons-avec modération bien sûr- ce petit Gigondas que vous avez apporté et devisons un peu

AM: bien volontiers

MB: Y a-t-il une cuisine politique ?

AM: Certainement! En fait il y en a plusieurs mais qui concourent toutes à la réussite ou à l'échec du plat électoral. Il y a d'abord la cuisine électorale stricto sensu, qui, comme elle repose essentiellement sur de la charcuterie, est une entrée froide. Ensuite la cuisine budgétaire et au niveau local subventionnelle, la cuisine fiscale, la cuisine urbanistique et celle des autorisations en général, celle des interventions et des recommandations et enfin la cuisine interpersonnelle. Pour réussir un homme politique se doit de maîtriser toutes ces techniques, je dirais plutôt d'ailleurs ces tours de main car cela ne s'apprend pas dans les livres. Tous ceux qui ont écrit des livres la dessus se sont grossièrement trompés ou ont eu des carrières médiocres. Regardez Platon à Syracuse, Pythagore à Crotone, Empédocle à Agrigente, Boèce à Pavie avec Théodoric, tous complétement à coté de la plaque. Regardez Machiavel, petit fonctionnaire florentin raté ou Balthazar Gracian, un lèche cul qui n'est jamais arrivé à rien. Regardez Richelieu lui même qui dans son "testament politique" écrit et recommande exactement le contraire de ce qu'il a fait, comme De Gaulle ou Churchill dont les mémoires respectives ne disent pas le centième de ce qu'ils ont fricoté.

MB: que de grands noms, vous m'éblouissez ...

AM ce n'est pas parce ce que je suis a l'écoute toute la journée des brèves de comptoir, le meilleur des baromètres, croyez en mon expérience, que je ne lis pas. D'ailleurs Jean Marie Gourio fait le pont entre les deux mondes, c'est à lui qu'on devrait décerner le prix Nobel de littérature. Les classiques sont pour moi une source de marrade constamment renouvelée et je ne vous parle des modernes...

MB: en tout cas nous voila bien loin de la popote ...

AM: Au contraire nous sommes en plein dedans et même si vous me pardonnez l'expression, en pleine tambouille.

MB: Justement revenons-y. Alors j'ai ici une grande cocotte comment procédez-vous?

AM: Dans mon monde à moi on parle plutôt de sauteuse, cocotte ça fait un peu archaïque, 1900 pour tout dire.. Mais bon. Alors je mets un peu d'huile, d'olive bien sûr, quelques cuillerées de légumes de la marinade que vous avez réservées, des champignons et mon hachis de tomate. Ensuite je mets une première couche de cubes de viande, bien farinés j'insiste, j'ajoute l'âil écrasé, le zeste d'orange, le persil et le bouquet garni comme ceci. Maintenant je rajoute une nouvelle couche de légumes de la marinade et de cubes de viande je verse le bouillon de bœuf, le liquide de la marinade. Je disperse les olives noires dénoyautées et coupes dessus, et enfin la cerise sur le gâteau je coiffe le tout - comme on disait en Tunisie- des deux vieilles couennes pour parfumer le tout. Je me suis renseigne c'est un tour de main d'origine italienne, lombard même: .en dialecte milanais une vieille couenne, ça se dit bunga et deux, bunga bunga. Bon après je remue un peu. Et je mène à ébullition sur un feu modéré.

MB: en attendant le premier bouillon, vous répondrez bien à une petite question ?

AM: oh, même deux ...

MB: parfait. Alors Y a-t-il une cuisine de droite et une cuisine de gauche ?

AM :Ah c'est une bonne question ! Vous savez à la fin des fins, la cuisine c'est toujours de la cuisine. Mais oui, quand même, il y a une différence. En gros c'est la différence entre un restaurant avec des nappes et un maitre d'hôtel et un bistrot de quartier.

Dans un cas, on vous sert dans une petite coupelle des ingrédients de prix émiettés en gros morceaux pour bien montrer qu'on ne triche pas: ris de veau, truffes, foie gras, homard que sais-je encore. C'est le bouclier fiscal ou la réforme de l'ISF, du sur mesure pour les visiteurs du soir.

Dans l'autre on utilise des grands plats a gratins, des bas morceaux, des recettes canailles, on saupoudre les fromages et les épices et on sert des tablées entières C'est le RMI ou la CMU.   Ce ne sont pas les mêmes ingrédients, pas les mêmes quantités, pas les mêmes plats, pas les mêmes clients sauf pour quelques-uns.

MB: Mais quelle est la meilleure ?

 AM: Ah je devrais vous répondre celle de droite, puisque c'est celle que je fais, mais honnêtement ça dépend. Il y en a de la bonne et de la mauvaise des deux côtés. Il y des restaurants chics et prétentieux ou l'on regrette de s'être assis. Regardez la tambouille de Ballamou, la tête du maitre d'hôtel n'est jamais revenu aux français, trop pincé, trop cul de poule, trop petit doigt en l'air levé en tenant la tasse de thé alors que sous Chibrac on fait toujours de la tambouille de droite mais tendance brasserie tête de veau-Corona et arrêt-buffet à chaque stand du salon de l'agriculture, la fracture sociale et tout ça .. A gauche, c'est pareil, le vieux bonze n'aimait pas les plats au sang, c'est pour ça qu'il a fait abolir la peine de mort pourtant ça le populaire aimait bien et en redemandait ...

MB: Ah ça y est! ça bout ! Que faut-il faire maintenant ?

AM: Ah c'est très simple. Vous remuez un peu. Voilà, comme cela, maintenant, auriez-vous l'obligeance d'ouvrir le four ? Voilà je place la cocotte et je fais braiser, là on va dire trois heures. Ca dépend beaucoup de la qualité de la viande et ça peut aller jusqu'au quatre heures. Mais pour vous j'ai fait un effort j'ai pris de la belle viande, de la génisse d'argentine, tout juste nubile, *summa aetate juvenili* comme dit le vieux poète, pour vous ça s'imposait. Bien maintenant, je suis tout à vous si j'ose dire.

 MB: Alors passons au salon avec notre verre de Gigondas et reprenons notre petite conversation. Tout ce que vous m'avez raconté jusque-là a un fumet très banquet républicain, très troisième république, est-ce que ça n'est pas un peu fini tout ça ?

AM: c'est vrai qu'à la dernière présidentielle, on avait l'impression d'assister à un concours de beauté entre deux bouffeurs de jambon-salade de carottes râpées. Honnêtement, c'était triste à pleurer. Mais bon ça n'a pas porté chance à l'une et ça ne portera pas nécessairement chance à l'autre, voyez ce qui est arrivé à l'autre goitreux et à son goinfre de concurrent, ça n'a pas fait un pli, qui chipote a table ...

 MB: et la daube c'est un plat de droite ou un plat de gauche ?

AM: Ah c'est un plat universel, on en fait tous ! C'est ça le vrai consensus républicain ! Cela dit, en la faisant chez vous, j'ai presque l'impression de faire un plat de droite:

ilôt central, casseroles en cuivre, cuisinière de compétition, four à vapeur, plans de travail en en marbre, coutellerie japonaise, vous ne vous mouchez pas du coude...

MB: J'en ai payé la moitié de ma poche et c'est mon instrument de travail...

AM: Alors c'est exonéré d'ISF et déductible de l'impôt sur le revenu au titre des frais professionnels, vous voyez ce que je vous disais, c'est de droite...

MB: Monsieur Margouleix, on s'égare, je ne vous ai pas invité pour parler de mes propres opinions politiques mais pour parler des vôtres. Revenons à nos moutons si j'ose dire...

AM: Mais vous dites très bien...

MB : *In fine*, toutes les cuisines sont-elles bonnes ? Autrement dit: faut-il un peu de chaque? à tour de rôle, dans ce pays qui en est si riche ?

AM: Eh bien je viens vous surprendre... Je ne suis pas sectaire, je crois que oui. J'aime la cuisine pour la cuisine, c'est un art et un peintre qui n'aimerait que sa propre peinture serait un imbécile et un prétentieux. Laissez-moi vous donner un exemple. Vous savez comme secrétaire d'Etat au ministère de l'intérieur, j'ai parfois accompagne les policiers lors d'évacuation musclées de squatts de logements occupés ou même d'immeubles de dealers...

MB: pourquoi ça ?

AM: J'étais curieux et puis je ne connaissais pas bien les circonscriptions et je voulais comprendre pourquoi certains bureaux votaient comme ils votaient ...

MB: quel rapport avec la cuisine ?

AM: Eh bien une fois les locaux vides, j'ai léché les casseroles par habitude et ce qui m'a surpris c'est qu'on peut cuisiner très bien, partout, avec presque rien. Un butagaz suffit. C'est une affaire de talent plus encore que d'ingrédients et je dirai même que le butagaz est un révélateur de talents: Séguéla même payé des millions, n'aurait jamais trouvé d'aussi bon slogans que les manifestants de 68 et c'est peut-être pour ça qu'aujourd'hui Danny le rouge est l'un des seuls orateurs dignes de ce nom au Parlement Européen, et puis Chibrac avait signé l'appel de Stockholm, vite fait sur le gaz lui aussi et vous avez vu sa carrière...

MB: le butagaz d'accord mais le feu de bois alors ?

AM : Ah ça c'est autre chose. Je n'aime pas les grands feux. Ca rôtit trop. Voyez Jeanne d'Arc, ou les autodafés ou la Walpurgis. Quant aux petits, ils sont trop irréguliers et pas assez forts, on ne peut rien en faire avec, ni faire bouillir de l'eau, ni mijoter, ni rôtir. J'ai fait ça quand j'étais scout catholique alors je vous en parle de première main, en parlant de main, je dois vous dire que, de toute façon, à cet âge-là, on est plus intéressé par le manche que par le contenu de la cuillère...

Etc..."

Quand ils nous envient

à la manière

d' Erik Orsenna

a

Erik Leif Olaf Porcinna

"L'entreprise des dindes"

Je vais vous raconter l'histoire de tout un univers. Un univers méconnu et refoulé même.

Celui de la soie ,des damas et de la pourpre , celui des cothurnes, des poulaines, celui des chitons, des toges, des chasubles et des caftans, celui des pourpoints et des brandebourgs, celui des tricornes, des toques, des tiares, des turbans, des aigrettes et des plumes, celui des torques ,des bracelets, des fibules, des labrets, des tatouages , des bracelets, des gourmettes, des médailles, des chaînes, des perles et des diamants, bref l'histoire du costume masculin des origines à nos jours.

De ses débuts glorieux , la cougourde évidée , l'étui pénien ,le pagne -plus encore qu'un costume :une affirmation de soi, une promesse de bonheur - , à son apogée, du seizième au dix-huitième siècle, les fraises, les crevés , les culottes bouffantes , la pelleterie, les perruques, les brocarts -splendeurs contemporaines de Versailles, d'Ispahan, d'Agra et de la cité Interdite - à son naufrage sinistre des dix- neuvième, vingtième et hélas vingt et unième siècle .

Oui naufrage sinistre, calamiteux même, je n'ai pas peur des mots. Vous croyez que j'exagère ? Que non pas. Comparez par exemple le portrait de Louis XIV par Hyacinthe Rigaud et le portrait officiel de François Hollande par Raymond Depardon, tous deux maîtres de la France à trois siècles d'écart.

Louis quatorze, déjà âgé, juché sur des escarpins a haut talons et à boucles, en bas de soie, le mollet avantageux -il s'en vantait-, la fistule a peine protégée par une petite culotte bouffante, drapé dans une cape de soie et de brocards bleu France bordée d'hermine, emperruqué jusqu'au milieu du dos et tenant un sceptre. Pour ses contemporains, l'incarnation de la puissance et de la majesté. Pour nous un vieux travelo, une drag queen, qui il y cinquante ans aurait fini bloc pour attentat à la pudeur et scandale sur la voie publique, et qu'on prendrait aujourd'hui pour un militant d'Act up en train de tracter dans Le Marais.

A côté de cela, François Hollande en costume sombre dans les jardins de l'Elysée. Un croque mort. Un croque mort sympathique, sincère et instruit mais un croque mort. Rien d'autre

Oui, cette histoire est celle une route glorieuse, qui s'arrête d'un coup, et qui au lieu de revenir au sable comme la route de la soie, finit dans les ornières et dans la fange humide d'un marécage, cernant une décharge sauvage.

Car quelles sont les couleurs de l'homme aujourd'hui je vous le demande ? Le noir comme une flaque de cambouis, le marron comme un amoncellement de bouses de maturité variable, le bleu marine, tellement sinistre qu'il n'existe même pas dans la nature et le gris comme un ciel de nuages bas qui s'apprête à crever pour vous tremper jusqu'aux os. Et pour les fantaisistes le caca d'oie, le bien nommé et le vert foncé, la couleur d'un compost bien fumant. Et je ne parle du blanc cette non-couleur et du bleu ciel, cette couleur de layette qui sent le vomi laiteux du nouveau-né.

Seul vestige de coquetterie masculine, misérable et pathétique : la cravate . Empruntée aux costumes bariolés des régiments de hussards croates du dix-septième siècle, elle fait payer sa maigre fantaisie - un peu de couleur, par un étranglement permanent. Non ,triste époque vraiment et ignoble accoutrement.

Oui nous voilà revenu à nos origines. Non pas poussière retournant à la poussière mais boue revenue à la boue. Il n'y a plus que les agents immobiliers -profession douteuse mais socialement utile comme les prostituées et les militaires - pour se payer le luxe de s'habiller en costume rouge ou jaune canari et les VRP pour mettre des vestes à carreau . C'est même à ça qu'on les reconnait.

Et je ne vous parle pas des militaires. Là aussi le kaki cette couleur d'excrément, a tout balayé, les pantalons garance, les red coats, les brandebourgs, les plumes, les cuirasses rutilantes , les casques à cornes , les bonnets à poils ,les kilts, les jupettes à franges de cuir et les caligae, j'en passe et des meilleures. Le hussard n'est plus sur le toit, il s'est noyé dans la fosse septique .il n'y a plus que le 14 juillet qu'on sorte le casoar, tant pis pour madame.

il n'y a qu'à l'académie française qu'on se déguise encore un peu et avec des épées en plus. Mais c'est en vert foncé, l'épée ,n'est plus hélas, vu l'âge des impétrants, qu'un symbole ou un souvenir, et tout cela tient plus du rituel de sénateurs cacochymes se faisant talquer et langer dans un bordel de la troisième république que de la célébration de la mémoire de Richelieu, un homme en rouge, portant robe et calotte, soit dit en passant.

Triste époque que celle qui bannit la couleur. Et on appelle ça la civilisation et le progrès. Moi, je comprends ce qui se sont battus avec des sagaies et des sarbacanes contre les   fusils et les mitrailleuses du colonisateur et des missionnaires pour conserver le droit de porter hautement et fièrement leur étui pénien bariolé. C'étaient des hommes, des vrais, pas les clones couleur de merde ou de mâchefer que nous sommes devenus.

Et que dire de ces tissus ajustés, de ces camisoles étriquées où nous sommes enfermés et où nous étouffons tous, de haut en bas, du tour du cou aux chaussures fermées en passant par bien plus important encore.

Le monde antique n'a pas connu le pantalon de Sumer à Attila. Ce sont les barbares des steppes qui l'ont inventé, pour mieux chevaucher à cru. Contrairement à une légende tenace les braies de nos ancêtres les gaulois n'étaient pas des pantalons mais des bandes molletières, comme en 14.

Le pantalon est donc une invention barbare. C'est le chiton, la toge, le caftan, la robe de soie, le kimono qui distinguent le civilisé du barbare . Et même Attila, qui avait été otage à Byzance dans sa jeunesse, n'avait qu'une hâte de retour en Pannonie: celui de le baisser pour se remettre une toge pour se sentir enfin à nouveau à l'aise au milieu de ses jeunes épouses. Gengis Khan en portait et Tamerlan aussi. On sait ce qu'ils ont laissé: à part Samarcande, des champs de ruine, des pyramides de crânes et des millions de morts. Oui le pantalon est un vêtement de criminel.

Thèse hasardeuse, grotesque diront certains. Pourtant dans la sombre histoire de l'Humanité les exemples abondent et tous me confortent.

 Ainsi Pierre le Grand massacre t'il tous les soldats du régiment révolté des streltsy allant jusqu'à en torturer et exécuter quelques uns lui-même. Même chose quelques années plus tard avec les raskol, les vieux croyants. Pourquoi tant de haine? Ils portaient le caftan et Pierre la culotte et Elizabeth et Catherine après lui et ils ont rétabli le servage. Avec Lénine et Staline, même chose avec deux crans de plus dans l'horreur, d'un côté complet veston puis pantalon et vareuse militaire, de l'autre des millions de moujiks et de koulaks en blouse. Ils n'avaient aucune chance. Un massacre appelé révolution. Et que dire des chemises noires face aux pagnes éthiopiens ? Et du dhoti, le pagne drapé de Gandhi face aux uniformes kaki des troupes coloniales britanniques ?

Le slip est la quintessence de cet engoncement. Il contrarie le libre jeu de la nature, ce balancement circonspect, cette aération naturelle qui fait la beauté de nos congénères animaux mâles.

Mais la nature se venge. Le slip maintient une température trop élevé pour une spermatogenèse de qualité. La semence se dégrade et s'appauvrit, les champs ont beau être labourés la graine ne monte pas. Si le grain ne meurt disait Gide, qui le semait du mauvais côté … Trop tard et la mode éphémère des caleçons n'y changera rien. Le grain est mort et il faudra en chercher du vif là ou il est convenablement aéré, sous les djellabahs. Eminence m'a tuer, il n'y a plus de kangourou prêt à bondir dans la poche que vous avez demandé.

Et que dire enfin de pilosités, cet ornement masculin naturel, des bouclettes des immortels des bas-reliefs de Persépolis à la majesté des mérovingiens incarnée par leur chevelure jamais coupée, de Charlemagne l'empereur à la barbe fleurie à l'empereur Frédéric Barberousse ou le pirate barbe noire.

 Par contre Attila et ses huns là encore sont décrits par les contemporains comme balafrés, en clair couturés de cicatrices de rasage, cet acte contre nature.

Le dix-neuvième siècle, tout en plongeant l'humanité dans la grisaille et la noirceur et l'étouffement des vêtements ajustés a paradoxalement été le dernier âge d'or des ornements pileux, peut être par manière de compensation .ah les rouflaquettes louis phillipardes, les boucles romantiques de la Jeune France de Gauthier et Hugo, les belles barbes de la troisième , les bacchantes 1900 et le proverbe sur le baiser sans moustaches , la barbe immense de Tolstoï, père noel de la steppe cachant sous elle Dieu sait quelle surprise .

Mais déjà le siècle de toutes les barbaries, le vingtième, s' avance, avec ses hommes glabres ou quasi. Qu'attendre d'un Guillaume II avec sa petite moustache en guidon de vélo, d''un Lénine avec sa barbichette, d'un Staline et d'un Hitler avec leurs petites moustaches, d'un Mussolini ou d'un Mao complètement glabres.

 Et dire que "la chose" dans la famille Adams passe pour un monstre, alors que si nous laissions faire dame Nature nous devrions tous lui ressembler ....

Dame nature justement. Notre voyage commence au Museum d'Histoire Naturelle du Jardin des Plantes ou le professeur Bourquat, spécialiste du dimorphisme sexuel animal, va m'expliquer pourquoi dans la nature, chez nos frères restés eux-mêmes, les animaux, les mâles sont toujours plus gros, plus beaux, plus colorés, plus ornés, plus coquets, plus voyants, plus emplumés, parfois que les femelles ces petites choses grises et insignifiantes .

Pourtant dans notre cas, les femelles nous ont dépossédés en quelques années de tout ce bel apparat, d'où le titre de mon livre: "l'entreprise des dindes".

Quand ils nous négligent

à la manière de

Marguerite Yourcenar

Cher Marcus Aurelius....

Je suis descendu ce matin chez mon médecin Hermogène qui vient de rentrer à la Villa après avoir consulté des mages au cours d'un long voyage en Asie.

Je me suis couché sur un lit de marbre, après m'être dépouillé de mon manteau et de ma tunique. Je t'épargne les détails qui te seraient aussi désagréables qu'à moi-même et la description du corps d'un homme qui avance en âge et s'apprête à mourir de bien étrange façon.

Hermogène, surpris et alarmé, m'a dit que je pourrirai comme les champignons. Il n'a vu, m'a-t-t-il dit cette maladie que les singes du zoo d'Alexandrie.

Cher Hermogène, vieil acariâtre, mais toujours l'œil aussi vif et le diagnostic toujours aussi juste. Je n'aurais peut-être pas dû faire venir des singes pour corser la dernière petite sauterie sénatoriale. Ce qui me rassure, c'est que, toi, tu es épargné par cela, tandis que le tout-Rome a été contaminé par mes soins involontaires. Les sénateurs ne pouvaient pas faire moins que l'Empereur.

Je te laisserai donc place nette, un palais désert, un sénat presque vide. Ceux que tu nommeras pour les remplacer, te devant tout, t'en craindront plus. Nouveaux venus, ils seront, sinon plus vertueux, du moins peu accointés et pas encore roués, et tu auras ainsi le temps e consolider ton pouvoir.

Tu me demandes parfois, Marcus, pourquoi je t'ai choisi pour me succéder, toi, fragile intellectuel à la figure contrefaite et qui n'a pratiquement jamais quitté les plis de la tunique maternelle.

A vrai dire, je n'en sais rien. Je ne sais plus rien depuis la mort d'Antinoüs.

C'est peut-être parce que tu me ressembles un peu quand j'avais ton âge : se piquant de littérature, feignant une austère vertu, qui, pour moi du moins, et la suite l'a prouvé, n'était pas sincère.

 Mais tu n'as pas connu comme moi la chaleur de l'amitié virile dans les camps des légions cantonnées le long du limes en Pannonie, la sueur des chambrées, l'ivresse des charges de cavalerie sur un camp de femmes et d'enfants abandonné par l'ennemi, le scintillement graisseux du glaive tiré du fourreau, les batailles de boule de neige sur les îlôts de glace d'un Danube en plein désert, le flot tiède, spasmodique et écoeurant du taureau égorgé au-dessus de toi par les adeptes de Mithra pour t'initier à leur culte les boucles blondes de ces robustes prisonnières sarmates qui sentaient bon la genièvre et savaient accommoder comme personne le chou fermenté , la saucisse et la cervoise.

Non mon cher Marcus, il t'a manqué tout cela, toutes ces images qui ont modelé, dans ma jeunesse, l'empereur que je suis devenu plus tard. Ton asthme, a mère et ma politique de paix aux frontières t'ont privé de ces émois virils.

Mais qu'importe, aujourd'hui moi non plus je ne puis plus quitter Rome ni boire autre chose que de l'eau.

J'ai maintenant le même régime que toi mon cher Marcus, du pain sec, du gruau, des olives et de l'eau. Tes aigreurs d'estomac t'ont toujours privé des trompes d'éléphants farcis aux langues de rossignol. Ton abstinence dont on parle tant dans Rome, n'a donc, tu en conviendras, guère de prix. Chez moi, par contre, elle a toute la beauté du renoncement.

Ce qui me manque le plus, vois-tu, ce ne sont pas festins. J'ai toujours préféré les orgies et tu sais ce qu'il m'en a coûté. Non, ce sont les vins, les liqueurs, les aquae vitae, qui sont légion, si j'ose dire, dans l'empire.

Vois-tu, Marcus, tu ne peux pas comprendre l'âme d'un pays si tu n'as pas goûté ce avec quoi ses habitants s'enivrent.

Prends le Samos par exemple, il est doré comme les pierres de Rhodes, comme la décadence d'Athènes; sucré comme les marques de respect que les grecs nous prodiguent depuis Pydna et Cynocéphale tout en nous méprisant cordialement, et enivrant comme un bel exercice de rhétorique. Pourtant, au réveil, il te donne le sentiment d'être toi-même le champ de ruines de Corinthe après le passage de Mummius.

Le raki, cette terrible décoction d'anis, dont s'enivrent nos provinces d'Asie est comme elles. Faussement soumis, il se laisse avaler sans coup férir. Mais après, que de soubresauts: Pompée et les pirates de Cilicie, les vêpres d'Ephèse, trente mille grecs et romains égorgés en un jour, sur l'ordre de Mithridate, par des autochtones défoncés au raki, sans parler des révoltes que j'y ai moi-même maté à la mort de Trajan et au début de mon règne.

Mais de tous ces nectars qui coulent dans notre oekoumèné, il en est deux qui sont particulièrement chers à mon coeur.

Le vin de palmes de Maurétanie tout d'abord, traître lui aussi comme Jugurtha, épuisant vingt ans durant nos armées dans les sables, mais si léger, si voluptueux. Je me souviens de l'avoir têté à même l'outre, au couchant, après avoir couru dans les dunes, après quelques charmants pâtres, dans un endroit où, depuis j'ai fondé une ville, Tipasa.

L'autre, plus cher encore à mon souvenir, vient des terres brumeuses de Calédonie, si vertes, si froides, où nos légionnaires se pèlent, comme ils le disent si bien dans leur langue imagée de paysan samnite ou osque, le pois-chiche.

C'était lors de mon inspection de la construction du mur que j'ai fait ériger pour protéger la Bretagne que nous avons civilisée, des incursions des pictes, barbares farouches et irréductibles.

Ceux-là vont nus et couverts de peinture de guerre bleues, ce qui se conçoit et ne manque pas de charme-encore que sous ce climat…-. Mais ils se refusent à vivre dans des villes organisées "parce que c'est trop compliqué et que ça coûte trop cher " nous ont dit les quelques barbares que nous avons pu capturer et superficiellement romaniser.

La Bretagne est un pays qui te plairait Marcus. On y mange mal, très mal, on y parle peu et toujours avec retenue, sauf dans les stades. Un atticisme, la toge en moins, la capuche en plus.

A mesure qu'on s'y avance vers le nord, cette grande île se fait de plus enp lus étroite .là où j'ai fait ériger le mur, elle n'a que vingt lieues de large.

J'y ai fait, en compagnie d'un jeune guide, aux moustaches rousses et au visage couvert de taches de rousseur, un songe étrange, si étrange même que je le crois prémonitoire.

J'avais demandé la veille au soir quel était le secret, sinon de l'invincibilité, du moins de l'incroyable furie guerrière, qui poussait les pictes à charger, la poitrine à nu, sur nos légions déployées en tortue et à les bousculer parfois.

Un silence gêné avait accueilli ma question. Puis en guise de réponse, on m'avait fait passer quatre cruchons.

Le liquide était clair, le contraire de ces vins résineux grecs et italiens, pour lesquels il faut taper sur l'amphore renversée pour obtenir une goutte pâteuse.

Il ne sentait pas très fort non plus, moins que le raki en tout cas.

Promettant d'étudier la question , je pris congé de son escorte et m'éclipsai en compagnie de mon jeune guide pour une promenade au clair de lune sur les remblais du chantier pour admirer mon oeuvre .

Nous restâmes là, assis sur une butte, serrés dans ma cape à cause du froid, à boire les cruchons pour nous réchauffer. Au début je ne sentis rien. Puis j'eus peu à peu le sentiment que ma tête s'enflait aux dimensions de l'univers.

Je crus voir un isthme désolé à quelques lieues du mur, traversé par un immense pont de fer. Je vis des bateaux aux voiles immenses et sans rames, je vis des villes grises, couvertes d'un nuage noir, et plus peuplées que Rome sous mon principat.

Au matin je m'éveillai enfin, avec l'impression de porter sur mes seules épaules, tel Atlas, l'univers entier.

J'avais enfin compris pourquoi la discipline était si relâchée dans les camps des légions bretonnes et pourquoi les incursions pictes restaient imprévisibles et impunies.

Loin de nous réchauffer et de nous instiller une ardeur guerrière, cet alcool nous abrutissait, nous, civilisés, déjà amollis par notre chauffage central, nos thermes, nos cubicules, au lieu de fouetter notre sang et une peau toujours à l'air libre.

Je fis donc fouetter tous les marchands de vins et de cruchons, et en fit crucifier un ou deux. Je lançai une dernière expédition au-delà du mur, une terrible charge de cavalerie destinée à brûler tous les champs de grains dans un rayon de vingt lieues car c'est avec ce grain que les pictes élaboraient leur breuvage maudit.

 Cela fait, je hâtai, par des réquisitions en nature et des corvées, l'érection du mur, puis m'en fus, emportant les derniers cruchons.

Car c'est à ceci que je voulais en venir, Marcus. Ton abstinence, pénible contrainte, sera ta force, ta vertu. Elle t'évitera de te faire manipuler par des ambitieux comme j'ai manipulé Trajan, ivre-mort. Elle te permettra de remettre, sinon de l'ordre, du moins l'apparence de l'ordre dans les moeurs de Rome. Car il n'est pas bon de donner aux barbares le sentiment que notre vie est facile. Cela excite leur convoitise.

Bientôt, Marcus, tu seras, par la grâce d'un singe vert, Empereur. Tu verras comme cela est aisé.

Ta faiblesse passera pour de la magnanimité, tes vices pour de la vigueur, ta cruauté pour le sens de l'État, tes allergies pour ta vertu. Simple gouverneur de province, j'éprouvais déjà cela, alors imagine.

Surtout, surtout, soigne ta postérité, ce que je n'ai pas eu hélas le temps de faire.

On m'a dit que tu t'exerçais à philosophailler. Crois en mon conseil, fais en un livre. Tu seras l'Empereur, tout le monde l'achétera. Regarde avec quelle facilité j'ai fait changer l'alphabet ou constituer le culte de mon giton avec temples et prêtres dédiés. et après, même si ton livre est brûlé par tes successeurs, il en restera quelques exemplaires et avec eux tes beaux principes occulteront tes actes.

Crois-moi, la supériorité du romain ou du civilisé sur le barbare, c'est de savoir dissimuler ses passions par ses paroles et plus encore par ses écrits.

Le barbare, lui, ne sait pas lire ou écrire . Et il ne faut surtout pas qu'il apprenne.

Quand ils rêvent de nous

~ 146 ~

à la manière de

William Boyd

LES PLEURS DU MÂLE

William Void

"Un anglais en Françafrique"

William Void qui d'ordinaire fuit les media nous a accordé une interview. Nous étions en effet intrigués par son soudain intérêt pour la France alors que son oeuvre a jusqu'ici été purement insulaire et post-coloniale. Une des clés de cette évolution est probablement le fait qu'il vive désormais en France. Il nous a reçu dans sa villa du Périgord, dominant la vallée de la Vézère, villa rachetée a un jeune trader de la city de 26 ans spécialisé dans les subprimes et qui avait eu juste le temps de finir de faire installer un jacuzzi dans le jardin d'hiver. C'est là que William Void nous a aimablement convié pour un brunch improvisé. C'est entre deux bulles, trois remous et quatre bouchées que nous avons échangé quelques propos littéraires. Le brunch était composé de haricots Heinz en boite et de Bergerac.

-" Je ne bois jamais d'eau ailleurs qu'en Angleterre, c'est une habitude que j'ai prise en Afrique et je m'y tiens. Vous savez ce qu'on dit chez nous : "wogs begin at Calais", bon, grâce à Ryanair et à son Luton-Bergerac on ne passe plus par Calais. Mais quand même. Tiens, O' Leary[5] , je l'aime bien celui là, il dit les choses comme elles sont, j'adore son idée de taxes sur les gros ou celle de faire payer l'usage des toilettes. Pourvu qu'il ne supprime pas la ligne de Bergerac, il parait que les natives ne veulent plus la subventionner, qu'on rétablisse la corvée bon sang, comme en Afrique avant guerre ! Et puis, je n'ai jamais conduit à droite comment je ferai? Et je n'ai aucune envie de rentrer à Londres. Ici les indigènes sont farouches mais leur pâté[6] est très bon, il va très bien avec les œufs brouillés. Pourquoi des haricots ? Ah ; ça... J'ai un rapport littéraire très fort avec le haricot. Toute mon œuvre, d'une certaine façon est dans le haricot. Vous savez dans l'imaginaire anglo-saxon, le haricot ça évoque d'abord l'histoire de Jack et le haricot, l'aspiration vers le ciel, vers l'infini. Jack plante son haricot, qui devient géant et il monte de feuille en feuille jusqu'au ciel. Il y trouve le palais de l'ogre. Alors avec la complicité de la femme de l'ogre il lui dérobe la poule aux œufs d'or. A la fin il tue l'ogre en coupant le haricot, devient riche et épouse une princesse. Mais bon... évidemment ca c'est un conte pour enfant. Dans la vraie vie, il faut gagner son haricot puis il vous nourrit, vous cale vous tortille le ventre et sa mission accomplie, il finit dans un pet gras. Michael Rowstson, mon héros, c'est une sorte de Jack qui devient adulte. Ce que vous les intellos appelleriez un bildungsroman. Il aspire au ciel mais ca finit dans les flatulences..."

"Il y avait là toute la fine fleur de la Communauté expatriée de l'une des ex-perles de l'Afrique Equatoriale Française. En clair tous les malheureux cadres, postés là par leur boîte et qui ne trouvaient de remèdes a leurs diverses avanies (ennui, chaleur, attente poisseuse dans des antichambres ministérielles bondées de solliciteurs, discussions de marchands de tapis avec l'administration des douanes sur les quais

---

[5] Le très médiatique PDG de Ryanair
[6] John Void fait probablement allusion au foie gras

du port...) que dans l'alcool, la fréquentation de jeunesse locale de l'autre sexe et les rites tribaux propres aux blancs en sueur comme cette soirée à l'ambassade.

L'idée de base de cette réception intime, 300 personnes à peine, était d'épuiser dès le mois de mars les crédits de réception de l'ambassade et sa cave par la même occasion. Tant qu'à partir viré, autant le faire avec style et panache, avait décidé l'ambassadeur. Cela lui donnerait en plus la petite joie mesquine -ce sont les meilleures - de laisser son successeur quel qu'il soit, mais à tout coup un diplomate de carrière, lui, pas un ancien "french doctor", dans l'embarras -comprendre dans la merde- et dans la pénible obligation de solliciter du « Département »-avec une majuscule- des crédits supplémentaires pour regarnir la cave. L'ambassadeur partant, avait d'ailleurs esquissé en s'esclaffant devant son numéro 2, mi-figue mi-raisin, le télégramme diplomatique que son successeur ne manquerait pas de rédiger dès son arrivée.

 Pour un non diplomate, il avait très vite pris les tics stylistiques du Quai d'Orsay. Il faut dire que depuis qu'il avait cessé de promener son stéthoscope de médecin sans frontières sur des ventres rachitiques dans des camps de refugiés, il y avait une dizaine d'années, il était devenu un écrivain a succès, ce dont rêve tout diplomate normalement constitue, hante par les exemples de Stendhal, Claudel, Saint John Perse, Morand, Giraudoux et - chaque époque ayant ce qu'elle mérite- Pierre Jean Rémy. Faire le chemin inverse d'imiter le style légèrement suranné des dépêches quotidiennes n'avait donc pas été un gros effort pour lui.

 L'improvisation avait donne quelque chose comme "...le maréchal- président a l'issue de cette remise solennelle de mes lettres de créances m'a raccompagne jusqu'au perron de sa résidence -"notez bien, insigne honneur !" avait ricané l'ambassadeur sortant-"et a tenu à réaffirmer tous les liens qui l'attachent a la France -"comprenez ses villas et ses comptes en banques sans parler des valises qu'il distribue ..! Avait encore persiflé l'ambassadeur sortant- « et m'a indique qu'il honorerait de sa présence la réception donnée a l'ambassade a l'occasion de la nouvelle fête de l'identité nationale et de Jeanne d'arc le 10 mai prochain. A cet égard je me vois dans la pénible obligation d'informer le département du fait que mon prédecesseur a cru bon de dépenser a l'occasion des réceptions données pour son départ en mars dernier l'ensemble des crédits de réception de l'année et d'épuiser également la quasi-totalité de la cave de cette ambassade. Je sollicite donc du Département un crédit exceptionnel afin de pouvoir recevoir la visite du maréchal président le 10 mai prochain dans des conditions dignes de son rang. Je suis sûr que le Département comprendra le caractère urgent et instant de cette requête. En me quittant le maréchal président, avant de faire jouer son hymne favori "maréchal, nous voilà" par l'orchestre du régiment des bérets rouges, m'a remis une liste de ressortissants, pour l'essentiel des membres de sa famille élargie, des habitants de son village natal- ou, je le rappelle, Bouygues construit un aéroport international et Vinci un stade olympique- et des parents de quelques ministres en vue appartenant a d'autres ethnies, en vue d'obtenir de cartes de résidents permanents en France pour ces personnes. Je serai reconnaissant au département de bien vouloir transmettre cette liste, que je lui ferai parvenir par la prochaine valise, aux services compétents du ministère de l'intérieur et du ministère de l'immigration. Je ne puis pour ma part que donner un avis favorable a cette demande a la veille du renouvellement de la concession de la mine de cuivre de Bozo -Bozo à laquelle le Département sait par mon télégramme numéro.5 que les Chinois s'intéressent vivement. Il me semble également que les conditions de revenus, sinon celles d'emplois permanents, requises par les services compétents sont d'emblée remplies s'agissant de proches du maréchal-président. Celui-ci y voit enfin un gage d'avenir, au moins pour lui et les siens et me paraît y tenir fort vivement. Je serais reconnaissant au Département de bien vouloir m'informer des suites qui seront données a cette requête ".

 Tout cela n'avait pas fait rire le numéro 2, un fonctionnaire gourmé et un peu solennel- "il a la gravité qui sied si bien aux cons" disait l'ambassadeur dans son dos- qui, depuis l'annonce du départ de l'ambassadeur ne cachait même plus sa désapprobation du "genre" peu orthodoxe de celui-ci.

La soirée tirait à sa fin. Les ventilateurs des salons brassaient l'air lourd de la lagune. La température était enfin descendue, a vingt trois heures passées, en dessous de trente cinq degrés. Somme toute, à l'échelle locale, il faisait presque frais. Les coassements des crapauds en rut montaient de la lagune avec les relents fétides de celle ci- ici, la saison des amours durait toute l'année au point que la boîte de nuit à la mode s'appelait "le crapaud chanteur"(les expatriés l'appelaient aussi « la champignonnière »). Des iguanes gros comme des lapins couraient, dans l'indifférence générale, sur la terrasse et au fond du bassin de la piscine, éternellement vide pour prévenir le développement de la malaria, endémique dans cet ancien marais. Les iguanes slalomaient entre les câbles alimentant les projecteurs de poursuite destinés à transformer en héliport de nuit la terrasse pour une éventuelle -et de plus en plus probable- évacuation de la communauté française. On n'en finissait pas de remplacer les câbles d'alimentation, régulièrement rongés par les agoutis[7]. Le groupe électrogène de l'ambassade pétaradait en sourdine comme un compresseur donnant le la sur un chantier.

L'ambassadeur, qui avait commence la conversation entre intimes ou pseudo-intimes d'après diner par un banal et classique cassage de sucre sur le dos de son ministre, était maintenant, whisky aidant, complètement rond et la chose était en train de dégénérer en souvenirs de carabins.

-"Coucouch qu'on l'appelait, tellement chez lui c'était mécanique et on gueulait "Coucouch au panier" , parce que la cahute qui lui tenait de dispensaire le jour et de cagna la nuit, on l'avait baptisée "le panier fleuri", comme beaucoup de bordels avant guerre, rapport au défilé non stop des patientes. Fallait voir comme il les tombaient avant de rencontrer sa naine et qu'elle le visse en le menaçant de le faire blacklister sur les plateaux de télé, ça ca l'a calmé net. Son secret? Tout dans les gestes et le regard !! De toute façon il fallait bien que ca se passe par gestes: il ne parlait pas le swahili, l'amharique ou le dinka et elles pas le français, y avait que le broken english

---

[7] rongeur comestible de la taille d'un raton laveur

et comme langue, y a plus romantique. Donc son truc, c'était le regard à la dérive et les frisettes. Oui, il avait un don pour avoir le regard droit mais perdu du genre "femme, donne moi ton corps, tu apaiseras mon Sexe-avec une majuscule- mais pas les tourments de mon âme", vous voyez le genre, Byron, mais en moins souffreteux, il était médecin quand même. Juste nain, 1 mètre cinquante cinq au garrot et pourtant au Darfour il sortait avec des dinkas, des somalis, des noubas de Kau, deux mètres de haut et bousculées comme des déesses... Z'avez vu les bouquins de photos de Leni Rieffensthal sur les noubas, les bien nommés, ben pareil, mais en mieux, en 3D !! D'ailleurs les grands couturiers le savent bien, aujourd'hui les plus beaux mannequins viennent de là-bas ...Il était comme un roi, on aurait dit un petit kangourou avec sa maman sauf qu'on voyait pas la poche ...

Les frisettes ? ah oui… à l'époque il avait les cheveux mi-longs et des bouclettes parfaites. On se demandait comment... alors on a soudoyé son boy et il nous a ramené des bigoudis, alors a une heure du matin quand il faisait tourner le groupe électrogène pour alimenter son fer à friser on gueulait "Coucouch bigoudis !!!", ah c'était le bon temps ..."

Le numéro 2 commençait à s'inquiéter ferme. Non seulement tout cela était inconvenant, mais surtout tout ça risquait de finir par sortir de la lagune et qui sait d'arriver à Paris et de nuire à sa carrière. Il fit une tentative pour fermer le ban.

"-Monsieur l'ambassadeur, il est peut être temps de mettre un terme à la réception, nos amis de la base-vie de Bozo -Bozo ont encore quatre heures de piste devant eux et il y a des mères de famille parmi eux... "

Mais l'ambassadeur, désormais totalement ivre, était en verve et d'une voix légèrement pâteuse mais énergique, il répliqua :

"-Toi, le pisse froid, on t'a pas sonné, tu veux m'empêcher de dégoiser sur Coucouch' hein!, essaie donc pour voir!.et alors franchement j'en ai rien à battre de tes feignasses de la base –vie, elles toutes trois nounous qu'elles paient avec un lance pierre pour torcher leurs nains, alors franchement…. de toute façon la cave est pas encore vide, allez vous autres encore un effort, rhabillez la petite !!!a la vôtre !!! alors Coucouch', il..."

 Tapi dans un coin du salon, un peu perdu a cause de l'argot employé mais ne perdant pas une miette de cette scène surréaliste, Michael Rowston, jeune diplomate anglais en stage dans le cadre d'un programme d'échanges entre le Quai d'Orsay et le Foreign office, se demanda pour la cent cinquantième fois depuis son arrivée ce qu'il faisait là. Il le savait bien pourtant. Il n'aurait vraiment pas du proposer comme sujet pratique lors du stage de formation: "rédigez le communiqué de presse et la dépêche d'excuse au gouvernement allemand après que le prince Andrew ait été photographié en uniforme de SS a une surprise party ". et voilà comment il s'était dans ces salons défraichis plutôt que, par exemple, à Paris, Tokyo ou Washington.

Il avait pu en tout cas mesurer en quelques jours la justesse des propos de son professeur de relations internationales à Oxford " vous verrez Rowston, vous avez embrassé la carrière diplomatique pour faire de grandes choses et servir votre pays, mais vous passerez les trois quart de votre temps à servir des petits fours mal décongelés à des gens qui ne le méritent même pas et le reste à remplir de la paperasse administrative..."

Michael passa sur la terrasse, il entendit deux homme âgés, impeccablement habillés, échanger avec un accent rauque et traînant sur les finales, une kyrielle de prénoms

"- Oui, tu sais ce qu'Omar a dit a Toussaint quand il est allé le voir a Barcelone quelques jours avant sa mort ?..."

"- Non..."

"- Omar a dit "c'est mal ce qu'ils font à Charles, il faut en parler à Robert, il arrangera ça avec Claude, le nouveau papa-m'a-dit"

"- Tu parles, ca ne marche plus comme ca, le respect s'est perdu en métropole, d'ailleurs Robert, il y a longtemps qu'on ne l'a pas vu ici... »

"- T'inquiètes pas y a des élections bientôt, il va venir a la comptée..."

Apercevant enfin Michael, ils se turent. Celui crut bon d'aller voir ailleurs.
Il tomba sur deux femmes entre deux âges en robe du soir

"- Parrdon" dit il en exagérant son accent anglais et en faisant semblant de s'éloigner. A nouveau, il perçut des bribes de la conversation, elle avait visiblement trait à une des professeurs détachés à la base vie.

"- Oui vous vous rendez compte, cette petite pécore, elle a osé emmener toute la classe, et en taxi brousse en plus, au collège de la ville voisine et ils ont passé la journée avec ...avec... ces gens, côte à côte en rentrant je l'ai lavé complètement, vous comprenez les poux la galle, les parasites et tout ça on ne sait jamais. Et en plus, en rentrant, elle leur a collé une dissertation sur "les hasards de la naissance". Eh bien mon fils qui avait juste écrit qu'il n'y avait pas de hasard et que les blancs gagnaient plus parce qu'ils travaillaient plus, il a eu 4 sur 20, 4 sur 20 vous vous rendez compte, la petite gauchiste ! Il faut la faire renvoyer. Elle aura l'air fine de retour dans sa ZEP avec ses grandes idées généreuses quand ses petits protégés lui auront crevé les pneus ...On a déjà formé un petit comité à la base vie, mais on est obligé d'attendre que celui là s'en aille..."

Elle fit un geste vague en direction du canapé ou l'ambassadeur attaquait à la fois un nouveau verre de whisky, plein a ras bord, et un nouvel épisode des aventures de Coucouch'

« - Lui il est capable de la défendre, juste par goût de la pose, un diplomate de carrière comprendra tout de suite, j'en ai déjà parle au numéro 2, mais il ne peut rien faire pour l'instant ..."

Entretemps le numéro 2 était enfin parvenu à ses fins. L'ambassadeur avait finalement roulé sous la table, ivre mort et il l'avait fait évacuer discrètement, enfin aussi discrètement qu'il était possible. Puis il avait donné le signal de la fin des réjouissances. La petite foule commençait déjà à se disperser. Michael, que tout le monde avait oublié, regagna sa chambrette dans la résidence.

Il eut une pensée émue pour la petite prof. Il l'avait croisée le mois précédent à une manifestation de l'alliance française, c'était une petite souris avec des lunettes, assez mignonne finalement et ne le sachant même pas, ce qui était encore mieux. Si elle avait été basée dans la capitale plutôt qu'à Bozo-Bozo, Michael s'était dit qu'il aurait bien essayé de l'approcher et de la draguer. Mais il ne se faisait pas trop d'illusions sur ses chances de succès, il se savait assez laid, maladroit et prétentieux et sa vie sentimentale jusqu'ici, sans être un désastre complet, était loin de l'avoir pleinement satisfait. De toute façon, elle devait avoir un petit copain en France, à qui elle devait être fidele, c'était bien le genre. Et même sans penser à la romance ou à la bagatelle, ça ne servait à rien d'essayer de la défendre. Elle était cuite d'avance. Les expatriées oisives, ces matrones vaguement felliniennes; étaient, de loin, les pires prédateurs de la faune locale, d'une ténacité et d'une férocité sans égales, la petite prof était bonne pour sa ZEP -un acronyme que Michael était fier d'avoir appris, ça faisait très couleur locale, "picturesque" comme on dit en anglais- d'ici quelques mois au plus...

Michael soupira très fort, faute de pouvoir concrétiser, il ne lui restait plus qu'à rêver, si on pouvait appeler ça comme ça.

Il ouvrit son portable. Comme d'habitude, la connexion internet était catastrophique malgré le réseau de l'ambassade. Il est vrai qu'un réseau broadband n'était pas la priorité dans un pays où 95 pour cent de la population vivait avec moins de 1 dollar par jour et où deux tiers des enfants souffraient de malnutrition, Michael en convenait d'ailleurs bien volontiers. Mais prévoyant -les fiches pays du Foreign Office n'étant pas si mal faites -il avait bourré son disque dur avant de partir d'Angleterre. Il cliqua sur son diorama favori, un best of des clips de Samantha Fox. Avant de se plonger dans la contemplation du joli petit museau et de la poitrine sculpturale de l'ex playmate de la page 3 du Sun des années 80, il soupira encore plus fort "et dire que Samantha Fox vient d'avouer qu'elle était lesbienne, quel gâchis ...le monde était décidément mal fait"

Etc. ...

Quand ils nous traitent comme de la viande,
quoique…

à la manière de

Keith richard

Keith Sniffhard

des Rolling Bones

«Mémoires»

"C'était il y a cinquante ans. Nous étions encore nous-mêmes.

Je veux dire par là que nos cheveux étaient encore nos vrais cheveux, pas des implants - vous avez déjà vu des grands pères de soixante- dix ans avec des cheveux longs ? Même pas dans vos rêves ! Mais nous sommes votre rêve: sex, drug and rockn'roll. Donc implants.

 D'ailleurs je pourrais vraiment être votre grand-père. Vérifiez seulement si votre mémé n'a pas assisté à un de nos concerts, neuf mois avant la naissance de votre père ou de votre mère, ça expliquerait leur déficiences : à cette époque on ne buvait pas que de l'eau et on ne fumait pas que du tabac.

Aujourd'hui non plus d'ailleurs. Mais c'est sous surveillance médicale. Vu le montant des dédits en cas d'annulation, la compagnie du producteur veille au grain. En même temps ils sont bien obligés de laisser faire un peu : ils savent bien que sans ça on n'aurait plus l'énergie de monter sur scène.

Pour votre grand-mère, je vous assure que je ne me vante pas. Oh bien sûr on n'avait pas des rapports tous les soirs avec la moitié du stade même si le staff technique nous aidait à l'occasion. Mais si elle était au premier rang ou backstage et pas trop mal foutue, il y a une chance. Et prescription.

A cette époque aussi nos dents étaient nos vraies dents et ne nageaient pas le soir comme maintenant dans un verre de whisky. Nos narines avaient encore une muqueuse -mais bon il ne faut rien regretter, le teflon c'est très bien aussi, si vous en avez les moyens et si vous savez où vous le faire greffer. ça ne se fait qu'en Suisse et aux Bahamas.

Je n'avais pas encore besoin de déambulateur pour circuler dans les coulisses, une civière me suffisait. Et les roadies qui la trimballait n'avait qu'à me jucher, complètement défoncé, sur un tabouret bien calé derrière ma batterie pour que je me mette à jouer, pas sur une chaise roulante discrète comme aujourd'hui.

Je n'avais pas encore d'anus artificiel. Du teflon là encore. Tout glisse sans accrocher. Il n'y a pas que les poêles à frire qui ont profité de la recherche spatiale. La tuile de la navette spatiale a fini dans mon cul et j'en suis fier.

C'est une destination qui, moulée dans un Levis slim, a fait rêver des générations. Woodtstock backstage ça vaut bien plus que Cap Canaveral. Boites de haricots Heinz aidant - que manger d'autre en plein champ-, les fusées en partaient plus vite en tout cas et dans la fumée en plus.

Nous étions déjà sourds cependant. Le rock ça ne pardonne pas. Et la médecine moderne récupère tout, à coups de gonfleur si il le faut, sauf les tympans. De toute façon, je m'en fous, mon métier c'est le bruit. C'est comme si j'étais un camionneur qui pourrait écraser tout ce qui bouge sur l'autoroute en fonçant comme un dément sans jamais prendre un seul PV. C'est pas mal non?

Contrairement à notre chanson, j'ai eu beaucoup de satisfactions. Par exemple, Angie. Quand j'avais entre onze et treize ans j'étais raide dingue d'elle. J'ai raconté ça un jour à Mick qui en a fait la bluette que vous connaissez. On doit la jouer à chaque fois. Je ne peux plus l'encadrer. Mais je me fais une raison quand je vois le relevé mensuel de nos droits d'auteurs par titre de chansons.

Bref j'en étais raide dingue. Mais je ne lui a jamais dit. Je me suis contenté de me foutre de sa gueule dans la cour avec les copains. "Engine " qu'on l'appelait, rapport à ses deux arbres à cames en tête. Mais engine ne m'a jamais pardonné ces moqueries, ces deux arbres à cames en tête je ne les ai jamais vu. Mais qu'importe : pour un engine combien de poitrines depuis ?

Et puis aujourd'hui ils doivent ressembler au mieux à des gants de toilettes. Le National Health System ne rembourse pas le silicone et comme elle doit être au chômage depuis Thatcher et au minimum vieillesse depuis Blair…

C'est bien la preuve qu'il ne faut pas être nostalgique. J'ai bien vécu. Usé et abusé ou plutôt l'inverse. Et si on change les pièces d'origine c'est parce qu'elles sont complètement usées. Quand un pneu est lisse et qu'il fait des traces, on ne pleure pas dessus. On le jette et on le change. Eh bien là c'est pareil, sauf qu'on a refait tous les niveaux, tous les lubrifiants, toute l'injection, tout l'échappement, et même le levier de vitesse.
Etc…

Quand ils nous traitent comme de la viande,
quoique…

à la manière de

Booba

« Eté 2034.

La France vient de remporter pour la troisième fois la Coupe du monde. Pourtant l'euphorie est très vite retombée. Car la situation est dramatique.

D'abord, le pays est accablé par la canicule. On en vient à regretter les 40 degrés à l'ombre des années 2020...

Et surtout, la crise migratoire anglaise est désormais totalement hors de contrôle.

Fuyant la misère et des gouvernements brexiters de plus en plus répressifs, des dizaines de milliers d'anglais traversent la mer, sur des embarcations de fortune, pour atteindre la terre promise, l'Union européenne et sa porte d'entrée, la France.

Les camps de réfugiés de Calais, de Boulogne, de Crécy, d'Azincourt, de Poitiers, d'Orléans, de Troyes, de Saintes, de Taillebourg et de Château-Gaillard sont saturés. Des bandes de hooligans s'y disputent la primauté et confisquent l'aide alimentaire européenne à l'entrée des camps pour la revendre au prix fort à leurs malheureux compatriotes. La police n'ose plus pénétrer dans les camps.

S'échappant de la nouvelle jungle de Sangatte, des réfugiés britanniques désespérés, en attente d'un visa pour l'Allemagne ou, mieux encore, pour la Pologne affrontent dans la banlieue de Calais les Syriens du « petit Damas » et dans la banlieue de Boulogne, les Afghans de la « petite Kaboul » pleinement intégrés et parfois même militants du Front national.

 Le président français en appelle à la solidarité européenne mais successivement la Belgique, le Luxembourg, l'Allemagne, la Suisse (bien sûr) et l'Italie ont fermé leurs frontières, en attendant l'Espagne. Les accords de Schengen sont suspendus de facto.

Les banlieues françaises sont à nouveau en feu et les pogroms anti réfugiés anglais se multiplient. Des slogans comme « Du fric pour Villejuif, pas pour les rosbifs » où « De l'artiche pour les banlieues pas pour les engliches » taguent les murs des grands ensembles dans les quartiers.

Des commandos black-blanc-beur « Jeanne d'Arc » (prononcez Djihanne Ndyarc avec cet accent traînant un peu particulier, si typique des banlieues) sévissent et passent à tabac des mendiants anglais isolés, jusque sur les Champs-Élysées.

L'État est absent et défaillant. l'Etat d'urgence sur le point d'être proclamé.

Dans ces circonstances dramatiques le rappeur Zbooba, idole ambivalente, et un peu has-been, des banlieues meurt. Relativement jeune.

ça arrive. Les rappeurs ne fument pas que du tabac et ne boivent pas que de l'eau, ils ne roulent pas à 80 sur les routes départementales et ils regardent beaucoup, beaucoup de films pornos. A force de tirer sur la corde, sur le joint ou sur la tige, tant va le cruchon à l'eau qu'à la fin, il se brise.

Dans une ultime tentative pour reprendre la main et de créer un élan d'union nationale, le président décide d'un hommage funèbre national dans la cour des Invalides pour Zbooba, prélude, peut-être, à une panthéonisation.

Voici le texte intégral de son éloge funèbre.

« Messieurs les présidents, Monsieur le Premier ministre, Mesdames et Messieurs les ministres, Mesdames et Messieurs les parlementaires, Mesdames et Messieurs les académiciens, Mesdames et Messieurs les membres du corps préfectoral, Mesdames et Messieurs les membres du corps diplomatique, chère madame Zbooba, Cher Kaapris, Cher Joey Starr, Chers Eminem et Jay-Zee , Chère Kim, Chers Nique ta Mère et Ayam, Chers DJ , chers posses et membres du crew, chers membres de la famille, Mesdames et Messieurs.

C'est d'abord à messieurs les rappeurs, présents sur cette estrade, que je m'adresserai.

Je sais que vous êtes des rebelles. Vous l'êtes par nature, peut-être, et par profession, sûrement.

Je vous répète donc les instructions que vient de vous donner le protocole. Car je sais, d'expérience, qu'elles sont restées vaines.

Les lois de la République m'interdisent d'avoir comme vous des roadies, des bodyguards et des posses pour faire régner l'ordre, sans ménagements, backstage, dans le carré vip de vos concerts.

Et, même si un de mes prédécesseurs s'est mordu les doigts d'avoir fait confiance à un bad boy qui n'aurait pas déparé vos rangs, je vous l'avoue, je le déplore parfois, car au fond moi- même, enfant au moins, j'aurai voulu être un rappeur. Mais j'étais trop bon élève et mes parents trop conventionnels.

De grâce donc, éteignez vos portables. Vos followers attendront. Nous sommes ici pour rendre hommage à un mort et les morts ont l'éternité devant eux. Ils ne twittent plus sauf par producteur, veuve et avocats interposés.

Veuillez aussi enlever vos casques audio. L'écoute de votre dernière maquette ou de la concurrence ou, qui sait, peut-être même de Beethoven attendra.

Zbooba, notre grand défunt, par contre, a eu, lui, l'insigne honneur pour un rappeur d'être enterré avec son casque audio sur les oreilles, par-dessus sa casquette. Son oeuvre intégrale y est diffusée en boucle et il y a assez de batteries dans le cercueil pour que lorsque il ne restera plus qu'un crâne entre les écouteurs et que même la trame du tissu de sa casquette sera effilochée, il puisse, encore et encore, entendre son oeuvre immortelle.

Certains grincheux passéistes, peu amateurs de rap, diront qu'il aura ainsi subi l'enfer sur terre. Quelle étroitesse d'esprit ! imagine-t-on Mozart, bercé à jamais par la flûte enchantée dans son cercueil ? on le devrait.

Et d'ailleurs si Mozart vivait aujourd'hui il serait rappeur. Aurait été rappeur, devrais-je dire plutôt, en employant le futur antérieur, car il serait certainement mort d'une overdose d'autre chose que de microbes comme la dernière fois.

Vous pouvez, par contre, garder vos casquettes. Zbooba aurait aimé les voir alignées sur ces gradins entre deux bicornes d'académiciens, trois képis de général d'armée et quatre casques de garde républicain.

C'est le couvre-chef qui fait le chef et cela, seuls les militaires et les rappeurs l'ont compris.

 Triste époque que celle qui fait aller les plus hautes autorités de l'Etat tête nue, oui je vous le dis encore et sans démagogie – ce n'est pas mon style– j'aurais voulu, moi aussi, être un rappeur. Un gangsta, même.

Mais la politique, vous savez, c'est aussi une affaire de bandes et, si vous me pardonnez l'expression, de castagne.

 Messieurs, vous êtes des créateurs et des artistes, avant d'être des compétiteurs et des guerriers. C'est ce qui vous donne cette sensibilité exacerbée, quasi féminine, serai-je tenté de dire.

Et tout en témoigne : vos barbes trop bien taillées, vos bagues et vos poings américains rutilants et comme astiqués tous les jours, vos pectoraux et vos biceps, bronzés, gonflés et lustrés comme ceux de chippendales, vos colliers massifs, tels des torques gaulois, d'où pendent, juste au-dessus de votre sexe, moulé par le cuir, qui le symbole d'un dollar, qui celui d'un euro et, coquetterie ultime, pour certains d'entre vous, vos dents en or.

Quoi d'étonnant alors dans cette jalousie quasi-pathologique pour le dernier Hummer, la dernière Lamborghini ou Bugatti Veyron, la dernière vedette de Marc Dorcel ou de Hot Vidéo, jalousie mortelle pareille à celle qui fait se crêper le chignon à deux femmes ayant eu le malheur de choisir la même robe ou la même paire de chaussures.

Quoi d'étonnant disais-je, à vos chamailleries perpétuelles, à vos querelles, à vos insultes, à vos défis. À vos clashes comme vous dîtes.

Vous, Kaapris, ici présent, et qui portez le deuil d'un ami qui a fait, à jamais votre gloire, oui vous Kaapris, aviez apostrophé Zbooba sur les réseaux sociaux avant l'incident d'Orly en lui disant je cite « j'vais t'enculer, je vais te briser les os, j'vais boire ton sang ».

Peccadilles, emphase méridionale, querelle de bacs à sable.

Le juge ne l'a pas compris ainsi et, malgré tout le respect que j'ai pour la séparation des pouvoirs, je suis en désaccord avec cela.

Il y a de toute façon prescription, au sens propre et au sens figuré.

Mais c'était une autre époque, plus sévère, moins compréhensive peut-être parce que confrontée à de moindres défis que la nôtre, où l'urgence nous oblige à faire la part de l'accessoire et de l'essentiel.

Moi, ce qui me frappe dans cette phrase, en tant qu'ancien khâgneux, c'est sa parfaite construction ternaire, comme une période de Cicéron ou du général de Gaulle, mêlée à une éructation tripale célinienne. En somme, le meilleur de la littérature française, mais dans cette forme moderne qu'est le slam.

J'y vois aussi une sorte de parade guerrière, de hakka. Là encore, pas quoi faire de mal à une mouche, un all-black n'a jamais avalé tout cru un Chabal, ni bu son sang !
.
En retour, Zbooba a exprimé le voeu d'avoir des rapports intimes , avec vous-même, Kaapris ainsi qu'avec votre mère et votre sœur.

Notez là encore le rythme ternaire.

Je relève en passant qu'il a omis votre femme, votre belle-mère, vos enfants et vos animaux familiers.

Peut-être les réservait-il pour un autre tweet. La progression dramatique n'est-elle pas l'essence de l'art théâtral d'après Aristote et Meyerhold?

Bien sûr, il ne fallait voir dans cet appétit éclectique et apparemment inépuisable qu'une rodomontade, un clin d'oeil à ses fans comme les artistes l'ont toujours pratiqué par presse et media interposés, de la querelle des anciens et des modernes à la bataille d'Hernani, des titres de France Dimanche à ceux d'OK ou podium jusqu'à vos tweets d'aujourd'hui.

Certains esprits chagrins parleront d'appauvrissement. Moi j'y vois un renouvellement et même un élargissement, si j'ose dire, puisque quelques milliers de personnes au plus lisaient Boileau ou Théophile Gautier quand le moindre de vos tweets a des centaines de milliers de followers.

Oui Kaapris, vous n'auriez pas dû prendre cela au sérieux.

Mais vous être retrouvés comme Zbooba, tel un enfant qui à force de jouer avec la commande de l'airbag passager, malgré les objurgations de ses parents, finit par le déclencher et avec lui un vrai accident de la route avec tête à queue, tonneau, tôles froissées, blessés, ambulances et désincarcération.

Sauf que, dans votre cas, c'est d'incarcération qu'il s'est agi.

« Entre ici et Zbooba !! », voilà ce que vous auriez dû dire Kaapris, en le prenant au mot, avant cet incident d'Orly qui a changé votre vie.

Cela l'aurait sans doute désarmé. Derrière la façade de brute virile, soigneusement entretenue, se cachait certainement un être délicat, sensible, prude même, parce que peut être effrayé par ses propres penchants, à la fois refoulés et clamés haut et fort par ses tweets. Gêné, il aurait peut-être alors passé son chemin et fait semblant de vous ignorer.

Mais vous n'en a rien fait et vous avez eu tort.

Mais peut-être, après tout, avez-vous eu raison, car cela a changé à jamais votre vie et celle de Zbooba.

Et à travers vos chansons à tous deux, notre vie à tous.

Zbooba, au nom de tous les Français qui t'ont écouté permets-moi de vous tutoyer, toi qui n'a jamais vouvoyé personne sauf une fois, contraint et forcé, un caïd à Fleury-Mérogis dans la salle des douches.

Permets-moi aussi de t'appeler Zboo ou Zboob, c'est selon, les surnoms que tu donnais affectueusement à ce que tu appelais la « meilleure partie de toi-même ».

Zboob je voudrais évoquer ton art avant d'évoquer ta vie, car tu as donné ta vie à ton art et en retour ton art a illuminé ta vie.

Messieurs les rappeurs à travers Zboo , si j'ose dire, c'est à vous tous et à votre art fédérateur et novateur que je veux rendre hommage.

Fédérateur, il l'est entre tous, puisque vos slams résonnent aussi bien dans les cités que dans les beaux quartiers. Ils donnent au boutonneux pensionnaire des bons pères le sentiment, casque sur les oreilles d'être un rebelle, ils permettent aux gens des quartiers de caresser, je dis bien caresser, le rêve d'avoir un jour un Hummer autrement que par le football ou le petit commerce à la sauvette dans les cages d'escalier.

Pour ne parler que de moi, leurs ahanements ont rythmé mes thèmes et mes versions de grec ancien en khâgne, mes cours de droit constitutionnel à science po et de gestion publique à l'ENA.

Tous ici, du général d'armée au planton, de l'académicien au balayeur au fond de la cour nous pourrions entonner par coeur ces vers libres qui firent la gloire précoce de Zboo...(TROUVER UN TRUC SUPER OBSCENE)

Mais votre art est novateur aussi. Il a introduit dans l'art et la culture populaire les révolutions artistiques du XXème siècle.

Comme Picasso a aboli la perspective avec les demoiselles d'Avignon, comme Malevitch a aboli à la fois la composition et la palette en osant le monochrome, comme Fontana et Pollock ont aboli la toile l'un en la lacérant, l'autre en la faisant dégouliner, comme Lichtenstein et Oldenburg ont remplacé la toile, l'un par des bd agrandies et pixellisées, l'autre par des reliefs de repas vernis, comme Michel Butor, Nathalie Sarraute, Alain Robbe Grillet et Claude Simon ont aboli et l'intrigue et le personnage, ces deux escroqueries romanesques, comme Schonberg et Stochkhausen ont aboli la mélodie, comme Becket et Ionesco ont aboli les trois unités , comme breton a aboli la littérature, comme Duchamp avec son urinoir a aboli purement simplement l'art, vous avez aboli la mélodie, la grammaire, la syntaxe, le vocabulaire et même le genre comme en témoigne votre usage ambivalent et récurrent du phonème beat/bit/bite.

De toutes les contraintes formelles de la langue écrite, vous n'avez gardé que la rime et encore, une rime pauvre, comme le sont vos quartiers d'origine, que vous parcourrez désormais en Hummer .

 Oui, vous êtes à la musique populaire ce que la seconde école de Vienne est à la musique classique, vous avez réduit la musique à une ascèse binaire et le texte à une épure viscérale, un cri primal que n 'auraient renié ni Louis Ferdinand Céline, ni Christine Angot qui, soit dit en passant, s'est laissée séduire par un de vos glorieux prédécesseurs, Doc Gynéco. Vous êtes, sans le savoir sans doute, profondément schumpeteriens, Vienne encore, votre volonté de destruction a été profondément créatrice .

J'en viens à notre cher Zboo.

Oui Fleury-Mérogis a été pour lui comme une césure, comme un déchirement, bien qu'il y ait considérablement élargi le cercle de ses amis. Il y a comme un avant et un après, une révélation en somme.

Après cette épreuve son caractère a changé et son inspiration aussi. Il a essayé de nouvelles pistes sonores.

D'abord la fusion rap flamenco avec Zboobi Zbooba qui nous fit danser tout un été. Puis la fusion rap-opéra avec le zboob Enchanté, Mozart en rap, qui ne connût pas le succès qu'il eût mérité.

Ses collègues et ses rivaux l'ont alors accablé alors sur les réseaux sociaux, en le menaçant de leurs châtiments habituels.

Mais il n'a pas réagi.

Comme si la confrontation avec la réalité à Fleury-Mérogis lui avait ouvert les yeux, entre autres, sur la vanité de ces défis de jeune coqs.

il en en a même fait un slam, directement inspiré de la parabole de l'évangile « si on te frappe sur une joue, tends l'autre ». Mais c'était un rap tout de même et il a choisi un autre partie de son anatomie, mais néanmoins quel chemin de Damas.

Et voyant qu'il ne réagissait pas ou si peu, et si peu agressivement, un de ses collègues, Woof, a aussi fait un slam sur ce qu'il a perçu comme une faiblesse et qui n'était que sagesse.

 Insulte suprême, ce slam a connu un immense succès « y a du mou dans le Zboo, yeah, yeah fuck you , y a du mou dans le zboo «   etc.

 Messieurs les académiciens, un peu de tenue ! cessez de vous balancer et de Chantonner. C'est vrai, cher Zboob, nous l'avons tous fredonné et nous le regrettons aujourd'hui amèrement, devant ta dépouille.

Dix fois peut-être, la savonnette du succès lui a échappée des mains, dix fois il s'est agenouillé pour aller la rechercher. Dix fois il s'est réinventé, tentant, en vain, de convaincre les producteurs de le suivre dans ses nouvelles aventures musicales, allant jusqu' à vendre successivement sa Lamborghini ,son Hummer, sa Harley, sa collection de casquettes et de poings américains, et même ses deux biens les plus précieux,   deux collections amassées patiemmânt dès l'enfance,   sa collection complète des numéros d'Hot-Vidéo et l'intégrale des cassettes et des dvd de Marc Dorcel.

C'est donc avec fierté que je vous annonce que ces deux collections, qui allaient partir à l'étranger, ont été préemptées par le ministère de la Culture et rachetées par la direction des affaires culturelles du département de la Seine Saint Denis s et qu'elles seront accessibles dans la « maison du rap/écomusée du slam » qui ouvrira bientôt ses portes à Sevran.

Elles y seront en consultation libre. Il faut en effet que les jeunes générations et les groupes scolaires réalisent à quel point l'amour était plus romantique et plus distingué avant l'ère internet et que c'est cet amour qui a nourri l'oeuvre de Zboob.

Mieux encore, je vous annonce ici solennellement que j'ai demandé à madame la ministre de la Culture d'entamer auprès de l'UNESCO les démarches pour classer le rap français, et ses source d'inspiration, comme patrimoine immatériel de l'humanité.

A l'enterrement de Malraux on avait mis un chat près du cercueil, à celui de Defferre c'était un chapeau, à celui de Jean d'Ormesson, un crayon. Pour toi, Zbooba mon ami, notre ami, je vais maintenant disposer sur ton cercueil une cartouche de Marlboro achetée ce matin au duty free d'Orly et une savonnette, cadeau des gardiens de Fleury-Mérogis qui ont aussi recouvert d'une plaque de verre les graffitis que toi et ta bande y ont laissé. Le ministère de l'intérieur envisage d'en autoriser la visite au public mais la crise migratoire présente a retardé, je n'ai pas honte de le dire, ce projet mémoriel .

[la sonnerie aux morts retentit, le président s'avance, cartouche de cigarette dans une main, savonnette empaquetée dans l'autre. Soudain, deux drones jaillissent des toits des invalides, lâchant ce qui semble être une cargaison liquide de purin ou de lisier sur le cercueil. Les gardes du corps, du président se précipitent avec des boucliers. Il est cependant touché à l'œil. La foule, aspergée, se débande dans un désordre indescriptible. Quelques casquettes sont jetées en l'air. Des « tchulé !!! » retentissent de partout, preuve que les rappeurs attribuent l'attentat à l' un des leurs, n'ayant pas reçu d'invitation ou l'ayant décliné. Les drones sont abattus. La retransmission s'interrompt brutalement]

Quand ils nous traitent comme de la viande,
quoique…

À la manière de

Rudyard Kipling

Rudyard Kipling

"The forbidden jungle book" (extraits)

« The forbidden jungle book » a une histoire similaire aux mémoires de Samuel Pepys qui, écrites à l'envers grâce à un miroir, auraient dû rester privées et n'en sont que plus savoureuses.

C'est un manuscrit de mémoires, retrouvé dans une vieille cantine militaire, en compagnie d'un pudding au gras de mouton encore mangeable et d'un sabre pour couper ledit pudding.

Le manuscrit était accompagné d'une lettre demandant que si il était découvert il ne soit publié que 75 ans après la mort de son auteur (1936).

« <u>Bharatpur (Rajputana)</u>

Lors de mes expéditions dans la jungle les distractions étaient rares.

Aussi avais-je pris l'habitude de faire venir la cantinière le soir dans ma tente.

Mes fidèles gurkhas faisaient semblant de ne pas entendre le frou-frou de son sari contre la toile de la tente.

Il est vrai que dans la journée je les laissais se porter en queue de colonne, près du chariot de ravitaillement.

Je respectais pourtant cette pauvre femme et ne voulais pas lui imposer la charge, pourtant noble, d'un bâtard de Sahib.

J'en avais en effet assez de tous ces gamins mendiant sur les marches des temples.

Aussi j'utilisais est une feuille de bananier, astucieusement roulée et invitais mes hommes à faire de même.

C'est en cours d'une de ces expéditions dans la jungle que je découvris, dans une clairière ,un petit temple shivaïque abandonné.

Son ornementation était si habile, si imaginative, si variée que je restai là plus de deux heures en contemplation.

La nuit qui suivit, j'utilisai presque toute ma provision de feuilles de bananier. Rassuré par ces transports, que la tristesse née de mon exil de Calcutta avait rendu au moins nombreux, je me promis d'y emmener la Maharani de Godmichâpur
(à suivre)

Quand il faut aller les chercher

à la manière de

Rudyard Kipling

LES PLEURS DU MÂLE

Rudyard Kipling
« The forbidden Jungle book"
(suite)

Bharatpur (Rajputana)

J'avais décidé de mettre à profit la prochaine chasse au tigre du maharadjah pour réaliser mes desseins. Les dragées que m'avaient fait envoyer la maharani ne me laissaient pas en effet pas de doute quant à ses sentiments.

Je soudoyai donc le cornac de l'éléphant du maharadjah en lui promettant une place de sergent dans l'armée des indes, s'il parvenait à égarer son éléphant, et avec lui toute la suite princière, de façon à me laisser en tête à tête avec la maharani, avec les cacatoes et les singes hurleurs perchés dans les frondaisons de la jungle pour seuls témoins.

Mon plan réussit à merveille. Très vite en effet, je pus grimper dans le palanquin de l'éléphant de la princesse.

Le balancement à la fois ample et long du pas de l'éléphant est propice aux jeux de l'amour. Il dispense les heureux amants de tout effort. Pourtant alors même que j'allais atteindre les sommets de la félicité et m'apprêtais à tendre ma badine réglementaire vers le cornac pour lui intimer l'ordre de ralentir, nous nous mîmes à brinquebaler follement. La maharani se mit me crier en marwari des choses que la décence même dans cette confession intime, m'interdit de traduire en bon anglais .

Enfin nous nous arrêtames, mais trop tard. Nous étions sortis de la jungle.

Tandis que la maharani remettait de l'ordre dans son sari et ses breloques, je m'apprêtais à rosser d'importance le malencontreux cornac. Comme je levai ma badine, l'homme apeuré les bras piteusement levés pour se protéger de mon juste courroux, se mit à gémir "" un tigre sahib, un tigre ! !!! je n'ai rien fait sahib, je te le jure !!'""

De fait, rajustant mon monocle je constatais que Kitch, l'éléphant princier, était à l'arrêt : la trompe redressée, la patte avant droite levée.

"Ah, ça, brave bête, Kitch !" fis-je en lui grattant l'occiput. A vrai dire j'appelais Kitch tous les éléphants que je rencontrais, ceci par allusion finaude à Lord Kitchener, commandant en chef de l'armée des Indes, dont les airs dignes cachent mal, à mon sens la balourdise. Il est vrai que depuis qu'il m'avait surpris avec lady Kitchener dans une des buanderies de la vice-royauté à Calcutta, une méprise bien sûr, nos relations s'étaient beaucoup dégradées.

Le tigre ne nous avait pas senti ni entendu venir. Certes nous venions contre le vent, mais enfin nous avions fait un bruit de tonnerre. Comme je m'en étonnais auprès du cornac, celui-ci me répondit "c'est terrible, Sahib, un tigre sourd, c'est un jeune tigre célibataire, un vrai fauve, sahib, le plus dangereux de la jungle ..."

Je laissai l'homme décharné à ses jérémiades, et n'écoutant que mon sang guerrier, me saisis de mon fusil réglementaire enfouis sous les coussins du palanquin de la maharani.

Le tigre était à l'affût. Je l'épaulais d'un geste vif. Mais au moment même où je m'apprêtais à appuyer sur la gâchette, il bondit et fila dans la jungle sans demander son reste. En effet le battement lancinant des tambours des rabatteurs se faisait entendre au loin. La panique de Kitch nous avait ramené au cœur de la battue.

Mais à quoi bon épiloguer. Cette chasse se termina mal pour tout le monde. Le cornac que j'avais soudoyé ne pût jamais connaître les délices des chambrées de l'armée des Indes. Il finit la tête écrasée par le pied d'un éléphant. Le maharadjah de Bharatpûr, mis au courant de son infortune par je ne sais quelle indiscrétion avait en effet un petit côté mesquin.

Lord Kitchener tira parti de cet incident pour me faire nommer dans un coin perdu de l'Assam, infesté par le paludisme et les tribus rebelles à l'autre bout de la péninsule.

Aujourd'hui encore, je me demande qui a bien pu nous dénoncer.

Il est vrai que, dans ce pays, même les éléphants ont des oreilles.

Quand il faut aller les chercher

à la manière de

Michel Houellebecq

Michel Houelleboucq

"La carte de France et le drap"

Toute l'oeuvre de Michel Houelleboucq jusqu'à présent semble marquée par l'antienne qu'Il a entendu de la maternelle a la terminale; " où est le bouc ?". "Dans ton cul!!!" repris en choeur par une classe entière au point qu'il l'a inscrite en frontispice de son premier grand succès "les testicules alimentaires".

Même si ce harcèlement a cesse avec les études supérieures puis la vie professionnelle grâce au vernis d'hypocrisie que la vie sociale entre adultes apporte, Michel Houelleboucq, à quarante ans passés, semble encore tenter d'exorciser, par une sorte de catharsis répétée, cette virtuelle sodomie pourtant active. En témoignent les autres titres de sa bibliographie : "extension du domaine de la turlutte", "plates formes" , "dans ta grotte", "la possibilité d'un slip", "le sens du con bas" "rester tendu et autres textes" . Il en va de même de ses oeuvres à quatre mains :"sévices pubiques" avec Bernard Thibaud et "dindes farcies" avec Maïthé.

Pourtant chez Houelleboucq le sexe, omniprésent, n'est ni jouissance, ni gaudriole. Il est misère et frustration. Incomplétude et désespoir. Mise a nu de l'âme et absence de rédemption. Et c'est cette humanité profonde, comme ecartelée en son milieu, qui fait, sans aucun doute, de Michel Houelleboucq l'un des plus grands écrivains de langue française vivant, en parfaite résonance avec son époque sinistre.

« La première exposition individuelle de Zeb n'avait rencontre qu'un succès d'estime. Pour tout dire, il n'avait pratiquement rien vendu. Pourtant Il avait eu quelques bonnes critiques pour son "aujourd'hui vu par le Greco". Et ces bonnes critiques étaient justifiées. Sous son pinceau les barres de La Courneuve allongées et brunies prenaient des airs de Tolède et la tête de son boucher engoncée dans son tablier à carreau, le crayon sur l'oreille et la main crispée son couteau à découper l'allure émaciée et impérieuse d'un grand d'Espagne attendant tête nue le passage de Philippe II.

Tu vois coco..."

S
Son galeriste avait l'habitude d'appeler tout le monde "Coco", Il pensait que cela faisait "arty" et cela suscitait chez Zeb, qui était un tantinet psychorigide, une réaction mécanique "je ne m'appelles pas coco je m'appelle Zeb"

"- Oui,c'est ça coco, donc tu vois ton truc du Greco là c'est gentil, mais ce n'est pas vendeur. Aujourd'hui les critiques d'art sont devenus tellement illettrés qu'Il n'y en a pas un sur deux qui sait que le Greco était bigleux et voyait tout de travers et que c'est ça et pas un mysticisme de mes deux qui explique ses figures allongées et ses couleurs sombres. Quant au public, en tout cas aux acheteurs, je ne t'en parle même pas coco. Je comprends que tu veuilles faire dans le classique, après tout, Cézanne lui aussi copiait les maîtres au Louvre, mais pour faire un truc comme ça coco il faudrait que tu ais déjà un nom, regardes Bacon son remake en boucle du portrait de Paul III par Véronèse, il a attendu son premier million de dollars avant de l'imposer a la critique et tout le monde a crié au génie. Bon un million de dollars rien qu'avec de la barbouille, c'était effectivement un génie, tandis que, toi, du train où tu es parti tu seras mort, pinceau a la main, avant d'avoir atteint 100.000 et encore, en comptant les intérêts composés.   Hein qui c'est qui va me payer la location, le chauffage, l'accrochage et l'édition des catalogues ? Encore trois comme toi et je saute, pourtant j'ai cru en toi coco, et j'y crois encore, mais il faut que tu craches ta purée et il faut que tu me trouves un truc qui se vende et qui accessoirement mais accessoirement seulement te satisfasse d'un point de vue artistique. Là ce qui m'a plu c'est le mariage classique/moderne, revisiter des thèmes contemporains avec des yeux classiques bon là on s'est planté, je dis "on" parce que je t'ai encouragé, à tort mais je suis sûr qu'il y a un truc vendeur là dedans on n'a juste pas trouvé le bon angle ..."

En face de lui Zeb était quasi-catatonique" à part son "je ne m'appelle pas coco, je m'appelle Zeb " répété à mi-voix mécaniquement chaque fois que le mot "coco" jaillissait dans la bouche du galeriste. Il n'était pas à proprement parler déçu de cet échec, il était indifférent, encore et toujours. Ailleurs et en tout cas, pas en phase. Il n'était vraiment apaisé et lui même -heureux aurait été un trop grand mot- que seul dans son atelier avec un pinceau ou une bombe à peinture. Les relations avec autrui étaient pour lui une corvée hygiénique et indispensable comme se nourrir, déféquer ou faire les courses au supermarché. Il les avaient d'ailleurs réduites au strict minimum : des rencontres épisodiques avec son galeriste, la visite annuelle a la maison de retraite de son père juste avant noël. Pour le reste il avait coupé les ponts avec ses quelques connaissances des Beaux Arts et saluait vaguement le boucher, le bistrotier et la caissière qu'il avait fait poser en grands d'Espagne ou en duègne. Il avait aussi réduit ses activités extra-artistiques à presque rien, une visite a la laverie automatique une fois par semaine, une descente bi-hebdomadaire au supermarché du coin où il n'achetait que des plats à micro-onder, du gros rouge en kubi et des boites de raviolis qu'il mangeait froides, une visite mensuelle rue Sant Denis, pour l'hygiène encore et c'était pratiquement tout.

Le galeriste intarissable avait repris.

"Même Jean Pierre Pernod fait la tournée des table bars et des clubs échangistes de la nationale 7 pour rester authentique. Faut faire trash, coco, c'est l'époque qui veut ça: t' as vu "qui veut épouser mon fils" sur tf 2 ,des pouffiasses siliconées des brutes épaisses et des vieilles maquerelles, quarante pour cent de part de marche recta , c'est le cas de le dire ! T'as vu les magazines de mode: porno chic encore et encore,

z'arrivent pas a dépasser le concept . Eh bien les acheteurs d'art c'est pareil, ils veulent la même chose que les auditeurs de tf2, du sale, du bien dégueu , du qui te remues tes plus mauvais tréfonds, de la poubelle, du mascara et du foutre. Regardes le succès de Hirst avec ses viscères et celui de Koontz avec son porno plastifié et ses sex toys géants !, dommage que le conservateur de Versailles ait manqué de couilles ; son coït en 3D avec la Cicciolina, madame Koontz a l'époque, aurait fait un effet bœuf, multiplié a l'infini dans la galerie de glaces. Mais comme c'est de l'Art avec un grand A faut empaqueter, faut donner un prétexte intello, n 'oublie jamais que du seizième au dix-neuvième siècle le seul bon prétexte pour voir du cul c'était l'art, eh bien on en est toujours là mais on a franchi un degré. Il faut du cul occupé. Du lard et du cochon. Bon pour emballer les bas morceaux, ton idée de revisiter les classiques est très bonne mais là on en a trop fait .tu as demandé de l'érudition à tes clients potentiels alors que tout ce qu'ils ont c'est du fric et le besoin de faire chic. Si tu fais dans le classique, ne cherche pas plus loin que ce qu'un japonais prend dans le viseur de son Nikon au Louvre, ne dépasse pas le niveau carte postale, c'est clair !
Bon là on va s'arranger je prends à ma charge toutes les dépenses non amorties et tu me signes un nouveau contrat. On passe de 80-20 a 90-10, j'ai tout preparé, t'as qu'a signer la en bas "Zeb Faust" à côté de ma signature « Lucien Fère » voilà, non, non me remercies pas je suis comme ça moi la main sur le cœur… ".
*

*   *

Zeb rentra chez lui d'un pas mou. Il était comme saoulé par la faconde de son galeriste lui qui pouvait passer des jours, des semaines même sans prononcer un mot. Dans la cuisine il alla chercher son cubi de rouge en cours. Il s'installa sur un canapé tâché de son loft et alluma la télé. Tout en regardant d'un oeil distrait un porno a la demande sur canal +, il commença à têter doucement le robinet du cubi, qu'il avait installé douillettement sur son ventre comme un enfant son nounours. Bercé par les ahanements des acteurs qui s'échinaient dans le poste et la bouche poissée par le goût rêche de l'alcool il finit enfin par s'endormir.
*

*   *

 Une sonnerie insistante le réveilla vers trois heures de l'après midi. Laborieusement il se leva. Il était tout habillé mais ses vêtements étaient complètement froissés et maculés de taches de vin. Le robinet du cubi avait continué a couler, goutte à goutte, apres son assoupissement. Il enfila à la hâte un peignoir à peu près propre qui traînait par terre dans la salle de bains. Il n'avait pas de judas. Il ouvrit sans autres. Les visites étaient de toute façon très rares, à part quelques représentants qui n'insistaient jamais, découragés par sa mine de caniche battu. A sa façon il les réconfortait, ils repartaient en pensant "au moins un type plus lamentable que moi". C'est ca l'humanisme aujourdhui, être encore plus nul et plus bas que les autres.

 Une jeune femme se tenait dans l'embrasure, petite , assez mignonne , la gueule un peu de travers .

- C'est vous Zeb Faust, le peintre ?"

- Oui

-Ah très bien, je m'appelle Monica, je suis journaliste et je fais une enquête ", et sans plus de cérémonie elle ouvrit son imperméable. Elle était nue en dessous avec juste un porte-jarretelles à l'ancienne

- "Voulez faire l'amour avec moi". Elle adorait l'effet de surprise et de gêne que produisait cette entrée en matière.

Mais Zeb ne réagit même pas. Il aimait les choses simples et la vérité toute nue. et s'il avait encore eu un vernis de civilité il n'aurait pas pu s'exprimer avec la gueule de bois qu'il tenait. Il répondit donc franchement

-"Oui bien sûr, vous êtes jolie et vous avez l'air sympathique mais j'ai regardé un porno hier sur canal + hier et..."Il fit un geste vague vers son bas ventre " ...et en plus j'ai la gueule de bois... "

- Ce n'est pas grave, je peux repasser ce soir…
".
Ce qu'elle fit. Ils restèrent trois jours ensemble, sans sortir, le temps pour Zeb de parvenir à récipiscence. L'amour non tarifé le paralysait. Son côté gratuit et réciproque sinon altruiste lui paraissait peu naturel et presque terrifiant. Se laisser aller complètement avec quelqu'un, quel vertige, au sens physiologique pas romantique, quel abandon, quelle vulnérabilité, quelle faiblesse. Il avait vraiment du mal. Ils mangèrent des plats au micro-onde debout devant le frigo et burent au goulot du cubi. Entre deux tentatives, ils regardaient d'un oeil glauque des programmes du câble choisi au hasard émissions de déco canadiennes, de cuisine anglaises, informations boursières en continu de la squawk box de CNBC, chaîne polonaise, chaînes de tv preachers, chaîne régionale des canaries, FR3 même. Elle lui expliqua qu'elle faisait une enquête sur les people en général, mais une enquête "totale" facon gonzo-journalisme, au propre et au figuré là encore. Il n'y avait selon elle que trois façons de connaitre vraiment les gens, travailler avec eux, partir en vacances avec eux ou coucher avec eux. Et coucher avec eux, ça allait plus vite. Elle s'était tournée vers lui, parce qu'il lui fallait un peintre dan sa galerie. Elle ne lui cacha pas qu'il n'était pas son premier choix, mais avec les peintres rien n'était simple. Les jeunes n'étaient pas connus, les vieux étaient soit homosexuels, soit vivaient dans une campagne paumée ou un paradis fiscal étroitement surveillés par une épouse jeune ou vieille mais imparablement guettant l'héritage sous couvert de fondations et de dations. Les choses étaient plus simples dans le showbiz ou chez les écrivains. Là les jarretelles faisaient presque toujours effet.
-"Alors je me suis rabattu sur toi. Tu n'es pas très connu mais tu es quand même dans Beaux Arts et Art Press, les gens du secteur disent que tu as du talent et que tu finiras par percer même si jusqu'ici ça n'a pas vraiment marché. Trop intello qu'ils disent, pourtant je ne te trouve pas intello, non, sincère et réfléchi mais pas intello, pas comme ces branleurs d'écrivains qui se sentent obligés de te citer trois livres et

d'inventer des justifications pour t'avoir sauté dessus comme un bête à la simple vue d'un string ..".

De son cote Zeb se déboutonna un peu. C'était peut-être la première fois qu'il essayait d'expliquer ce qu'il essayait de faire dans ses toiles. Les mots venaient lentement, par approximations successives. Il avait l'impression de dire des banalités sans nom.

Au bout de trois jours, elle lui dit sans détours qu'elle avait fait le tour de la question, qu'elle devait continuer son enquête, chez les sportifs cette fois. Elle lui dit aussi qu'elle avait passé un bon moment et qu'elle l'appellerait un de ces jours. Ce que bien sûr elle ne fit jamais.

+

+   +

 Quand le livre sortit, un an et demi plus tard, il fit un beau scandale, donc de belles ventes avant qu'un référé n'oblige a pilonner la première édition, ce qui permit une seconde édition qui se vendit mieux encore. Par curiosité, Zeb acheta le livre. Monica y racontait honnêtement leur rencontre, disant des choses plutôt sensées sur son caractère et sur sa peinture et parlait presqu'avec tendresse de ses piètres performances amoureuses.

 L'année écoulée avait été bonne pour lui. Il avait enfin trouveéle truc trash et culturel dont rêvait son galeriste. Il s'agissait de photos en grand format, de plusieurs mètres de longueur comme une toile de Véronèse ou de Rubens, où des clochards et des SDF en guenilles rejouaient des grandes scènes de genre tirées de tableaux célèbres.

Son "radeau de la Méduse" avait inaugureéla série. Une couche d'ordures ménagères répandues sur le sol d'un hangar figurait la mer, avec quelques planches de palettes il avait obtenu une réplique assez convenable du radeau, mais le plus réussi était l'expression désespérée des naufragés qu'il avait obtenu tout simplement en suspendant une caisse de Kronembourg à une poulie hors champ et en la promettant à ses figurants en cas de prise satisfaisante. Après trois ou quatre heures de pause avec les sdf à demi-nus dans le hangar glacial - on était en hiver - il avait obtenu l'effet désiré. Bon prince, il avait rajoute quatre cubis de rouge sur lesquels les SDF s'etaient rués à même le sol, encore jonché d'ordures.

Avaient suivi "Gabrielle d'Estrée pinçant le sein de sa soeur ", dans des teintes grises avec deux vieilles poivrotes dans une baignoire rouillée servant d'abreuvoir dans un champ du côté de Meaux, "Le serment des Horaces " photographié sous un pont de chemin de fer entièrement taggué, les clochards brandissant des poutrelles d'acier en guise d'épées, "Napoléon couronnant Joséphine " sur le parvis d'un incinérateur, "L'enlèvement des sabines" dont la séance de pose aurait mal tourné sans la présence d'un maître chien et de son molosse et bien d'autres.

La critique avait salué la composition parfaite et classique de ces oeuvres, leur caractère désespéré, leurs résonances contemporaines, leur dérision, leur puissance brute, j'en passe et des meilleurs. Monica l'avait effectivement bien choisi. Il était devenu une -petite- célébrité.

 Quand un avocat vint le voir pour lui proposer de porter plainte avec d'autre vedettes offusquées par le livre de Monica, qui avait tout de même provoqué au moins cinq divorces avec des pensions alimentaires à plusieurs zéros à la clé, il refusa tout net. L'avocat n'en revenait pas.

-"Le seul qui a réagi comme vous c'est Houelleboucq " lui avait il dit "mais lui, tout le monde sait qu'il est fou".

Le geste de Houelleboucq, ou plutôt son absence de geste, avait bien plu a Zeb. Il se procura son adresse par l'intermédiaire de Frédéric Béguepervers, qu'il avait croisé un jour au café de Flore, la barbe encore pleine de farine, sans doute après avoir fait un gâteau avec ses enfants.

Zeb préparait une nouvelle exposition dans la lignée trash de la précédente. Il demanda par mail à Houelleboucq de lui écrire les textes de son futur catalogue et lui envoya en pièces jointes quelques photos de ses expositions récentes. A sa grande surprise, l'écrivain que l'on disait reclus, à bout d'inspiration et complètement sauvage lui répondit dans l'heure :"Prenez l'avion pour l'Irlande, je vous attends ce week-end pour en parler, après il sera peut être trop tard."

+

+   +

Zeb avait eu un peu de peine à trouver la maison de Houelleboucq à Shannon. Elle trônait au milieu d'un lotissement près d'une piste désaffectée de l'aéroport. Elle était la seule terminée, tout le reste avait été abandonné en cours de chantier. La crise de la dette irlandaise et la fin de la bulle immobilière étaient passées par là. Les accès, même pas goudronnés, étaient complètement boueux en ce début de printemps.

«- Ah vous voilà je ne pensais pas que vous viendriez … Je sais ça fait bizarre quand

on arrive …Moi j'aime bien ce paysage en ruine, moderne mais déjà en ruine, toute

notre époque est là. Boom, krach, boom. Si ce n'était pas si compliqué, j'aimerais

m'installer a Sendaï sur la côte ou à Fukujima au milieu de la vraie désolation. Vous

prendrez bien un peu de rillettes ? »

Et il lui tendit un pot dans lequel il se servait manifestement avec les doigts. Zeb avait amené deux bouteilles de bordeaux, des crus bourgeois. Il les burent au goulôt - il n'y avait pas de verres- et assis par terre - il n'y avait ni canapés, ni chaises, ni meubles, juste des cartons de déménagement que Houelleboucq n'avait pas vidées depuis deux ans qu'il était la.

-Alors parlez moi de votre travail...

+

+   +

Le catalogue fit un mini scandale et se vendit comme de petits pains. L'expo devint l'une des plus courues de Paris. Houelleboucq commençait par ces mots :

" Zeb Faust dans ses tableaux de SDF nageant dans des océans d'ordure, nous donne à voir le monde tel qu'il est, et non tel qu'il devrait être. Enviable artiste, il montre a cru et à sec, comme on monte à cru et comme on encule à sec" ...

 Zeb était comblé. Enfin bien conseillé il put dire merde a son galeriste, et sous la menace d'un procès, lui racheter une partie de son fonds. Il partit s'installer a la campagne, dans une ferme du massif central qu'il fit entourer d'un long mur .

Zeb avait proposé à Houelleboucq de lui faire son portrait en guise de paiement des textes du catalogue. Houelleboucq lui demanda plutôt une composition spéciale dont Zeb s'acquitta avec joie.

-« Savez vous que "tragédie" veut dire "ode au bouc" en grec, probablement parce que le prix de la meilleure tragédie au départ, dans l'Athènes primitive du 6ème siècle était un bouc ? »

Zeb ne savait pas.

"Mais vous savez sans doute que Nietszche a écrit une "naissance de la tragédie "
ça Zeb le savait, il avait même essayé de la lire, il y a longtemps. Le livre lui était tombé des mains .
"alors voilà ce que je veux..."

+

Le tableau, deux mètres sur trois, ouvrait l'exposition. C'était une photographie hyperréaliste, plus que grandeur nature, d'un clochard avec une grosse moustache de morse a la Nietzsche, endormi, recroquevillé, à demi-nu, drapé dans une tunique grecque antique relevée au-dessus des cuisses et sur lequel reposait un bouc mort, la langue pendante, violacée et les pattes écartées, comme s'il avait voulut posséder le clochard. Le tableau était intitulé "naissance de la tragédie " . L'effet en était saisissant. La peau blanchâtre et couperosée du clochard, et son air paisible- le résultat de trois tetrapacks de Margnat village, quasi cul sec - contrastait avec le pelage sombre du bouc dont on voyait chaque touffe de poils, et sa langue violacée émergeant du museau juste derrière l'oreille du clochard. Le cadavre du bouc évoquait les carcasses de boeuf écorchés de Rembrandt et Hockney. Le bouc avait été une toute autre affaire. Des essais avec un bouc vivant et éveillé n'avaient donné que plaies et bosses, trois vétérinaires de rang avait refuse d'endormir la bête tout en lui administrant des décontractants musculaires. il avait fallu pour finir se résigner à acheter un bouc mort dans un abattoir et à faire la séance de pose sur place dans une chambre froide avec l'odeur fade du sang immédiatement après l'abattage avant que la rigidité cadavérique des membres n'empêche de les disposer comme Zeb le souhaitait. Et même comme cela, il avait fallu quatre boucs et le clochard avait failli attraper une congestion dans son peplum. Zeb, en bon artisan, aimait bien ce genre de défi technique bien que cela l'obligeât à interagir avec le reste de l'humanité.

En tout cas c'était réussi. François Pinault avec son flair habituel et ses goûts corsés voulut immédiatement s'en porter acquéreur. Il le voulait pour l'entrée de son musée à la pointe de la douane a Venise. Zeb, ayant promis le tableau a Houelleboucq, refusa. Pinault offrit alors une somme obscène même pour les standards dévoyés de la bulle de l'art contemporain et Zeb refusa à nouveau .sa côte s'envola. La côte aime les artistes qui se fichent de leur propre côte mais elle les préfère morts. Houelleboucq passa prendre le tableau a la clôture de l'exposition. Zeb lui avait préparé un pot de rillettes et une bouteille de rouge. Leur entretien fut chaleureux, enfin aussi chaleureux que l'un et l'autre pouvaient l'être.

+

+   +

Cinq ans avaient passé, le temps d'une seule exposition pour Zeb, lorsqu'il reçut un étrange coup de fil de la police.

- Vous êtes bien Zeb Faust, le peintre ?

- Oui c'est moi

- Vous êtes bien l'auteur du tableau "naissance de la tragédie" ?

 -oui tout à fait, mais comment le connaissez-vous il appartient a Michel Houelleboucq et, que je sache, il ne l'a jamais ni prété ni vendu, je le saurais...a t'il été volé ?

-Non, non iHouelleboucq l'a toujours, enfin… si on peut dire parce Houelleboucq est mort...

- Mort ?

- Oui, et d'une manière bizarre, on l'a trouvé affublé d'une moustache postiche nu et sodomisé par un bouc mort exactement comme dans votre tableau qui trône dans sa salle de séjour ; ça doit être une mise en scène d'un sadique ou d'un pervers. On n'a pas encore les analyses toxicologiques mais le suicide est matériellement impossible. C'est vraiment un truc de tordu ! Faut dire qu'avec ce qu'il écrivait !!... Est ce que vous pourriez venir à titre bénévole, pour nous éclairer ?   C'est sans doute une fausse piste, mais la ressemblance avec le tableau est hallucinante. L'histoire du tableau peut nous donner une idée des motifs du meurtrier ou du moins de sa façon de penser. Et puis c'est un people même s'il est passé de mode, on ne peut pas se permettre de négliger la moindre piste.

- Bien sûr pas de problèmes, j'arrive , où? ...du côté de Chateauroux, un ancien garage sur une départtementale paumée ? Oui ça lui ressemble bien...

+

□

L'estafette de la gendarmerie l'attendait à sa descente de train de Chateauroux. Houelleboucq était à ce point passé de mode, que Paris n'avait même pas jugé bon, du moins pas encore, de dessaisir la gendarmerie locale. Pendant le trajet, Zeb expliqua au jeune capitaine l'histoire du tableau. Celui-ci connaissait le bouquin de Nietzsche a défaut de l'avoir lu et avait saisi l'allusion du tableau. Il cherchait à faire cadrer ça avec ses cours de criminologie et les stéréotypes de serial killer à l'américaine. Zeb, comme toujours, n'avait pas d'opinion. Il attendit la suite, passif et vaguement peiné pour Houelleboucq.

Cependant quand il vit le cadavre de Houelleboucq au fond de la fosse du garage, à qui le bouc mort faisait comme un pagne en le pénétrant, le visage paisible pourtant sous la moustache postiche, il sut immédiatement de quoi il retournait.

- "C'est un suicide !

- Comment ca? Mais c'est matériellement impossible, il faudrait qu'il ait tué le bouc, se soit sodomisé lui même avec lui et endormi d'un sommeil paisible, c'est impossible ! Ces bestioles, surtout mortes pèsent un âne mort, c'est le cas de le dire et il était bouffi certes mais faible physiquement, visiblement il ne faisait aucun exercice, vous avez vu ces pustules ?

- Ce sont les rillettes...

- Et en plus il a l'air paisible, avec ça dans le dos, c'est impossible a moins d'aimer ça mais ce n'était pas son truc à en croire ses bouquins. Non le bouc a du être installe après sa mort et par son assassin.

- Ecoutez c'est compliqué a réaliser c'est vrai, mais c'est techniquement faisable, j'ai fait des trucs bien plus improbables pour mes tableaux. D'accord il ne devait pas avoir beaucoup de sens pratique mais d'un autre côté il était suffisamment obsessionnel pour mener un truc tordu à bien. Regardez, vous voyez l'étiquette là ?

Il montrait l'étiquette de traçabilité encore poinçonnée à l'oreille droite du bouc.

« - Enquêtez vous verrez que Houelleboucq a acheté le bouc lui même, probablement dans une ferme voisine. Ensuite je vous parie que les analyses toxicologiques montreront qu'il a ingéré un mélange d'alcool fort, de barbituriques et de poppers comme décontractant. La seule chose qui m'intrigue c'est comment il a pu en trouver à Chateauroux, il a du faire un saut à Paris. D'ailleurs si vous fouillez un peu la maison, vous y trouverez certainement des accessoires avec lesquels il s'est entraîné d'abord ...

- Mais la manipulation du bouc ?

- Nous sommes dans un ancien garage, ne l'oubliez pas. Il est dans une fosse et il y a un palan juste au dessus. Il A du faire d'une pierre, deux coups. Il a tué le bouc en le pendant au palan et obtenu au passage l'érection dont il avait besoin. Faites autopsier le bouc par un veto, vous verrez qu'il a les cervicales brisées. Après Houelleboucq a avalé son cocktail et est descendu dans la fosse puis il a arrangé le bouc avec le palan comme il l'entendait, d'ailleurs regardez la télécommande du palan, elle est dans la fosse à portée de sa main...

La suite de l'enquête confirma point par point les déductions de Zeb .

- Mais pourquoi ?" Lui demanda bien plus tard le jeune capitaine de gendarmerie.

- Là non plus pas de surprises, relisez le frontispice des «testicules alimentaires», il a juste bouclé la boucle ...

- Drôle de ceinturon quand même…

- C'est bien une réflexion de gendarme…

Etc

Quand nous les traitons comme de la viande

à la manière de

Karine Tuil

Karine Tuile

« L'ardoise, drame bobo »

1.La mère

-" J'ai vu un couvreur, je lui ai parlé de toi"

-"C'est normal de parler de toits à un couvreur …"

- Mais non de toi" fit elle en pointant son doigt vers Claire.

C'est comme ça que tout avait commencé.

La déflagration extrême, la combustion définitive, c'était le sexe, rien d'autre, -fin de la mystification. Claire l'avait compris quand, à l'âge de neuf ans, elle avait assisté à la dislocation familiale provoquée par l' attraction irrépressible de sa mère pour un professeur de médecine rencontré à l'occasion d'un congrès ; elle l'avait compris quand, au cours de sa carrière, elle avait vu des personnalités publiques perdre en quelques secondes tout ce qu'elles avaient mis une vie à bâtir : poste, réputation, famille - des constructions sociales dont la stabilité n'avait été acquise qu'au prix d'innombrables années de travail, de concessions-mensonges-promesses, la trilogie de la survie conjugale- elle avait vu les représentants les plus brillants de la classe politique se compromettre durablement, parfois même définitivement, pour une brève aventure, l'expression d'un fantasme - les besoins impérieux du désir sexuel : tout, tout de suite.

Claire était en effet une universitaire féministe. L'une des papesses des "gender studies" en France. Elle exerçait cette activité de manière créative et tous azimuths, en explorant toutes les dimensions possibles de la guerre des sexes. Sa thèse de doctorat avait été publiée aux PUF sous un nouveau titre " Simuler ou jouir, histoire du sexe au féminin " dans la prestigieuse collection quadrige. Malgré son texte de 800 pages bien tassées, truffées de citations en grec ancien non traduites, de note de bas de page, de bibliographies, bref de tout ce qui fait la beauté un peu particulière de l'appareil critique d'un ouvrage universitaire, le livre avait été un grand succès de librairie. Un succès comme n'en avait pas connu les PUF depuis les années 70 et 80 quand Bourdieu, Althusser, Foucault, Lacan, Derrida et quelques autres se vendaient comme des petits pains, malgré une prose parfois ardue voir abstruse. On avait même comparé son "Simuler et jouir " à deux ouvrages de Foucault "Surveiller et punir " et " Histoire de la folie " . Les historiens, toujours aimables avec leurs collègues universitaires, lui avait fait le même reproche d'an-historicisme.

C'était injuste. Pour en arriver au canard en plastique, au lybrido, au fem-porn d'Ovidie et au fem-trash de Blanche Gardin, elle était partie de ce double godemichet en pierre polie du paléolithique datant de moins 15.000 ans et exposé au musée du sexe à Paris. "Un objet cultuel abstrait représentant sans doute des cornes de ruminants " avait décrété le prude abbé Breuil, lors de sa découverte dans la grotte de Miramiflor dans les Pyrénées vers 1900. Abstrait, mon œil, l'objet était bien concret. Et cultuel, peut -être, mais pour un culte de bacchantes alors. Toujours le sens du concret des femmes, l'essence de leur supériorité. Les hommes, eux, dès cette époque, étaient d'incorrigibles rêveurs, fantasmer sur la Vénus de Brassempouy, donc sur un visage et une coiffure, quel manque de maturité et de réalisme ! Les préhistoriens avaient tiqué, avantde se rendre à à l'évidence et l'objet avait même était présenté au musée des Arts Premiers pour l'exposition "Les femmes et le désir ".

Mais elle ne s'etait pas contentée de ces succès universitaires et culturels. Elle voulait sortir du cercle étroit des universitaires parisiens et toucher sinon toutes les femmes, du moins toutes les femmes qui lisent, pour contribuer à leur avancement concret dans la société. A partir d'une rubrique régulière dans Elle, historico-ethno-socologico-sexo "Femmes, c'est votre histoire", dont la compilation sous forme d'un livre de poche avait eu un succès inespéré, elle avait eu l'idée de lancer une collection "Les feignasses"pour promouvoir une de ses idées clés : l'alignement par le bas. Une thèse que l'on pouvait résumer par un slogan, qui figurait d'ailleurs sur chaque volume de la série : " puisqu'ils se comportent comme des porcs, comportons-nous comme des truies".

En d'autres termes puisqu'ils ne prennent pas la peine de faire le ménage, laissons-les dans leur crasse, jusqu'à ce qu'elle les incommode, dans le linge sale jusqu'à ce que les placards soient vides, dans la vaisselle salle jusqu'à ce que l'évier déborde et sans courses jusqu'à ce que le frigo soit vide. Faisons des pyjama party entre copines, regardons Desperate Housewives jusqu'à pas d'heure avec une canette de bière oui encore mieux un verre de gin, discutons haut et fort du physique des hommes croisés dans la rue pour qu'ils l'entendent, exigeons une contrepartie financière ou en termes de corvée pour tout service rendu y compris sexuel. Rentrons à pas d'heure un peu saoules etc. Bref traitons les comme ils nous traitent, pour qu'ils se rendent compte.

La série avait eu un joli succès, même si la mise en pratique des recommandations des livres s'était avérée fort ardue, comment en témoignait l'abondant courrier des lectrices sur le site des feignasses.com, site pourtant payant, que son geek de fils lui avait monté. A partir de ces lettres, elle planifiait un livre " Les feignasses vous parlent ". C'était son fils qui lui avait suggéré ce tour de passe-passe réflexif, le "YouTube trick", disait-il dans son franglais de geek : quand c'est l'audience elle-même qui produit la matière qui va être diffusé par le média.

En même temps, elle était tiraillée entre les deux faces de son activité. Elle trouvait ses collègues universitaires étroits, arrogants et envieux, surtout les femmes à vrai dire. Mais elle trouvait aussi le courrier de ses lectrices répétitif, pauvre en contenu, mal écrit, mal orthographié et témoin d'une misère morale et sociale insurmontable. En plus elle se demandait parfois - elle avait le vin triste - si elle était bien placée pour donner des conseils en matière de tâches ménagères, elle qui, fille d'industriel et femme d'un animateur de télé connu, n'avait jamais tenu un balai, ni fait une machine de sa vie. Parfois le compagnon de sa lectrice prenait mal la grève et portait la main sur la gréviste- la dite gréviste s'empressait d'exposer sa misère sur le site, photo de cocards à l'appui plutôt que de porter plainte au commissariat. Claire se sentait un peu responsable de cela.

Pour faire un pont entre ses deux mondes, elle avait entrepris un projet fédérateur : une coédition entre Mazenod-Citadelle et Les feignasses d'un livre d'art consacré à la chair masculine comme objet du désir féminin   " Le musée imaginaire des feignasses ". L'idée était de traiter le nu masculin, en statue ou en peinture comme les livres d'art traitaient la chair féminine, comme de la viande. D'ailleurs l'ouvrage se terminait par la reproduction de quelques peintures de Bacon. Ses commentaires au côté des images n'étaient pas lyriques et abscons comme ceux de Malraux dans son œuvre éponyme. Elle cherchait simplement à faire passer l'émotion qu'elle avait ressentie quand elle avait choisi tel tableau ou telle sculpture, pourquoi elle les avait fait voisiner sur la même double page avec tel ou telle autre. Et ces sentiments étaient parfois troubles. On ne trouve presque pas de " nu-nu " comme aurait dit Antoine de Caunes, dans la peinture occidentale, du moins jusqu'à la Renaissance. Par contre, on trouve énormément de quasi-nus, de pagnes artistiquement drapés, le tout dans un contexte doloriste, à la limite du SM ; christs en croix aux muscles tétanisés, Saint Sébastiens truffés de flèches reçues presque, dirait on, avec nonchalance, dépositions de croix languissantes, j'en passe et des meilleurs. Et toute cette chair qui souffre en jouissant presque, toutes ces draperies plus ou moins renflées, l'envahissaient d'un délicieux malaise, dont elle n'avait jamais trouvé une description littéraire convenable sinon, une fois, dans le récit des ses extases par Sainte Thérèse d'avila (dans la sublime traduction de Dona Clara Bretecher y Carcassona).

Parfois seul Saturnin, c'est comme ça qu'elle appelait son canard en plastique, pouvait dissiper ce trouble. Précisément ce jour-là elle avait reposé Saturnin sur le rebord de sa baignoire après une mise en page laborieuse mais très réussie et décidé d'aller porte un café au couvreur polonais qui réparait le toit-terrasse où les dernières précipitations diluviennes avaient créé des infiltrations .

"Mon tadlak va devenir un tas de merde" s'était elle plainte à sa voisine, en montrant le plâtre laqué à la marocaine qui couvrait les parois de la pièce de réception. C'est sa voisine qui lui avait recommandé Thadeusz, qui bricolait de ça, de là, au noir, depuis qu'il avait été expulsé de Grande Bretagne comme beaucoup de ses compatriotes.

-" J'ai vu un couvreur, je lui ai parlé de toi"

-"C'est normal de parler de toits à un couvreur ..."

- Mais non de toi" avait elle fait en pointant son doigt vers Claire et elle avait continué

"-Et puis tous les couvreurs sont débordés dans la région depuis la tempête. Ton tadlak n'est pas prioritaire. Embauche-le, tu feras une B.A. Et en plus, il est beau comme un dieu. "

Sur le moment sa beauté ne l'avait pas frappé.

Il était timide et maussade. Tout ce qu'elle avait pu en tirer c'était " Pas travail en Pologne et je obligé de bricoler ici.   Je laisser fiancée là-bas, mais bon, pan-bagnat meilleur que Yorkshire pudding, c'est sûr, mais un peu cher quand même… "

 Il faut dire que la boulangerie d'Oppède appartenait à un MOF du 5 ème arrondissement qui avait ouvert une succursale là pour suivre la migration estivale de sa clientèle. Il maintenait le magasin à perte en hiver sous prétexte de participation citoyenne et locale, en attendant que tombe une subvention du conseil général poussée par le ministère de la culture.

 Mais, là, maintenant sur le toit, c'était différent. Il était effectivement beau comme un dieu. Un David de Michel Ange. En mieux.

 La petite tasse d' expresso Blue Mountain de Jamaïque, tout droit sortie d'une percolatrice de compétition, qu'elle tenait dans sa main se mit à trembler .

 Et voila que ça la prenait elle aussi. Là, sur ce toit-terrasse, écrasé de soleil. La déflagration extrême, la combustion définitive. L'expression d'un fantasme - les besoin impérieux du désir sexuel : tout, tout de suite. Elle eut comme un vertige. Son esprit était saturé d'images d'éphèbes et voila qu'elle voyait un en trois dimensions, en chair et en os, en chair surtout.

Sa main trembla légérement. Une goutte tomba sur sa main et la brûla, elle se lécha rapidemenet la main. Goût puissant du café, acuité de la petite brulûre, soulagement de la léchouille…Et là, en face d'elle, il était là allongé sur le dos. Il avait enlevé ses tennis éculées et était pieds nus. On aurait dit le Christ allongé de Mantegna, celui qu'on dirait comme photographié par un zoom fish eye à partir de ses pieds. Mais un Christ avec un short effrangé au lieu d'un pagne. Il dormait comme un innocent, ou plutôt non, il devait faire un rêve érotique, ça se voyait à l'œil nu. Troublée, elle se pencha, un bout de testicule, duveté de poils blonds émergeait du slip kangourou, et ce détail, trivial et laid, qui aurait dû la faire se ressaisir, la troubla encore plus. Il était en sueur, comme le christ du retable d'Issenheim et les petites taches d'enduit sur son torse nu, ajoutées à la blancheur de sa peau et aux poils blancs qui ourlaient ses tétons, les coups de soleil sur ses épaules, composait un véritable tableau comme ceux qu'elle s'était échinée à arranger et à commenter toute la matinée. Dans son sommeil il mumura "Agneska, Agneska …"

Elle n'y tint plus. Il était trop beau. Le moment était trop magique. Tout doucement, elle retira le short de Thadeus, envoya valser sa propre petite culotte par dessus le toit et dégagea à demi le slip kangourou. Tout doucement, elle s'assit sur Thadeusz, sans cependant poser ses fesses sur son ventre, de peur de le réveiller. Et, tout doucement, elle se mit à aller et venir sur lui. C'était incroyablement tendu, incroyablement retenu, donc incroyablemenet puissant. Elle étouffa un gémissement et, malgré elle, commença à acccéler le rythme. C'est probablement ce qui finit par reveiller Thadeusz et l'arracher à son rêve érotique. Il ouvrit une oeil glauque, puis effaré et se mit à crier. Claire elle aussi se mit à crier, de frayeur et de bonheur mélés. Il essaya de se dégager d'abord assez doucement puis plus brutalement. Mais elle ne se laissait pas faire et s'accrochait à lui. Elle le chevauchait de plus belle. Finalement il parvint à la renverser mais c'était trop tard, il avait joui en elle. Pantelante et reconnaissante, elle lui tendit la tasse de café qu'elle avait laissé sur le rebord du toit. Il la regarda l'air effaré, puis il se mit à crier et à l'insulter en polonais. Mais il ne porta la main sur elle. Au contraire il cherchait à s'écarter d'elle, il recula jusqu'à l'échelle, la descendit en hâte et courut toujours à demi- nu, le kangourou à demi-ôté, vers sa camionnette hors d'âge qui démarra en trombe. Elle s'était assise, brisée, pantelante, interdite et repue sur le rebord du toit en terrasse. Elle leva la tête, et c'est alors qu'elle vit le drône, en vol stationnaire, avec sa caméra 360°.

2. *Le père*

" - J'en ai déboité des maquettes…"

" - J'en ai déroulé du câble… "

C'est ainsi, qu'une fois par semaine, Johann de Bèze[8], inoxydable animateur de télévision et Paul Chombier, dit Paulo, son cadreur attitré, se saluaient, dans un café de banlieue, très, très loin des studios de télévision.

"-Alors mon Paulo qu'est ce que tu as pour moi cette semaine ?"

" -Oh rien de bien croustillant, mais on ne peut pas décrocher tous les jours le gros lot, comme la semaine dernière ."

---

[8] Le héros de Karine Tuil s'appelle Jean Farel. Il y a- phonétiquement deux Farel célèbres, mais à des titres très différents. Guillaume Farel, un compagnon de Jean Calvin et propagateur de la réforme, et Pharrell Williams, son homonyme *mutas mutandis*, chanteur américain, auteur du tube mondial « happy «. Le pseudonyme de mon héros essaie de combiner ces deux dimensions, réformée et musicale : Johann comme Johann Sebastian Bach, protestant et musicien et de Bèze du nom d'un autre compagnon de Calvin, donc Johann de Bèze, presque comme Joan Baez, musicienne et protestante elle aussi . O.K, c'est moyen, mais essayez de faire mieux pour voir.

"-C'est vrai que ce gros poussah de directeur des programmes se tapant sur le dos une stagiaire parce que son bide est tellement gros qu'il ne se voit même plus pisser, c'était une belle prise, ça servira aun jour, qu'il essaie de me virer celui là , pour voir… En tout cas je sais qui envoyer la video, il a des photos de sa femme et de ses enfants adultes partout sur son bureau …"

Leur pacte remontait à vingt-cinq ans en arrière. Paulo, dit aussi " biroute " par référence à john B. Root ancien cadreur à FR3 devenu un des papes du porno français, était d'astreinte ce jour-là. C'est lui qui devait activer les caméras de suveillance et fermer à clé les locaux techniques qui contenaient les caméras, les bancs de montages et les magnétoscopes professionnels. Mais il était ivre mort, comme il lui arrivait plus souvent que d'habitude, d'où son autre surnom de " monsieur Paul " comme le chauffeur de Lady Di et de Dodi al Fayed. Le lendemain on avait trouvé le local grand ouvert et les caméras de surveillance désactivées.

 Une partie du matériel avait été volé, le reste saccagé et même tâché d'excréments, et les murs taggués de slogans peints également aux éxcréments - une prouesse technique, ce matériau n'ayant pas les mêmes caractèristiques physiques, l'homogénéité et qualités couvrantes d'une peinture-."Télé de merde ! boite a cons ! abrutisseurs de moutons ! " Les caméras de surveillance n'avaient pas été activées ou avait été désactivées.

Une enquête interne avait été diligentée et les explications de Paulo étaient apparues extrêmement confuses. Il disait qu'il avait activé les caméras et fermé le local. Mais, en réalité, il ne se souvenait de rien. Il était incapable de spécifier l'heure précise à laquelle il l'avait fait. Ses collègues interrogés commençaient à faire allusion à son penchant pour la boisson.

C'est alors qu'à la surprise générale, Johann de Bèze était venu à sa rescousse, comme un chevalier blanc. Il avait affirmé avoir croisé Paulo et l'avoir vu activer les caméras et fermé le local. De Bèze avait même fourni une heure qui cadrait.

 Paulo en était abasourdi car, lui, ne se souvenait de rien, il se sentait vaguement coupable et ne se serait pas fait confiance à lui-même, ni cru, s'il avait été du côté des enquêteurs. L'intervention de de Bèze était encore plus surprenante. Ils se connaissaient, c'est vrai, et depuis longtemps même, depuis le service militaire en fait. Et quand il avait croisé pour la première fois de de Bèze à la télévision, il avait essayé de leur rappeler leurs souvenrs de chambrée à Commercy. Mais l'autre l'avait pris de haut et Paulo ne l'avait plus approché sinon à l'occasion, lorsque le hasard des plannings l'avait assigné aux émissions de de Bèze.

L'intervention de de Bèze avait clos le dabat. C'était le jeune animateur qui monte de la chaîne, il avait un capital de sympathie énorme avec les téléspectateurs, depuis que jeune journaliste " scientifique ", il avait couvert les débuts de la navette et de la station spatiale, en montant et déboitant en prime time des maquettes pour illustrer les rendez-vous spatiaux.

Ceux qui murmuraient dans le dos de Paulo s'étaient tus, sachant qu'ils ne gagneraient pas la partie et pensant que de toute façon cet ivrogne referait, un jour ou l'autre, un faux pas. Mais il n'était jamais retombé, au propre et au figuré, du moins en public. On avait mis l'incident sur le compte de gauchistes, peut être instrumentés par le concurrence naissante : on était en pleine hystérie post-Action Directe et en pleine libéralisation du PAF, le bien-nommé.

De Bèze en avait fait un reportage poignant. On avait enlevé les excréments au sol et sur les machines, car trop peu télégéniques, mais on avait gardé les slogans aux murs. De Bèze l'avait joué dramatique, à la Roger Gicquel, montrant d'un geste ample les slogans aux murs. Il avait attaqué d'une voix grave et d'un air concerné "Aujourd'hui la France a peur, la France a mal, la France souffre, parce que c'est sa télévision qu'on attaque… c'est sa télévision, qu'on salit…et ce sont les français qu'on insulte en les traitant de cons et de moutons ". Il y avait même eu une pétition, mais pas dans Le Monde ou Libé, non, dans Télé-7-jours et dans Paris Match. "Touchez les coiffeuses et vous gagnerez les élections ", lui avait dit un vieux briscard de la cinquième pour une de ses premières interviews politiques.

Paulo avait eu l'intelligence, pour une fois, d'attendre une petite semaine, que l'émotion retombe, pour aller remercier de Bèze. L'autre avait soigneusement refermé la porte de son petit bureau qui deviendrait grand.

-" Merci , merci infiniment, je vous en dois une, je veux dire, je vous dois tout, et vous pouvez me demander n'importe quoi…"

-" N'importe quoi vraiment ? " avait dit de Bèze avec un clin d'œil , et d'ajouter aussitôt comme s'il risquait d être entendu "Je plaisante bien sûr… "

-" Enfin je veux dire que je vous suis très reconnaissant de votre intervention. Sans vous j'aurais été viré et j'ai un môme, une pension alimentaire sur le dos, un pavillon pas encore payé que je suis obligé de vendre à cause du divorce."

-"Mais non, mais non, je n'ai rien fait. Que rétablir la vérité…ou pas ". Nouveau clin d'œil.

Puis changeant de ton, du tout au tout.

"Ecoutes Paulo, maintenant on peut se tutoyer, je vais tout te dire. Que tu ais, ou non, activé les caméras et fermé le local ou pas, je ne te le dirais jamais et au fond on s'en fout … Mais je te propose un pacte. Je t'ai sauvé mais ce truc-là va rester dans ton dossier et te poursuivre. Quoique tu fasses, au premier plan social, à la première occasion où un syndicaliste local cherchera à placer son fils, son frère ou son cousin, à ta première cuite dans les locaux, tu es mort. Tu les connais et tu le sais. Moi, de mon côté, je suis une star montante aujourd'hui mais je peux tomber demain, la faveur du public est volage, les directeurs des programmes passent mais veulent tous renouveler l'antenne et y laisser leur marque par une charrette, tôt ou tard tout le monde est condamné et le temps des indéboulonnables de l'ORTF, les Guy Lux, les Léon Zitrone, les trois Pierre, Sabbagh, Desgraupes et Dumayet, pour le faire de bas en haut, est passé et bien passé. Tous les trois ans une réforme de l'audiovisuel et tous les ans une refonte de la grille, la télé est cannibale, elle dévore ses enfants et veut tous les jours de la chair fraîche. Mais moi je veux durer. Et je suis prêt atout faire pour. Et tu vas m'aider ... "

-" Comment ça ?"

-"Laisses tourner ta caméra après le " coupez ! "; débrouilles toi pour déconnecter à demande le témoin rouge disant que ça ne tourne plus , récupère les bandes, et scannes les bandes des caméras de surveillance à tes moments perdus mais discrètement. Le cas échéant, emporte-les chez toi pour les visionner la nuit. Mais tu n'auras besoin, tu auras tout le temps de le faire, chacun sait que les cadreurs ne glandent presque rien, qu'il en faut syndicalement une équipe de huit pour faire tourner trois caméras. C'est pour ça que les place sont si chères. Visionne les bandes dans ta tanière au lieu de te bourrer la gueule, tu auras tes soirées et ton weed en pour ça. "

-"Mais, ... "

-" Y a pas de mais .... et refile moi une copie des bonnes bandes une fois par semaine, je saurais quoi en faire le cas échéant et personne n'en saura rien... "

-" Mais ... "

-" Mais quoi encore ? Tu veux que j'aille leur dire que finalement après avoir bien réfléchi, je me suis trompé d'heure et que t'ai vu ivre mort dans le parking ? j'en réchapperais, pas toi ... "

-" bon , vu comme ça, d'accord ... "

-" Et c'est pour ton bien, tu vas me donner les moyens de me protéger et de te protéger. D'ailleurs. à partir de demain, tu deviens mon cadreur attitré et tu seras le seul à me tutoyer sur le plateau technique. De temps en temps je te rudoierai devant les autres et devant les caméras et suffisament pour que ça passe au bêtisier mais ça te dédouanera, alors marché conclu ? "

-" Marché conclu ! "

-" Et je te préviens, n'essaie pas de me la faire en l'envers en me cachant des bandes ou en en prenant sur moi. De toute façon, moi je ne me relâche jamais, même si on a dit " coupez ". Ma mère disait de moi que j'étais un " colin froid " et moi j'ajoute "sans mayonnaise". Totalement indigeste. Décourageant. Protestant quoi. Pas de défaut dans la cuirasse. Je ne me relacherai jamais en public, ma fêlure est intérieure. C'est un problème entre Dieu et Moi, personne d'autre. Et tu n'es pas Dieu.

" J'avais remarqué. Message reçu... "

 Et ce pacte, qui les liait encore vingt cinq ans après, leur avait permis, à l'un et à l'autre, de survivre à tous les orages, à toutes les réorganisations, à toutes les épreuves, à tous les plans sociaux, à tous les changement de ministres, de présidents de chaîne et de directeurs des programmes, à toutes les refontes de grille, à tous les démembrements, à tous les regroupements, à tous les déménagements, etc.

A chaque menace pesant sur l'un ou l'autre, mais surtout sur de Bèze, une photo opportunèment prise ou un petit film surgissait. C'était toujours le même scénario. La télévision est une jungle et une jungle frénétique mais qui tourne en rond. Sa quadrature du cercle ? on on y boit, on s'y drogue, on y médit et on y baise. Le fameux jeu télévisé où avait brillé Laurent Fabius, n'aurait pas du s'appeler " La tête et les jambes ", mais " La langue et la queue ", deux instruments de perdition.

Le film montrait la menace du jour dans une position embarassante : en train de médire de ses supérieurs ou de ses confrères ou de l'homme politique ou de la vedette tout juste interviewé. Ou encore, sur la foi d'un témoin éteint sur la caméra de Paulo, la même menace. généralement masculine – mais pas toujours- en train de bien faire avec, au choix un stagiaire ou une nouvelle venue, une collègue etc. A chaque fois le message était clair, radical et surtout éminemment intelligible

"-Tu arrêtes de m'emmerder, immédiatement ou j'envoie ça ta femme … "

ça marchait à tous les coups, ce n'était pas tant la scène de ménage qui les effrayaient que le coût du divorce et, pour les animateurs rivaux au moins, le dommage éventuel à leur réputation auprès du grand public. Comprendre, celui des maisons de retraite, assez peu amateur de ce genre de fantaisies mais déterminant dans les audiences et dans le courrier. Impitoyable, de Bèze en rajoutait une couche du genre:

"-Ma femme, qui est une universitaire féministe, se fera un plaisir d'indiquer un cabinet d'avocates spécialisées à votre épouse. Vous savez, avec le divorce par consentement mutuel sans juge, le divorce pour faute est devenu une rareté. Quand elles en trouvent un, elles se régalent, il y a un record en jeu, faites déjà une croix sur trente pour cent de votre patrimoine et de vos revenus au moins, on n'en est pas encore au niveau des américains, des américaines plutôt, mais ça progresse. Et vu votre feuille de salaire, la juge, parce que ça sera bien sûr, une juge, peut -être divorcée et plaquée elle-même, ne va pas se gêner, pour la clé du partage et le niveau de la pension alimentaire. Au fait ma femme a aussi des copines chez les chiennes de garde. Allez soyez raisonnable, ce serait quand même payer très, très cher un malencontreux coup de b.., pardon je m'égare un malencontreux égarement, passager bien sûr … à l'avenir faîtes comme moi restez fidèle. C'est moins drôle bien sûr, mais c'est plus simple et c'est plus sûr... "

En bon calviniste, il ne pouvait se retenir de donner des leçons aux autres, même s'il était dans le vrai à tous points de vue : il n'avait jamais trompé sa femme, en dépit, ou peut-être à cause d'innombrables tentations, constamment renouvelées.

A chaque fois la chose était réglée en deux coups de cuillères à pot. Enfin, à chaque fois sauf une.

Le directeur des programmes en question lui avait répondu " Mais faites donc, ma femme brûle de connaître cette jeune femme dont je lui parle depuis plusieurs semaines, mais qui se refuse obstinément à se joindre à nos petites réjouissances collectives libertines. A nos transports en commun, comme disent mes amis partouzards de la SNCF et de la RATP. Rien que du gratin, y a même des syndicalistes, mais de niveau national. Vous, par contre, de Bèze vous allez devoir vous y joindre et justifier votre nom. Vous savez, je ne suis pas né de la dernière pluie. Je m'attendais à un chantage de ce genre, y étant, apparemment, vulnérable, mais moi aussi je peux vous faire chanter, je peux aller aussi raconter partout en Ville que vous ne devez votre maintien à l'antenne qu'à de petits chantages misérables. Et parmi vos ex– victimes, j'en trouverai bien une ou deux ayant refait leur vie, peut être même avec l'objet de votre chantage, et qui n'hésiteront à porter plainte avec moi ou au moins à témoigner, juste pour le plaisir de vous voir mordre la poussière et être chassé de l'antenne. A force de jouer avec le feu, on se brûle et vous le saviez quand vous avez commencé … "

-" Echec et mat, j'ai trouvé mon maître …" avait reconnu sportivement de Bèze, " je ne vous ai pas vu venir, chapeau !"

"C'est ce qu'ils disent tous... "

-" Qui ça ?... "

_ "Vous le saurez bien assez tôt…, mais puisque vous avez reconnu votre défaite sportivement, et puisque vous en avez accepté les conséquences immédiatement, nous ferons la paix et je ne vous emmerderai plus. Il y a suffisament de has been égocentriques à dégager ici pour m'occuper de toute façon et tellement de petits cons à la mode et pas chers pour les remplacer. Vous savez, j'aime les gens qui ont des couilles au propre et au figuré, et vous en avez. Et je serai même magnanime, une seule fois, et sans votre femme. Et moi contrairement à vous, je ne laisse pas traîner de caméras cachées. On fait ça dans une chambre froide, débranchée, à Rungis. Il y a un sas où tout le monde se met à poil et laisse son portable et une fouille au corps poussée à l'entrée en guise de préliminaires. Le plancher, le plafond et les parois sont complètement nus sauf les matelas par terre. ça permet de se concentrer sur l'essentiel."

La mort dans l'âme, de Bèze avait dû se résigner. Le type l'avait possédé et il n'était pas prêt d'oublier son nom: Jean-Luc Hasek.

Après cette alerte, et conscient qu'il ne pouvait s'éterniser plus de dix ans au JT du vingt heures, il s'était lentement laissé glisser vers des cases horaires matinales. Ses jeunes collègues étaient paresseux et detestaient se lever tôt le matin. Certainx essayaient de ne pas se coucher après une nuit en boîte arrosée et poudrée mais ne tenaient pas trois semaines à ce régime. Lui-même, malgré une hygiène de vie spartiate, s'était aussi lassé après quelques années.

Il avai fait une apparition, non payée mais remarquée des happy few, dans les émissions religieuses protestantes du dimanche matin entre neuf et dix heures du matin , après le pope, le rabbin, le lama et l'imam et avant le Jour du Seigneur. Naturellement ce n'était pas la foi qui le guidait mais l'espoir de l'appui éventuel du consistoire et de la HSP en cas de problèmes de survie à l'antenne. Et son problème n'avait pas été de relancer ses interlocuteurs pour commenter l'Ecriture, mais de résister aux avances de la productrice de l'émission surnommée "buisson ardent" en référence à Moïse (exode VII, 8) et à l'errance du Peuple Elu dans le Sinaï. Les jeunes pasteurs qui apparaissaient, eux, décoiffés à l'antenne plus souvent qu'à leur tour, témoignaient des trésors de diplomatie et de stoïcisme qu'il avait du déployer car l'interessée était pressante et gironde. Il avait même réussi à quitter l'émission sans se fâcher avec elle.

Puis il avait migré vers des cases horaires nocturnes post-prime time, dont il avait fait, grâce à la Culture avec un C majuscule, comme on ne le met qu'en France, un bastion inexpugnable.

Oui faustien c'était bien le nom pour qualifier son pacte avec Paulo. Goethe était protestant comme de Bèze mais luthérien et pas calviniste. Quoique totalement déchristianisé et athée, De bèze restait hanté par Calvin et même par Saint Augustin. Il avait le sentiment intime d'être un élu, d'avoir la grâce, comme en témoignait ses succès professionnels, et donc de pouvoir tout se permettre, même les pires vilennies puisqu'il était déjà parmi les élus, puisqu'il n'y a avait ni salut par les œuvres, ni damnation par ces mêmes œuvres, logique toute weberienne.

Du protestantisme, il avait gardé aussi l'amour du rapport direct au texte quelqu'il soit. Il avait intitulé son émission culturelle " Candide " sûr qu'au mieux les auditeurs y verraient une citation de Voltaire, au pire une marque de prêt à porter, et ignoreraient le périodique fascisant du même nom des années trente. Il avait même songé à appeler son émission "Je suis nulle part", mais là il n'avait pas osé, l'instinct de survie sans doute.

Son émission était devenue culte et des extraits groupés en compilation paraissaient régulièrement sur Youtube. Deux séquences en particulier faisaient les délices des internautes lettrés. La première était sa phrase introductive "J'ai une question naïve monsieur (ou madame) machin" s'ensuivait une rosserie dont l'invité avait du mal à se remettre durant tout l'entretien, et qui faisait immédiatement le buzz sur internet, du genre "J'ai une question naïve cher Michel Onfray vous écrivez six livres par an en moyenne parfois plus, comment faites vous ? vous avez ouvert une usine ? " ou

"Cher Philippe Sollers, vous avez été maoïste et admirateur de la révolution culturelle, c'était juste pour ennuyer vos parents, ou pensiez vraiment à l'époque qu'il fallait envoyer *mutatis mutan*dis dix millions de français à la campagne pieds nus leur apprendre à vivre à la dure , et en faire mourir de faim un bon million au passage ? Vous ne pensez pas quec'était faire preuve disons d'un peu de…légéreté ?
"

Tout Paris s'en esclaffait et pourtant jamais un intellectuel ne refusait une invitation. Il était au contraire submergé de sollicitations, chacun étant certain de s'en tirer mieux que tous les autres… jusqu'au moment où venait la fatale ordalie.

La deuxième séquence, elle aussi devenue culte sur Youtube, avait été surnommée "le karaoke littéraire". De Bèze prenait la phrase la plus absconce du livre. Il l'affichait sur l'écran et la lisait lentement tandis que chaque mot était surligné en même temps, à la manière d'un karaoke. Une fois la lecture termineée, il enchainait par un " C'est très interessant mais alors expliquez nous plus en détail ce que vous avez voulu dire, c'est une pensée-clé de votre livre n'est ce pas ".

Et l'invité de bafouiller soit en des termes intelligibles mais fuyants soit en bafouillant d'autres cuistreries. Tous les professeurs de lettres de France et de Navarre s'en délectaient, il les vengeait car beaucoup avait dû acheter le livre, sur leur maigre salaire, pour rester tendance. Et tout Saint Germain des Près aussi, qui n'avait généralement pas lu le livre, s'en délectait tout autant.

 Paradoxalement cela donnait un petit coup de fouet momentanné aux ventes de l'ouvrage ce qui expliquait pourquoi de Bèze n'avait jamais été victime d'un boycott ou d'un complot pour l'évincer.

Même les annonceurs raffolaient de ses saillies, à des heures pourtant creuses, qui leur permettait de placer des produits et des services plus sophistiqués que ceux du tunnel de pub vingt heures trente-vingt et une heure. Comme si une villa défiscalisée au Portugal pouvait intéresser un professeur de collège, mais bon.

- " Je me suis toujours vu comme un "chasseur d'oreille", comme disait Patrick Le Lay, encore un à qui j'ai survécu, soit dit en passant. J'ai toujours adoré cette expression. Quand je suis tendu sur un plateau, avant une interview, j'imagine Patrick Le Lay en indien Jivaro aveci un collier d'oreilles autour du cou, tatouages, labret et étui pénien au vent et je ne sais pas pourquoi, mais ça me détend toujours..".

 Cette semaine, la pêche de Paulo avait été médiocre. Juste une petite baisouille, un quickie maladroit mais intense -peur de se faire surprendre- entre deux stagiaires dans le local à photocopies.

-" je vais garder ça quand même, qui sait où seront ces deux-là dans dix ans? Les dents longues, ça pousse vite "

-" il seront peut être mariés … " hasarda Paulo,

-" ça, ça m'étonnerait … "

Paulo commanda un autre Picon bière, De Bèze un perrier rondelle. Il s'en tenait, avec un délectation quasi-masochiste mais assumée, à une hygiène de vie très stricte, sport et diététique, pour vieillir le moins possible. De tout façon sa seule passion était la survie. Il aimait bien ce moment de détente, Paulo buvait pour deux et était joyeux pour quatre, c'était une sorte de Falstaff qui faisait ce que de Bèze, trop guindé, n'aurait jamais osé faire.

Au quatrième Picon bière Paulo entama sa cinquème histoire drôle

"-Alors c'est un africain, un camerounais plus précisément, qui fait visiter en pirogue à des touristes le port de Douala et l'estuaire de la Vouri (" du Chatwyn version trash " pensa de Bèze "je me demande ce que ça va donner ") " alors il dit, en pagayant, à droite vous voyez des grues, à gauche des entrepôts, là une épave qui n'a pas été draguée malgré le contrat de concession d'un milliard de CFA accordé à B… ". Et là, il aperçoit sur un îlot un couple en train de faire l'amour. Un touriste les lui montre et il bafouille "ça ce sont deux africains en train de…, de… de faire du vélo " puis il les observe de plus près et il s'ecrit : " eh, mais c'est mon vélo ! là "

Paulo s'esclaffe et rit grassement à sa propre blague. De Bèze, coincé, esquisse un sourire, une alerte retentit sur son téléphone, c'est un flash France Info.

Titre :"Une universitaire féministe compromise dans une affaire de viol, une video diffusée en boucle et devenue virale le montre sous le titre " une chatte sur un toit brûlant"

Dépeche : "Une universitaire féministe connue, dont nous tairons le nom par respect pour la présomption d'innocence ("Tu parles, quels hypocrites " pensa de Bèze , " mais j'aurais fait pareil au moins dans un premier temps ") dans une affaire de rapports sexuels non consentis. A voir en effet la video (un lien internet était joint) c'est un vrai remake de " Fatal attraction " et de "Basic instinct " dans Le Lubéron .Nous vous en dirons plus dans une prochaine édition."

Le Lubéron ! le mot avait frappé de Bèze comme un coup depoignard. Il n'y avait pas trente six universitaires féministes dans le Lubéron, une ou deux, trois maximum.

" Pourvu que ce ne soit pas Claire ! " pensa de Bèze

Mais Paulo avait déjà trouvé la video sur Youtube et gueulait hilare " Eh mais c'est ton vélo !!!…"

3.Le fils

Maxime de Bèze dit Max, le seul rejeton de Claire et de Johann, arriva en courant à la salle d'audience du palais de Justice de Paris. A la demande de l'avocat de Claire le procès avait été délocalisé de la cour d'assises d'Avignon à celle de Paris ou l'on espérait tirer au sort des juré(e)s plus proches sociologiquement du profil de Claire .

"Mais c'est de la justice de classe" avait protesté Claire, avant de se laisser convaincre, la mort dans l'âme.

 Max était en retard, comme d'habitude.

" -Celui-là, toujours la tête dans le cul " disait de lui son père, avant d'ajouter cette fois avec un rien de tendresse, " Un cul qui maintenant pond des œufs d'or, mais qui y a mis le temps et un cul quand même "

 Le palais de justice était entouré d'un cordon de policiers. La veille, les semens, les troupes de choc du Printemps Français avaient fait irruption dans la salle des perdus et même pour quelques uns et brièvement dans la salle, vétus d'un seul casque go-pro et des slogans peints au feutre sur leurs corps nus "Le corps humain n'est pas une marchandise ". Les images avaient fait le tour du monde par télé et internet interposés. Ils étaient encore là aujourd'hui, nus mais avec un cache-col (on était au mois de novembre) et on parlait d'une contre-offensive des femens.

Du coup toutes les télés avaient déménagé leurs caméras de la salle des pas perdus aux accés, désormais filtrés, menant au parvis du palais de justice. Si un affrontemenet devait avoir lieu entre nudistes, ce serait là. Les chaînes étrangères, par l'odeur du buzz alléchées, étaient toutes là : CBS , NBC, ABC, NHK, BBC , Al Djazeera , CNN, Fox News, Russia-TV, CCTV et autres parangons d'objectivité. Johann de Bèze les avaient jaugé d'un oeil professionnel en entrant dans le palais. Ce qui sera drôle ce sera de comparer les extraits diffusés. Aux Etats-Unis les insultes échangées seraient sous titrées et censurées "F…, B.. " ; au Japon les pilosités des hommes et des femmes seront floutées, en Russie les images assorties d'un commentaire moralisateur et mysogine déplorant les désordres d'un occident décadent, à Pékin/Beijing les extraits seraient très brefs et le commentaire de même nature. A la BBC, on se délecterait finement de ces français qui décidément ne pensent qu'au sexe au point d'en faire l'objet d'une guerre civile, une de plus. Une de ces guerres civiles qu'il mimaient perpétuellement, sur le prix de l'essence, la réforme des retraites, bref sur tout et n'importe quoi, mais en le mimant sans jamais la mener à bien. Seules les caméras de la télévision polonaise d'Etat et celles de de télé-Vatican, flanquées d'un commentateur en soutane, étaient demeurées dans la salle des pas perdus. Pas question là, évidemment, de montrer à l'antenne des hommes et des femmes nues, on n'était pas à la chapelle sixtine, tout de même.

L'Affaire, comme on l'appelait maintenant comme l'Affaire Dreyfus, avait, réseaux sociaux aidant, pris des proportions inattendues et giganstesques.

Thadeusz s'était précipité dans la paroisse polonaise la plus proche, à Marseille, pour se confesser de son péché mortel de chair et de luxure. Mais pour obtenir un rendez-vous du prêtre qui se trouvait à l'autre bout de sa paroisse, à Nîmes, il avait raconté en polonais des bribes de son histoire au bedeau. Un intégriste français, pardon un ultra-montain, fan de Jean Paul II au point d'avoir appris le polonais et qui traînait là en avait immédiatement parlé à ses amis de Civitas, Sens Commun et Printemps Français.

La diffusion, le soir-même, de la vidéo Youtube " une chatte sur un toit brûlant ", que tous les membres de ces confréries avaient regardé en se cachant les yeux et en poussant de haut-cris mais en écartant bien les doigts pour mieux voir, avait convaincu les dirigeants de Civitas qu'ils tenaient enfin l'affaire qui allait déshonorer les féministes et mettre l'opinion de leur coté. Cela permettrait une percée réactionnaire comme celle de Vox en Espagne. 16,5% des voix, 52 députés, un seul programme : arrêter les subventions aux associations feministes et en particulier celles s'occupant de femmes battues. L'opus Dei avait fait obligemment fait le pont entre l'Espagne, la France, la Pologne et Ecosne. On avait même créé une association ad hoc "Vox populi".

 Et le merveilleux de l'affaire c'était que tout pouvait se jouer à front renversés: puisque les féministes basaient toute leur communication sur les notions de harcèlement et de consentement, on allait faire de même, mais avec le consentement masculin. A " balances ton porc " on opposerait " Balance ta truie ". On reprendrait le slogan féministe " Mon corps n'est pas une marchandise " en l'appliquant au corps masculin et au passage on ferait l'amalgame avec la PMA et la GPA et, quand l'opinion serait mûre, avec l'avortement. L'archevêque de Cracovie en personne avait convaincu Thadeusz de porter plainte pour viol (en droit français, un crime, relevant de la cour d'assises) et de se montrer à la télévision en pleurs avec sa fiancée, Agneska, lui pardonnant sous l'œil des caméras.

 L'Affaire avait déchainé les passions et divisé les familles, les féministes et jusqu' à lextrême droite : la tante s'en tenant à une prudente neutralité, la nièce enfourchant, si l'on ose dire, son cheval de bataille.

Les réseaux sociaux s'étaient emparés de l'affaire, quand le professeur Bourquat de la faculté de médecine, un ponte de l'urologie-vénérologie, avait expliqué savamment qu'un homme pouvaite être violé et même parvenir à la jouissance sans consentement, les réseaux avaient immédiatement déterré son affiliation à Civitas et à Laissez les vivre et des photos de lui fréquentant Saint Nicolas du Chardonnet. On avait même déterré dans les newsletters de Civitas des déclarations dudit professeur rappelant ce qui était toujours la doctrine officielle de l'église : "les rapports sexuels doivent servir uniquement à la procréation." " Un chtard, un gnard " avait résumé sobrement un internaute dans un tweet assassin. Le bon mot avait fait florès.

Le show biz s'y était mis. Sylvie Vartan, quasi-grabataire pourtant, s'était fendue d'un remake du "Que je t'aime" de Johnny, adaptée à la marge "…Quand mon corps sur ton corps pèse comme une jument morte, quand c'est toi qui dis non, et moi qui dis ouuuiiii.." Succès phénoménal. Laeticia et Mémé rock lui avaient même fait un procès pour récupérer les droits d'auteur et d'interprétation. Quant à michaël Youn, il s'était interessé, lui, à la partie adverse avec un remake de son hit "fous ta cagoule" ,"fous ton moul'boules" numéro un du streaming sur spotify pendant trois semaines quand même.

Le hashtag "Balances ta truie " ou " shetoo " avait eu un peu de mal à démarrer. " hetoo" sonnait mal. Les français parlent horriblement mal l'anglais, mais ils en connaissaient assez pour faire des confusions regrettables. Certains l'avaient pris pour une application par laquelle les piétons pouvaient signaler en direct la présence de déjections canines, aux services de la propreté de la Ville de Paris pour qu'une motocrotte les nettoie prestement. D'autres, plus jeunes, l'avaient pris pour une application de géolocalisation de dealers et de leurs petites spécialités. Puis, d'un coup, le site avait décollé, en multipliant les témoignages. Les fact checkers et les hackers s'étaient mis en chasse. Au bout de deux jours on s'était rendu compte que les messages venaient tous d'une usine à trolls en Roumanie, financée probablement par le Kremlin via Russia TV et le patriarcat orthodoxe. Les trolls recyclaient à jet continus les historiettes sexo de Cosmo, Marie-Claire, Biba, Jeune et jolie et Elle en les twistant légèrement, en mettant à chaque fois la femme en position de prédateur sexuel. Par un jeu de bascule étonnant (mais, après tout, facebook est volage), le slogan"Touches pas à ma chatte, même si elle est brûlante" se mit à décoller, multiples témoignages-anonymes-à l'appui.

Au professseur Bourquat, la défense avait opposé, un psychiatre jungien, bien connu des plateaux télé, en pariant que son éloge de la jouissance serait plus accessible au grand public et donc aux jurés que les élucubrations abstruses de l'école freudienne post-lacanienne orthodoxe. Bingo ! Le grand public avait découvert (plutôt que redécouvert) Jung. Ses livres, y compris, ceux de la deuxième période délirante, celle de l'orgasmotron, s'étaient à nouveau vendus. Même Junger en avait bénéficié sur la foi d'une quasi-homonymie. Mais, après tout quelle différence, le repos du guerrier ou de la guerrière, la reine de la ruche ou de la fourmilière , le bourdon comme objet sexuel, sur l'olisbos de marbre, on était encore, et toujours, en plein dans le sujet.

Saturnin, exhibé au départ comme une preuve à charge était devenu grâce au brillant tour de passe passe rhétorique du jungien, une preuve à décharge si l'on ose dire, et même une icône féminine et féministe.

 On avait aussi relu et scruté en détail la prose de Claire et les émissions de Johann. On avait déterré les passages où elle prônait une compensation financière ou en nature pour tout rapport consenti par la femme et on l'avait traité "d'auto-proxénète", une contradiction dans les termes, puisque le proxènétisme est l'exploitation d'autrui . Quant aux émissions de Johann, on les avaient soigneusement détournées de leur contexte pour faire apparaitre son machisme, qui était réel, mais qu'en bon protestant, il dissimulait avec acharnement et habileté. Johann de Bèze, momentanément suspendu d'antenne, pour la première fois en vingt cinq ans, officiellement " pour mieux défendre l'honneur de sa famille " s'arrachait les cheveux, enfin les implants plutôt.

"-Les réseaux sociaux, c'est un connard qui formule , sous couvert d'anonymat un jugement lapidaire, sur des bruits de chiottes tronqués et approximatifs dont il a seulement entendu oui-dire par un autre ignorant et qui l' exprime en plus avec plein de fautes d'orthographes et de syntaxe, sans raisonnement, sans explications, sur la simple base d'une émotion binaire"

Il n'avait peut-être pas complètement tort mais il était très mal placé pour faire ce genre de critique. Avant cette crise il postait sur les réseaux une photo avantageuse de lui chaque jour, tenait un blog journalier et vérifiait compulsivement son nombre d'abonnés/followers et ses like (on ne va quand même pas dire " je t'aime ") chaque heure. Il était passé maître dans l'art de faire croire à ses téléspectateurs, et surtout à ses téléspectatrices, qu'il était proche d'eux alors que, bien sûr, il les méprisait.

Mais toute cette agitation dans la blogosphère avait parfois du bon. Les ventes des livres de Claire avaient explosé, même celle de " Simuler ou jouir ", pourtant une somme universitaire quasi illisible. Cela avait hâté les traductions notamment en allemand en anglais, en espagnol, en polonais et même en arabe (via le Liban bien sûr). Ses livres avaient été brulées en place publique, en Pologne, en Espagne, en Russie, aux Etats-Unis (par des féministes, demi-paradoxe, l'intolérance n'a pas de sexe) et même en Arabie Saoudite (ils avaient du en importer une palette entière par Fedex et ils ne l'avaient même pas défilmée). Cela avait relancé les ventes des livres de Claire surtout en Allemagne où l'on n'aime plus trop les bûchers.

Dans le sud évangélique des Etats-Unis, la bible belt, le mouvement des semens avait fait… tache d'huile, mais en s'adaptant aux caratéristiques culturelles locales. Le terme semen étant inutilisable localement pour des raisons de "decency", on lui avait substitué un mot-valise, "God-mish", contraction de Dieu et d'Amish (rien à voir donc avec ce que vous pouriez penser, qui en anglo-américain se dit "dildo"). En faisant référence aux Amish, ces protestants pacifistes, l'idée était de souligner le caractère inhabituellement non-violent des militants, dans cette région où le port d'armes, et le droit de s'en servir, fait figure de onzième commandement. Ils n'étaient pas complètement nus non plus. Par "decency" et par "modesty", ils couvraient leur sexe d'un long cône de papier ou de carton blanc, enveloppant pénis et testicules, siglé d'une croix sur toute la longueur, et avec deux petits yeux au dessus de la barre horizontale de la croix pour bien montrer le caractère innocent du costume (il fallait deux yeux, puisque le "one eyed snake", le serpent à un œil, désigne le sexe masculin en slang). Sur le dessus un slogan " God is my only weapon". Le tout ressemblait à s'y méprendre à une cagoule du Klux Klux Klan mais miniature et portée à l'horizontale. C'est dans ce simple appareil que les Godmish faisaient le blocus des rares cliniques pratiquant encore l'interruption volontaire de grossesse dans le sud.

Max était arrivé juste au moment d'une suspension d'audience, il put rejoindre son père, sa mère et leur avocat.

Max avait longtemps fait le désespoir de ses parents. Surtout de son père, pervers narcissique exigeant.

-" Ton surnom et ton nom "Max de Bèze, détermine ton idéal et il est horriblement limité " disait son père auquel son propre monachisme sexuel, sauf son écart obligé à Rungis, tapait parfois sur le système.

" -En plus, c'est une escroquerie parce que que je sache tu ne fréquentes que des veuves, la Poignet et la Clicquot ".

Comme Amélie Nothomb, Max aimait en effet le champagne qu'il préfèrait au Red Bull et au Coca, les boissons préférées des geeks.

Mais Max avait résisté à toutes ses pressions en adoptant la tactique de l'oreiller et en s'enfermant dans son univers de geek. Rien, aucun reproche ne l'atteignait, immergé qu'il était dans son monde imaginaire. C'était un geek et un gamer compulsif. Il jouait plusieurs heures par jour et le reste du temps il programmait. En désespoir de cause, après deux bacs littéraires ratés malgré une boîte à bac ils l'avaient mis dans une école payante de designers de jeux videos. Et là, il s'était révélé. Ses notes crevaient les plafonds, il était imaginatif pour les game plays, programmait à la vitesse de l'éclair, samplait sa propre musique et était doué pour le graphisme, le packaging et même pour démarcher les studios et les producteurs.

" -Papa, Maman, j'ai les derniers chiffres : c'est un vrai blockbuster…"

" -quand je pense que je t'ai signé une procuration pour faire valoir mon droit à l'image sur internet et qu'au lieu de m'en effacer, tu m'as mis en plus sur tous les téléphones portables de la planète "

-"Tu exagères maman, que sur les androïd, parce ces puritains d'Apple refusent le jeu pour l'Apple store … "

 Le jeu en question s'appelait "Super Mama, episode 1, une chatte sur un toit brûlant (a cat on a hot tin roof) ". Il avait fallu négocier – et très dur- avec les ayant-droits de Tennessee Williams pour obtenir le droit d'utiliser ce titre. Mais il fauat dire que Max avait des arguments. Il avait créé une junior entreprise dans son école et avait fait de la conception et de la commercialisation du jeu, un projet collectif de master. Avec ses camarades de classe il avait commencé à recenser tous les sites et toutes les pages facebook twitter et Instagram diffusant la video du drône. Puis il avait menacé de poursuites tous leurs hébergeurs en arguant du droit à l'image et à la présomption d'innocence. Ensuite il avait démarché Youtube, Google, Instagram et Twitter en leur proposant un marché: l'aider à faire peur aux autres sites et pages réseaux en les menaçant de les déconnecter, contre un site unique et de pages réseaux socieux dérivées, managés par Max lui-même avec chaine youtube complète, vente d'accessoires et de produits dérivés, actualités etc , bref la garantie d'une manne d'audience pour les publicitaires et touchant un vaste public puisque chacun avait une opinion sur l'Affaire. TF1 avait même montré dans un reportage des seniors, quasi-Alzheimer, dans un EPAHD, se mettre laborieusement à Facebook pour la commenter. Imaginez un site dreyfus.com en 1900-1905 …. Il y avait ajouté par les mêmes menaces toutes les videos où apparaissait sa mère et/ou son père et envoyer de camarades faire des microtrottoirs dans la rue et inviter des people pour exprimer des opinions en pour ou en contre. Apparaitre sur sa chaîne youtube était devenu un must à Saint Gemain des Près comme parmi les vedettes siliconées ou body-buildés de téléréalité. Repris sur les pages Facebook en mode auto-renforçant, les opinions pour ou contre, faisaient le bonheur des annonceurs publicitaires: un nunchaku pour les contre , un godemichet pour les pour, le secteur marchand est oecuménique et est là pour satisfaire toute demande solvable exprimée, léthale ou pas, jouissive ou pas.

Mais le cœur du dispositif, en plus de la video d'une chatte sur un toit brûlant, était le jeu "Super-mama". C'était une parodie de Super Mario, où une sorte de Wonder Woman à casquette rose, escortée d'un canard jaune -Saturnin- volait de toit en toit pour s'arrimer sur des couvreurs. Ensuite il fallait agiter la souris ou les manettes et les boutons, si vous en aviez, jusqu'à ce que le couvreur jouisse.

Selon l'intensité des appuis et la vitesse des manipulations on faisait jouir le couvreur plus ou moins vite et plus ou moins fort (les deux variables étaient liées mais de manière non linéaire de façon à permettre aux joueurs de faire des arbitrages et de développer des stratégies) et l'on marquait en conséquence un plus ou moins grand nombre de points, symbolisés par des cœurs dans un orgasmotron, comme chez Jung, avec compteur. A mesure que l'on franchissait les niveaux, l'espace entre les toits s'agrandissait et le couvreur se faisait plus farouche et plus rétif, allant parfois jusqu'à éjecter la super-mama sans qu'elle puisse marquer de points. Chaque niveau atteint permettait d'obtenir des bonus (capacité de sauter plus loin, surcroît d'hormones pour super mama et de testostérones pour le couvreur, positions sexuelles plus ou moins acrobatiques et donc génératrices de points supplémentaires). On pouvait aussi acheter contre monnaie trébuchante ces bonus, si l'on était trop mauvais ou bloqué à un niveau, et ce petit business marchait très bien. Toutes les consoles de jeux (Sony PS 4, microsoft X-box et même Nintendo malgré la parodie de super Mario) en avaient sorti une version, qu'elles avaient accommodé à leur propre sauce avec leurs différents senseurs ou outils de réalité virtuelle. L'école de Max travaillait sur une version de réalité virtuelle à réalité augmentée (VR/AR) multiplateforme (Samsung Gear, Oculus Rift, HTC vive, Microsoft hololens) mais butait sur la question, triviale, d'un tapis de jeu suffisamment absorbant et nettoyable pour éponger les dégâts d'une partie réussie. Les tests allaient bon train dans le foyer - mixte- de l'école mais trainaient en longueur.
Comme le gameplay était parfait et la succession des niveaux magistralement dosée, le jeu était très rapidement devenu addictif. On avait même vu se développer des "usines à Super-mama" en Chine et au Bangla-Desh, où des joueurs payés jouaient

toute la nuit pour le compte de geeks européens ou américains pour passer des niveaux comme pour Minecraft.Très vite, les médecins avaient détecté un nouveau type de tendinite, différente de la classsique "tendinite youporn" déjà bien connue et liée à une manipulation excessive des manettes. Des associations évangéliques américaines avaient déjà monté des summer camps de rééducation, qui, sous franchise, commençaient à percer en Chine et en Arabie saoudite.

Max en avait très vite fait une version pour mobile qui, en quelques jours, avait atteint la première place, toutes applications confondues, du Google Play Store Même l'Apple Store d'ordinaire si prude, se tâtait pour l'inclure. Pour eux, Max réfléchissait à une version pour enfant, basée sur Saturnin couvant des oeufs et recevant de coeurs de sa compagne Saturnine. Un jeu éducatif et féministe en somme. Les premières contrefaçons étaient apparues dans la foulée, hommage du vice au succès.

Max avait anticipé le regain d'intérêt que provoquerait le procès, un an et quelques après les faits, et avait aussitôt lancé la fabrication en Chine de Saturnins avec la casquette rose de super-mama. Il les avait mis en vente sur le site du jeu à un prix rondelet (une culbute facteur 100 par rapport au coût de production, la mondialisation avait du bon, question répartition de la valeur ajoutée). Il en avait aussi distribué en toutes petites quantités dans quelques boutiques tendance dont Colette. Deux, trois photos en situation mais artistiques (le porno-chic n'était pas un vain mot) dans Elle et Cosmo et même dans Marie-Claire (seul "Modes et travaux" avait été épargné) et l'objet était devenu super tendance, y compris, et en fait surtout, dans les départements les plus ruraux, menaçant d'épuiser les stocks en quelques jours au début du procès.

Une usine chinoise appartenant au fils d'un hiérarque, pardon, au petit fils d'un compagnon de la longue marche, tournant 24/24, 7/7, sans primes, sinon goulag au far west -pardon Lao Gai au Xinjiang- et un réassort par livraison aérienne avait réglé le problème. Johann de Bèze, pour une fois impressionné par son fils, était prêt à régler la facture, mais, chose exceptionnelle, les fournisseurs chinois avaient proposé un crédit gratuit à 90 jours, en échange d'une exclusivité, sûrs, après avoir visionné clandestinement par VPN le site, que tout cela s'écoulerait avant même la date d'échéance du crédit.

Max, tout en acceptant, s'était gardé une petite marge contractuelle : il était en discussion avec Chantal Thomas et Swarofski pour des editions de luxe de Saturnin et avec Beathe Uhse pour la création d'une ligne d'accessoires et de cosmétiques intime.

"-Alors Papa et Maman, j'ai plein de nouvelles pour vous. D'abord on a passé le cap des 100 millions de téléchargements de l'application sur Google Play. On aussi atteint 20 millions de vues sur Youtube et j'ai renegocié le contrat de pub à la hausse en menaçantde les quitter. Daily Motion n'attend qu'un truc phare comme ça pour les niquer. By the way (en bon geek il parlait en franglais) ,j'ai regardé les stats d'audience, vous savez qui télécharge le plus le jeu? les Saoudiens, ou plutôt les Saoudiennes. Maman tu les venges ! C'est pas merveilleux ça ?! Et puis pour les produits dérivés, vu leur pouvoir d'achat, je ne vous raconte pas. Et puis après numéro deux sur le palmarès, Hong Kong, malgré le événements, mais en fait la Chine parce que les chinois passent par des VPN car la connexion directe au jeu est interdite en Chine La police de l'internet laisse faire parce que quand les gamins, et surtout les gamines, jouent à ça, ils ou elles ne font pas de politique, tout en ayant le frisson de la clandestinité quand même. Bon la police relève quand même les noms, sans sévir sur le moment, ça peut toujours servir plus tard.

Ensuite, affaires courantes, les PUF te demande l'autorisation de mettre Saturnin sur la couverture de la ré-édition de ton "Simuler ou jouir." En tant que propriétaire de la marque Saturnin que j'ai déposé avec celle de supermama, j'ai donné mon accord mais pour la couverture du livre, ils ont besoin du tien."

Claire eut un haut-le-cœur. Saturnin sur la couverture d'un PUF quadrige, quelle horreur !

-"Ils ont dit que c'était, attends que je regarde mes notes parce que j'ai rien compris, "comme pour Léon Blum après le congrès de Tours "pour sauver la vieille maison"""

- "Ah je vois. O.K, mais tu leur diras bien que c'est pour l'amour de Blum et de la vieille maison" dit Claire résignée.

Elle se souvenait quand, la mort dans l'âme, les PUF avait du céder le bail de leur boutique principale sur la place du Panthéon à un magasin Nike.

Si elle pouvait contribuer à la survie de la vieille maison, ne serait-ce que pour quelques mois, Saturnin était le prix à payer.

-" ensuite, le jeu a été retenu pour les E.E.Olympic Games. Il avait prononcé les E à l'anglaise ou américaine. I.

-"Les quoi?

-"Les Erotic Electronic Olympic Games, qui auront lieu cette année en Corée. Vous vous rendez compte on sera avec les meilleurs jeux, par exemple avec "Dicks of legend". Des millions de gamers dans le monde entier, suivant les parties en direct, avec toute la pub qui va avec.

Nouvelle suivante, j'ai lancé la production du deuxième épisode, ça va s'appeler "supermama 2, semens versus femens". Ce sera un jeu multijoueurs payant en ligne. Une partouze en ligne avec de la baston, ça va marcher du feu de Dieu…"

-"Fiston tu m'impressionnes et ça m'arrache la gueule de le dire, mais là, chapeau!"

"-ça fait plaisir d'entendre ça de ta bouche papa, et c'est bien la première fois…."

-"Oui là je m'incline, et je me sens soudain très vieux. Tout ça va trop vite et je me sens complètement largué. Je me demande pourquoi je m'accroche encore…"

-"Mais non papa, c'est que disaient les bardes quand on a inventé l'écriture et les moines dans leur scriptorium quand on a inventé l'imprimerie, mais on récite toujours du Homère et on va toujours voir le livre de Kells … "

-"Depuis quand as-tu des références culturelles comme ça, toi ? "

-" Ben, dans " Assassin Creed 3 et 27 ", tu n'y a pas joué toi, alors comment tu sais ça ?

" -Les bras m'en tombent…comme dirait la Vénus de Milo "

"-qui ça ?"

"-C est dans "Ignorant bastard geeks 4 "

_" Connais pas…"

"- tu vois que ton père a de beaux restes…"

4.Le sain d'esprit

" -Mesdames, messieurs la cour"

Le président prit son marteau et commença " Au nom du peuple français, le jury de la cour d'assise de Paris a décidé à l'unanimité d'acquitter Claire de Bèze du chef d'accusation de viol .". Coup de marteau.

Claire étreignit son mari, follement soulagée.

 Pourtant elle était mal à l'aise au fond d'elle-même. Ce verdict clément était au fond machiste : une femme serait incapable de violer un homme. Et le viol c'est l'absence de consentement et la pénétration forcée, exactement ce qu'elle avait fait. Elle n'osait imaginer ce qu'aurait été le verdict si les rôles avaient été inversés.

Chassant ces pensées moroses, elle se tourna vers son mari.

" -Emmènes-moi à l'opéra s'il te plait, ça me fera oublier tout ça pour un instant "

-" Bien sûr ma chèrie".

-" Au fait qu'est-ce qu'on y joue en ce moment ? "

-" Adrienne Lecouvreur pourquoi ? "

Quand nous réussissons mieux qu'eux...

à la manière de

Dan Brown (extraits)

Dan Prawn

"Da Vinci gode"

On reproche souvent à Dan Prawn un soi-disant manque d'épaisseur psychologique de ses personnages, qui seraient simplement jeunes, beaux et bons. Dan Prawn a tenu à faire taire cette critique, par un portrait psychologique fouillé de son héroïne, que n'aurait peut être pas renié madame De Lafayette. Il est vrai que notre président, grand connaisseur en matière de finesse psychologique, nous a dit tout le bien qu'il fallait penser de madame de Lafayette et de sa "princesse de Clèves".

"Sophie Ducière, Directrice des archives nationales de France était une jeune femme compétente et ambitieuse. Très compétente et très ambitieuse. Compétente, il avait fallu l'être pour survivre a une classe préparatoire a Henri IV (NPLA une prep school très chic), a l'école des chartes et a l'école du patrimoine (NPLA l'Ivy league française du rat de bibliothéque). Mais la plupart de ses collègues l'étaient tout autant qu'elle. Et elle l'admettait bien volontiers, en privé seulement. Mais ambitieuse elle l'était plus que la plupart d'entre eux. Ce qui en avait fait depuis peu et à moins de quarante ans, le plus jeune des directeurs des archives nationales depuis la création du poste en 1790 (NPLA: par la révolution française, une vague imitation de la nôtre, en plus trash) et la première femme titulaire du poste. Pour ce faire elle était passée, en les piétinant au passage, sur le ventre d'une bonne cinquantaine de collègues ayant plus d'ancienneté qu'elle (NPLA:ces considérations absurdes d'ancienneté voire de compétence s'expliquent par le fait que la France n'assume pas, comme beaucoup d'autres choses d'ailleurs, son spoil system, qu'elle pratique pourtant a grande échelle). Et ce qui les faisait enrager tous, c'est qu'elle n'avait même pas couché pour en arriver là. Et comme ils étaient quand même trop bien élevés pour en lancer le bruit, il en enrageaient plus encore. A vrai dire la question ne s'était même pas posée.(NPLA: aux Etats Unis coucher est la meilleure façon de perdre son emploi, ailleurs cela peut être une des façons d'en obtenir un).

Toutefois Sophie ne se faisait aucune illusion sur ce que cette nomination devait à ses talents professionnels. Elle s'était juste trouvée là au bon moment et avec le bon profil (au propre et au figuré, elle était relativement photogénique et cela avait été probablement décisif). Et le président avait fait un casting, un de plus, rien de plus. Il n'était pas d'usage que le président se penchât sur le choix du directeur des archives nationales mais cette fois il en était allé autrement. En effet le prédécesseur de Sophie avait eu l'obligeance de demander de lui même sa mise a la disposition de la mission de préfiguration des archives du bagne de l'Ile du Diable à Cayenne (NPLA l'Alcatraz français, les moustiques et la dysenterie en plus, il paraît aussi qu'ils y lancent des fusées, c'est difficile à croire, je sais). Un peu plus tôt, il s'était répandu dans Paris pour dire tout le mal qu'il pensait du projet du président de transformer le siège des archives nationales dans Le Marais (NPLA un mélange de Chinatown, de Brooklyn et du quartier gay de San Francisco, en plus petit et en plus sale mais en plus vieux, datant en gros de l'époque de robin des bois, pour situer) en une "maison de l'histoire de France".

"Un petit barnum parce que tout chez lui est petit », « un Disneyland a la sauce Mallet et Isaac"(NPLA je ne vois pas là ce qu'il y a de choquant, on vient d'ouvrir un musée similaire sur le Mall a Washington, c'est probablement la que le président a pris l'idée, bien qu'il soit incapable d'aligner trois mots d'anglais de rang et barnum et Walt Disney sont des grands hommes qui ont fait rayonner le nom de l'Amérique. Mallet et Isaac sont les auteurs d'un textbook d'histoire à peu près contemporain de Theodore Roosevelt) se plaisait il a répéter. Le mot "Disneyland", auquel le président était fort attaché pour des raisons sentimentales, avait été pris en haut lieu comme une insulte personnelle. Aussi alors que le directeur des archives préparait en sous main une pétition contre le projet en page 3 du Monde (NPLA un mélange de New York
Times et de Washington Post, sur le déclin), réunissant le ban et l'arrière ban du collège de France, de l'Institut et de la Sorbonne (NPLA un peu comme une pétition de nobels sauf que la France n'a presque pas de prix nobels), une enquête prestement menée par la Direction Centrale du Renseignement Intérieur (NPLA le FBI à la française, version Edgar Hoover) avait déterré une sombre affaire de bizutage a l'Ecole des Chartes ayant -un peu - mal tourné trente ans plus tôt et qui avait été étouffée a l'époque. Cela avait convaincu le directeur d'aller goûter, prestement, aux charmes équatoriaux de la Guyane. On racontait dans les couloirs des Archives Nationales que, convié a l'Elysée, par son secrétaire général (NPLA la version française de la maison blanche et son chief of staff), celui ci lui avait dit, en lui tapotant l'épaule avec une familiarité amicale "le legs Dreyfus a besoin de vous... là-bas" (NPLA rien a voir avec l'actrice de la sitcom Seinfeld, officier juif injustement accuse d'espionnage, dégradé, envoyé au bagne puis gracié puis enfin réhabilité)

Le président s'était donc trouvé avec un poste vacant à pourvoir plus tôt que prévu et c'est sur Sophie que son choix s'était porté. Un bon choix, sans aucun doute, Sophie avait l'échine souple et comprenait vite. Elle avait pourtant commencé sa carrière modestement comme nombre de ses collègues, dans un dépôt d'archives départementales. Mais après des années d'études de bas latin et de vieux français dans des manuels édités par les Belles Lettres sur papier vergé, elle avait réalisé qu'elle avait complètement fait fausse route en se trouvant confrontée pour la première fois de sa vie de manière prolongée avec l'odeur de moisi humide qui nappe tous les dépôts d'archives. Le fait que son patron d'alors, un vieux conservateur au bord de la retraite, s'obstinasse à la frôler au fond du dépôt sous prétexte de lui montrer telle ou telle vieille charte merovingienne (NPLA dynastie française des années 550-750 ap JC, également surnommée dynastie des "rois fainéants" s'agissant de français, c'est un pléonasme) sans même assumer pleinement son fantasme, avait ajoute a son dégoût. Aujourd'hui encore elle allait le moins souvent possible visiter les dépôts et le faisait toujours avec un masque. "A la japonaise", disait elle, par coquetterie, et elle avait même réussi à lancer une petite mode. Au bout de quelques mois elle avait demandé sa mutation et avait réorienté sa carrière vers le versant le plus glamour de sa formation la conservation de musée. Très vite elle avait tourné le dos aux idéaux austères de sa jeunesse, travailler dur, vivre peu, vivre assez mal mais vivre pour conserver et transmettre le passé. Elle avait en effet pris gout au cortège de cocktails, de vernissages et de petites mondanités avec les élus et les journalistes qui accompagnent la vie culturelle, même en province. Elle avait jeté son dévolu sur la cote d'azur : "des vœux monacaux aux veules de Monaco" s'avouait elle parfois. Au bout de quelques années et de beaucoup d'entregent elle s'était retrouvée à Nice.

C'était là qu'elle avait fait montre de tout son potentiel. D'abord elle avait survécu à deux maires successifs aussi peu intéressés l'un que l'autre par la culture en général et par l'art moderne en particulier dans une ville qui, pourtant, en regorgeait pour avoir attiré à sa proximité Cocteau, Matisse, Chagall, Picasso, Léger, Dufy, Klein, j'en passe et des meilleurs. C'en était au point qu'elle les appelait affectueusement "mes deux G" par référence a deux amateurs d'art figuratif allemands de la première moitié du vingtième siècle, prématurément disparus, et dont le nom commençait par un G. Le premier maire, homme de conviction, avait garde sur l'art les idées carrées de son parti d'origine, le front national (NPLA un parti français, entre les tea parties et le Klux Klux Klan que je prie par avance de m'excuser de cette comparaison désobligeante). Il fallait qu'il soit "sain et éducatif ou à la rigueur pourvoyeur de devises fortes". Dieu merci, les américains, japonais et autres anglais avaient fait en sorte de le satisfaire.

Le second voyait plutôt dans la peinture un art appliqué. Ancien champion de France de motocyclisme et de ce fait surnommé facétieusement "motocrottes" par ses collègues députés, il n'appréciait vraiment la peinture que sur des surfaces concaves. Le coup de génie de Sophie avait été d'organiser au musée d'art moderne de la ville une exposition intitulée "décoration et design de choppers, un art de brutes ou un art brut?". L'inauguration avait eu lieu en présence de la famille Koodbool, les célèbres fabricants de choppers de Citrus County. Les aventures de la famille sous forme de reality show hebdomadaire, mêlant gros cubes et goualantes du patriarche barbu Paul Senior sur sa bande de barbus à moitié obèse, faisait les délices du maire qui les regardaient en boucle sur la chaîne Découverte (sans s). Le maire était aux anges, allant d'un engin à l'autre, caressant là l'écartement d'une fourche, s'émerveillant ailleurs de l'astiquage parfait d'un pot d'échappement ou de la subtilité d'un dégradé de flammes rutilant sur un réservoir king size, le tout sous les flashes des photographes et sous les sunlights des cameras de la chaîne Découverte qui en profitait pour tourner un nouvel épisode de la série. Le maire, pourtant habitué aux caméras, même si c'était surtout celles de FR3 Nice, était fou de joie: il allait se trouver héros dans sa propre série favorite. Ca avait été l'un des plus beaux jours de sa vie. En plus Sophie s'était occupée de tout, même de la tournée des Macdonalds de la ville par les Koodbool après l'inauguration, même du classement des plaintes des riverains et de leur dédommagement après qu'elle ait prudemment abandonné les Koodbool, qui avaient voulu terminer la fête, hors caméras, dans le vieux Nice. Le maire, aux anges, l'avait étreinte et d'une voix cassée par l'émotion et d'où avait disparu toute faconde méridionale, lui avait dit "Sophie, c'était sublime, un rêve devenu réalité, je te revaudrai ça, je te le promets".

Et le plus étonnant est qu'il avait tenu parole, en la recommandant chaudement lorsque le poste de directeur des archives nationales s'était trouve vacant. Il faut dire que les niçois, le "gang des niçois" disaient certains- eux préféraient s'appeler entre eux "la salade"- avaient le vent en poupe. Après un détour par l'écologie, qui s'était avéré électoralement peu payant, l'heure était au retour aux fondamentaux, la chasse à l'électeur à sa dextre, fondamentaux dont les varois, eux, il fallait bien le reconnaître, ne s'étaient jamais écartés. Témoin de cette faveur l'intérêt bienveillant que le ministère de l'intérieur d'une part et celui de l'identité nationale et de l'immigration d'autre part avaient exprimé pour la proposition de loi d'un ancien assistant parlementaire devenu, par la grâce d'une suppléance, député, de faire installer des portiques de détection d'armes a feux à l'entrée des maternelles des ZEP et d'y transformer la sieste obligatoire en couvre feu, avec retrait des allocations familiales à la première incartade et expulsion de la famille doublée de déchéance de nationalité en cas de récidive. Les sondages avaient été bons, La proposition serait discutée à la prochaine session parlementaire et les décrets d'application étaient en préparation.

Presque malgré elle Sophie avait bénéficié de la vague. Quand elle y pensait elle se disait qu'elle était l'olive dans la salade. Mais tout cela sentait un peu trop l'anchois, ne serait ce que pour la date. Bref elle avait été parachutée directeur des archives nationales après un entretien de dix minutes avec le secrétaire général de l'Elysee. Sur le moment il lui avait semblé qu'elle avait bafouillé et complètement raté l'épreuve. En même temps, en partant, elle avait vu un pouce se lever à la hauteur d'un enfant de dix ou douze ans au coin de la porte d'entrée du bureau. Sur le moment elle s'était dit qu'elle avait tapé dans l'œil d'un très jeune admirateur égaré dans ces salons. Il n'y avait aucune forfanterie dans cette réflexion, elle savait d'expérience quel effet produisait le contraste entre son chignon, ses lunettes fines et ses tailleurs stricts mais ajustés, d'une part et ses formes généreuses, d'autre part. A l'école des chartes, on l'avait surnomme pour cela "la pouliche", mais il est vrai qu'il en fallait peu pour affoler ces binoclards. Elle n'avait réalisé que bien plus tard, avec le coup de fil de l'Elysée lui annonçant sa nomination, que le pouce appartenait au président et que son mouvement vers le haut valait onction. Elle préférait ne pas penser au même pouce peut être tourné un jour vers le bas.

Elle s'était donc retrouvée en charge du déménagement à Sarcelles et de l'exposition de préfiguration sur le thème " amour quand tu nous tiens: 2000 ans de passion amoureuse chez les rois, empereurs et présidents de la France éternelle". Le thème avait été choisi, après sondages, par la cellule de communication de l'Elysee. Ca exposerait Carla (NPLA: la troisième épouse du president Sarkozy, version franco-italienne de Jackie Bouvier -Kennedy-Onassis , relookée par Karl Lagerfeld) ce serait bon pour les ventes de Marie Patch (NPLA tabloïd hebdomadaire français avec beaucoup de photos couleurs et très peu de textes, d'une lecture très reposante) et pour les votes dans les maisons de retraite. Guy Breton et Louis Pauwels plutôt que Marc Bloch et Fernand Braudel, un choix tout à fait dans la ligne du quinquennat.

Au début elle s'était prise au jeu. Le thème était amusant et les collections nationales regorgeaient d'objets originaux susceptibles de l'illustrer. Par exemple elle avait récupéré à Amboise le bilboquet stylisé du duc de Joyeuse, un cadeau personnel d'Henri III (NPLA 1551-1589, a régné à partir de1574, seul roi de France ouvertement gay, Les français ne s'en sont jamais remis hier comme aujourd'hui, il a d'ailleurs péri émasculé par un moine) et à Vincennes, dans la bibliothèque de Charles V (NPLA : 900 manuscrits, une véritable bibliothèque du Congrès pour l'époque, 1350) le premier manuscrit illustre du Kama Sutra jamais parvenu en France. Il était passé par les empires abbasside puis byzantin via Venise, une pure petite merveille. Les protestations des conservateurs auquel elle arrachait les pièces, qu'elle comparait volontiers aux grouinements des gorets à l'approche du couteau du boucher ne faisaient qu'ajouter à son plaisir. Ces grouinements étaient paradoxalement d'autant plus frénétiques que la pièce avait sommeillée longtemps, oubliée, dans les réserves.

Mais on se lasse de tout, même des grouinements de gorets. Les rois, empereurs ou présidents faisaient montre de beaucoup d'impatience mais de bien peu d'originalité et de finesse dans l'expression de leurs sentiments amoureux. Dans l'ensemble c'était même consternant. Ainsi Napoléon qui écrivait d'Italie a Joséphine, après la bataille de Marengo "ma Fifine, il me tarde tant de te revoir. Cette envie et la passion m'étouffent et m'aveuglent, je voudrais pouvoir te b... par dessus les Alpes..etc" . Quelle ambition, quelle modestie, comme disait Hugo dans la légende des siecles "Déjà Rome perçait sous Sparte et Napoléon sous Bonaparte". On savait comment ça avait fini, n'est pas Rocco Siffredi qui veut. Pour son petit neveu Napoléon III, c'était encore pire. La pièce choisie était une liste de licences de bureaux de tabac attribuées en récompense aux parents des lorettes, conquêtes d'un soir ou de quelques jours de l'empereur, tirée des archives du ministère de l'intérieur. Ce qui faisait le caractère unique de la pièce était une annotation manuscrite de la main de l'empereur en haut à droite "dans buraliste il y a urals". Ce n'était pas tant l'anglicisme qui était impardonnable. Après tout il avait passé une bonne partie de sa vie en exil en Angleterre. C'était son humour de garçon de bains. Et il était coutumier du fait puisque le duc de Morny racontait dans ses mémoires que l'empereur se plaisait à répéter que "dans bordelaise il y a ordel et aise" et que l'impératrice Eugénie répondait invariablement avec son accent espagnol à couper au couteau "et fous trouber cha drrrole Napo".

Non cela ne l'amusait plus et ce soir, après plus de dix ans de carriérisme et d'arrivisme forcenés et finalement couronnés de succès, elle était soudain prise de quelque chose dont elle croyait s'être a jamais débarrassée: des scrupules déontologiques et professionnels.

Ce n'était pas la transformation de archives nationales en un petit barnum de l'histoire de France, pour reprendre l'expression de son prédécesseur, qui la chiffonnait, non, cela faisait partie de l'équation de départ et puis après tout c'était déjà inespéré que le Président laisse derrière lui un musée autre que de montres et ça couterait moins cher aux finances publiques exsangues qu'Orsay, le Grand Louvre ou Branly.

Ce n'était pas non plus le déménagement de l'administration des archives du Marais vers Sarcelles qui la choquait non plus, aussi peu réjouissante que fut cette perspective. Ca c'était plutôt un coup de maitre par lequel le président Sarkozy avait fait taire le PS (NPLA: Sarcelles, une banlieue s'apparentant au Bronx et à Brooklyn en plus périphérique, est le fief électoral de Dominique Strauss Kahn le serial lover français que nous, américains, avons laissé élire a la tête du Fonds Monétaire International, il est candidat virtuel a l'investiture du PS, l'équivalent de notre parti démocrate, rhétorique marxisante en plus) et à travers lui les intellectuels de gauche sur son projet. Elle songea d'ailleurs avec amusement que si jamais DSK était élu et l'exposition permanente maintenue le grand hall de l'hôtel des archives, pourtant l'une des plus grandes pièces de Paris lors de sa construction au moyen âge, serait bientôt surencombrée et qu'il faudrait à nouveau déménager.

Ce n'était pas enfin l'hypocrisie suprême de la création d'une classe préparatoire à l'école des chartes au lycée de Sarcelles pour que, selon les termes du communique présidentiel "mettant à profit la présence dans la ville du siège des Archives Nationales et donc des meilleurs enseignants et des meilleures ressources, Sarcelles rivalise comme pôle d'excellence républicain avec Henri IV et les grands lycées parisiens". Là, elle avait l'intention de les surprendre tous. Après tout Sarcelles était riche de nombreux jeunes gens studieux, rompus a la pratique quotidienne et intensive de langues mortes difficiles et passés maitres dans l'art délicat d'une éxégèse certes parfois un peu littérale mais aux ressources dialectiques complexes et imaginatives: les étudiants juifs orthodoxes d'une part, les jeunes étudiants des écoles coraniques d'autre part. Il suffisait d'entendre Tarik Ramadan expliquer en termes patelins mais dans un français parfait et citations à l'appui pourquoi la lapidation pour adultère n'était pas après tout une si mauvaise idée, une fois replacée dans son contexte ou, dans le même esprit, tel rabbin expliquer, également citations a l'appui, pourquoi il fallait expulser tous les palestiniens de Judée-Samarie. Avec un peu de charme avec les imams et les rabbins concernés, elle se faisait forte de démontrer a ces hypocrites de l'Elysée que le matériel humain de la banlieue valait bien celui de la bourgeoisie parisienne ou provinciale, même la plus méritante. Elle ne pensait pas cela par militantisme ou humanisme mais par pur cynisme. Elle savait, par expérience, qu'un chartiste comme d'ailleurs un normalien, un polytechnicien ou un énarque, ça se fabrique, quelque soit le matériau de base pourvu qu'il ne soit pas complètement stupide, soit suffisamment malléable au départ et très, très endurant par la suite. Le reste n'était qu'une affaire de clés, de codes, de recettes, de méthodes, de volonté et de beaucoup, beaucoup de travail.

Non, tout ça l'amusait plutôt. Ce qui ne passait pas ce soir, c'était la réception de la liste des pièces choisies à partir de 1875. Elle avait été écartée de ce choix. S'agissant de ses prédécesseurs dans la fonction, le président Sarkozy avait décidé de choisir lui même les pièces qui seraient exposées. Il y avait mis un soin tout particulier pour ceux de la cinquième république. Et Sophie Ducière trouvait ce choix consternant.

Passe encore pour la vitrine Félix Faure(le chapeau à la voilette judicieusement percée de madame Steinhell, le marteau dont les employés des pompes funèbres s'etaient servis pour atténuer une protubérance fâcheuse et le mot autographe de Clemenceau "il avait voulu être César, il a fini pompé")(NPLA Felix Faure, .president francais 1841-1899, décédé au cours d'un travail de souffle opéré par madame Steinhell). Là il y avait 113 ans d'écoulés, on pouvait à la rigueur considérer ces pièces comme historiques mais les autres ...
 Pour Pompidou, une photo de Stefan Markovic vivant (don du prefet Marchiani) puis mort (don de Dédé la caille); pour Giscard, un bidon de lait défoncé (don du Canard Enchaîné)(NPLA journal satirique et très bien informé sans équivalent chez nous) , un exemplaire de "démocratie française" maculé de rouge a lèvres et annoté en anglais sur la page de garde
" i have read it all night and was so excited, where do you find all that, my grand chauve à col roulé ?" (don de mr Giscard d'Estaing) et un fragment de pilier du pont souterrain de l'Alma (don des services techniques de la ville de Paris); pour Mitterrand un simple diorama faisant songer a un florilège des nominées pour les rôles féminins aux Césars (don de Roger Hanin); pour Chirac, une minuterie étanche, un pommeau de douche chromé et l'ouvrage de son chauffeur ouvert à la page correspondante (don commun de messieurs Giscard d'Estaing et Sarkozy), pour le président Sarkozy enfin. Une poupée vaudou de Richard Attias (NPLA :célèbre(?) Public relation français compagnon de l'ex épouse du président et contraint de vivre aujourd'hui chez nous a New York) en état de marche, des oreille de Mickey et un bandeau de Minnie, échanges à Disneyland lors de l'officialisation de l'Idylle, le livre de coaching fitness de Julia Imperiali ouvert à la page sur les exercices de musculation du périnée et le défibrillateur qui avait sauvé le président après son malaise vagal (tous dons du couple présidentiel).

Sophie contempla une nouvelle fois la liste. On avait convoqué le conseil d'état en pleine période de vacances judiciaires pour passer le décret de classement. Les photographes de Marie Patch avaient déjà été convoqués pour un reportage exclusif en avant-première.

Oui, décidément cette liste était consternante. C'était l'"effet piscine": on croit avoir touché le fond et qu'en appuyant on va remonter mais on appuie et le fond se dérobe encore et on continue à s'enfoncer. Là, c'était du niveau "musée de la fidélité conjugale John F Kennedy" ou "musée du mariage heureux Henri VIII".

Pour la dixième fois de la soirée elle se demanda si elle n'allait pas envoyer sa démission et pour la dixième fois également, elle y renonça. L'"Elysée la punirait sauvagement, pouce vers le bas cette fois et ces vieux cons qu'elle avait grillés dans son avancement le lui ferait payer trop cher et trop longtemps. Il n'y aurait pas de dépôt d'archives assez humide et assez paumé pour lui faire expier. Bar Le Duc ou Charleville Mézières étaient trop bien encore et puisque Cayenne était déjà prise par son prédécesseur, elle était bonne pour les archives de Mata Hutu a Wallis et Futuna ou celles de Saint Pierre et Miquelon à moins qu'on ne l'envoie trier les archives de la Terre Adélie et des Kerguelen.

 Et puis après tout elle n'avait à avoir honte de rien, le directeur du trésor avait lui aussi moins de 40 ans et personne n'y avait trouvé à redire et puis les américains considéraient comme une date majeure de l'histoire de l'art le jour où Jackie Kennedy avait imposé des nappes de couleur au lieu de nappes blanches a la maison blanche. Alors à ce train pourquoi ne pas considérer comme historique le bandeau de minnie de Carla au même titre que le chapeau de Napoléon conservé à Fontainebleau. C'était juste l'accélération du temps. Tant qu'à faire dans le chapeau, celui de Michael Jackson avait fait 20.000 dollars sur ebay, on n'osait pas songer a ce qu'aurait fait la culotte de Madonna chez Christie.
Tiens, la culotte de Madonna songea t'elle, le président l'avait oublié dans sa liste pour Chirac celle là, il est vrai qu'à force d'écouter du Barbelivien …

Non finalement ca n'en valait pas la peine. En courbant l'échine deux ans encore elle pourrait peut être se faire nommer ailleurs au tour extérieur, à la Cour des Comptes ou au Conseil d'Etat loin des griffes vengeresses des vieux conservateurs. Le "servateurs" était de trop pensa t' elle.

Elle en était là de ses réflexions quand l'alarme retentit de manière assourdissante dans tout le bâtiment

NOS FARDEAUX :

~

CHAPITRE 2 :

NOS ENFANTS

Quand ils nous faisaient mourir en couche deux fois sur cinq

à la manière de

Laurence et Régine Pernoud

Laurence et Régine Pernoud

« Elever son enfant au moyen-âge »

Contrairement à ajourd'hui, la venue d'un enfant dans un couple n'est pas vécue au moyen-âge comme une bénédiction et un évènement heureux mais comme une contrainte , une bouche à nourrir qui restera improductive pour les quatre à cinq années à venir avant peut-être, si elle survit, de commencer à rembourser par son travail, les frais initiaux .

Pour la jeune mère c'est aussi risquer la mort au pis,ou la déformation par les grossesses perpétuelles.

Ainsi donc Eloïse dans ses lettres à Abélard ne fait-elle qu'exprimer le sentiment général de son temps lorsqu'elle écrit "Dum in fine, bene est quid pater meum te emasculavit, sine quodquam vaginum meum tantum magna naevia N.D parisiensis erat"[9].

Cette pensée fut reprise un peu plus tard (avec la cathedrale de Worms) par Hildegarde Von Bingen pour justifier sa vocation monastique, elle, que sa haute naissance promettait à des épousailles aristocratiques.

Elle fut reprise également, longtemps après, par Sainte Thérèse d'Avila (avec cette fois la cathédrale de Tolède) dans un de ces écrits mystiques inédits que nous a révélés la professeur Brétécher dans les années 80 du siècle dernier (in "la vie passionnée de Sainte Thérèse d'Avila", une lecture pieuse hautement recommandée).

L'église, tiraillée entre sa volonté de contrôle social via l'alcôve d'une part et l'impératif de croitre et multiplier pour propager la parole et avoir une masse aux dépens de laquelle vivre d'autre part ("per orare necesse est tondare multitudinem" comme l'écrit si bien le deuxième abbé de Cluny) en tire les conséquences .

Elle arbitre et réconcilie mariage, abstinence et esclavage domestique en distinguant le côté utile du mariage de son côté agréable.

"Ut si quod licet, non sequitur quequet, tantum fuisse biquet"[10]. Cet adage de droit canon est encore invoqué régulièrement par le tribunal de la rotte pour refuser

---

[9] "Il est heureux, finalement, que mon père tes les ai coupées, sans quoi j'aurais aujourd'hui le vagin comme la grande nef de notre dame"

[10] "Ce n'est pas parce que je lave tes chemises que je dois ouvrir les jambes mais tu peux toujours aller te consoler avec les chèvres"

d'annuler les mariages, au prétexte, futile, de non-accomplissement des devoirs conjugaux.

Cette référence aux caprins sera, pendant les croisades, remplacé par la pieuse suggestion d'un voyage vers l'empire byzantin "Apud graeci ite facere visum"

Cette référence aux grecs apparaît pour la première fois dans la summa theologica de Saint Thomas d'Aquin.

On connaît en effet le soin que Saint Thomas mettait à s'appuyer sur le prestige et l'autorité des auteurs grecs en général et d'Aristote en particulier.

Dans ce cas précis, il ne prenait guère de risque, la femme étant, contrairement à l'enfant, et pour des raisons qui nous restent obscures, la grande absente des oeuvres d'Aristote.

Cela a fait dire à certains que Saint Thomas était un précurseur du féminisme. C'est aller un peu vite en besogne, si l'on ose dire.

 En ces âges lointains, chercher à donner la vie, c'était, bien souvent, trouver la mort.

Si la mère et l'enfant réchappaient des couches, l'enfant n'avait encore qu'une chance sur trois ou sur cinq d'atteindre ses cinq ans, une sur huit d'atteindre l'âge adulte quinze ans pour les garçons, treize, âge nuptial pour les filles.

Dans ces conditions statistiques, l'éducation au sens on nous l'entendons à présent ave l'investissement affectif, intellectuel et financier qu'elle implique était une absurdité sauf à la rigueur pour les fils de rois et princes. Et même eux s'en passait fort bien.

C'est donc plutôt d'élevage que d'éducation qu'il faut parler, avec le spectacle de la misère rurale ou de la fange urbaine pour classe d'école, les coups des plus âgés et des plus robustes comme guide et le laxisme tempéré par la loi de la jungle et le travail infantile en guise de principes éducatifs.

 En somme Dolto revue par Dickens.

Et, à tout prendre, tout cela ne fonctionnait pas si mal, toutes chose égales par ailleurs.

 La nourriture n'était pas un problème, du moins, pas plus que pour les adultes.
Etant le premier à mourir, avec les vieillards, en période de famine, il pouvait constituer un apport calorique de choix pour les adultes comme l'attestent de nombreux textes.

Etant constamment enceinte, la mère alimente ses bébés jusque fort tard et se sert de cet allaitement et des tabous sociaux qui l'entourent comme moyen de contraception aléatoire pour essayer d'espacer de quelques mois les grossesses.

Au-delà, le nourrisson se trouve soumis au même régime alimentaire que ses parents, tellement sain qu'il en devient carencé: pas de graisses animales, pas de viande, peu de féculents, peu de tout en fait.

En effet, et on l'oublie trop souvent, en plus d'être une époque zéro émission ou quasi (les vaches y étaient si rachitiques et de si petite taille qu'elles émettaient très peu de méthane),le moyen-âge était aussi une époque low fat.

Quand ils nous prennent pour un distributeur et une laverie…

à la manière

d' Aldo Nahouri

Aldo Ahuri

"Dialoguer avec votre adolescent"

« Je précise d'emblée que ces conseils ne concernent que les adolescents mâles.

 Si vous avez des problèmes avec votre adolescente voyez par exemple les ouvrages de ma défunte collègue, Françoise Mollo.

Vous n'en serez de toute façon guère plus avancée : en psychologie comme en économie le "laissez faire, laissez passer" est une recette qui montre assez vite ses limites.

Revenons-en à la psychologie de l'adolescent mâle. La difficulté en la matière ne tient pas à sa nature mais à sa culture.

 Je m'explique: d'un point de vue zoologique l'adolescent appartient à l'ordre des invertébrés. Il suffit de le voir dans son habitat naturel, vautré sur le canapé : presque tout chez lui est mou et le peu qui n'est pas mou ajoute une couche de problèmes.

 Psychologiquement ou plutôt éthologiquement, pour employer le terme approprié à la psychologie animale, un néologisme forgé par le grand Konrad Lorenz- qui a consacré l'essentiel de ses travaux à l'étude du pas de l'oie -, l'adolescent se situe sur l'arbre phylogénétique de l'évolution quelque part entre l'amibe et l'aï, le paresseux d'Amazonie.

 Nombre de mammifères lui sont très supérieurs : la quasi-totalité des primates, le porc et son cousin le sanglier, le chat et d'une manière générale les félins, ne serait ce que parce qu'ils sont capables de se nourrir par eux-mêmes et aptes à des relations sociales minimales voire dans certains cas élaborées, deux caractéristiques qui font absolument défaut à l'adolescent mâle.

Le sujet devrait donc en principe être réceptif à un ensemble de stimulis simples faisant alterner sanctions et récompenses du type dressage/agility.

Toutefois les choses sont plus complexes en pratique, du fait du caractère mouvant de l'environnement culturel de l'adolescent.

 Tout chez lui diffère de vous et plus encore de vous au même âge que lui. Vous ne pouvez pas comprendre ses références, ni lui les vôtres.

Vous vivez côte à côte, mais dans des univers parallèles, irrémédiablement séparés.

Laissez-moi vous en donner quelques exemples.

Vous aviez des 33 tours et une encombrante chaine stéréo, pour lui, même les CD appartiennent à la préhistoire, il télécharge, illégalement bien sûr son téléphone. Vous aviez des livres, des magazines il a internetet les réseaux sociaux. Mais comme vous, à l'époque s'entend, il espère le grand amour.

Il lit et il écrit. Tout le temps.

Bien plus que vous au même âge.

Qui aurait cru ça il y a dix ans quand la télé et le téléphone semblait être en train de tuer toute pratique non scolaire de la lecture et de l'écriture. Bénis soient les SMS, Facebook et Twitter.

Mais ne vous réjouissez pas trop vite. Il le fait dans une autre langue que la vôtre et avec une autre orthographe.

Et c'est normal: si Malherbe et l'académie, Promotion Richelieu, avait eu un portable le français serait nettement plus compact. Lol.

A quoi bon d'ailleurs essayer de communiquer : le son de vos paroles ne lui parviendrait pas.

Une mutation génétique originaire de Californie a fait pousser des écouteurs dans les oreilles des ados.

Une autre venue de Finlande et de Corée a nettement diminué leur acuité visuelle et leur sens de l'équilibre lors des déplacements en aimantant perpétuellement leur regard sur un écran.

Ces deux évolutions ont transformé les bus et les wagons de métro, qui jadis résonnaient gaiement des ris de nos bambins, en convois mortuaires silencieux, en transport scolaire pour autistes.

Il est relié en permanence a la terre entière et échange des confidences intimes avec de parfait(e)s inconnu(e)s qu'il ne verra jamais -à quoi bon la fesse, à quoi bon le bouc alors ?- mais ne parle pas avec son voisin. Comment le pourrait-il alors avec l'auteur de ses jours ?

A l'heure des premiers transports en commun vous aviez peur de devenir maman, il a peur d'attraper le sida. La peur de l'avenir ne vous effleurait pas, il sait qu'il galèrera. Pour lui aussi, le joint est une affaire de culasse mais il l'écrit différemment.

En définitive, les seules choses qui ne changent pas dans le comportement et l'environnement de l'ado sont ses constantes physiologiques.

D'abord le sommeil, dont il a tant besoin pour se construire, l'apparente au chiot, qui peut dormir jusqu'a 22 heures sur 24.

L'appétit, en second lieu, l'apparente plutôt à un autre omnivore opportuniste, le porc, qui semble comme l'adolescent être à la fois insatiable et agueusique: un reste de gratin de légumes à la béchamel froid ne lui fait pas peur à dix heures du matin surtout si la nuit a été courte.

Sa forte appétence pour le mou, le gras et le consistant rééquilibre naturellement le frigo familial de la qualité vers la quantité.

Alors que faire pour rétablir le dialogue avec ce grand primate avachi, somme toute sympathique mais à qui il ne manque que la parole ?

Le rétablissement du contact avec l'ado passe donc par la prise en compte de ces éléments culturels en constante évolution. Je vous suggère une approche "par émulation" qui d'ailleurs complète très bien l'autre volet de ma stratégie "l'inversion des rôles".

Je m'explique : dans ses représentations mentales embryonnaires, l'adolescent a une vision simple du rôle des parents. Ils s'apparentent pour lui à un automate bancaire, à un restaurant, à un hôtel et à un pressing bref à toutes les commodités d'un petit centre commercial, mais à domicile.

"L'idée que vous puissiez avoir une âme, des envies, des désirs propres, une sexualité peut être encore, bref une vie distincte de ces fonctions hôtelières ne l'effleure même pas.

Vous êtes un accessoire mais un accessoire indispensable et c'est sur ce caractère indispensable que nous allons jouer.

Attention, c'est une bataille que vous allez livrer. Il faut vous préparer au mieux.

D'abord consommez et faites consommer toutes les provisions de nourriture ne nécessitant aucune préparation : chips, gâteaux apéritifs et gâteaux secs, glace, chocolat, bonbon, charcuterie, fromage, sardines à l'huile (encore que l'usage d'une clé ouvre boîtes soit déjà une forme de préparation puisqu'il implique un double effort de recherche et d'utilisation), etc.

Ensuite dissimulez soigneusement votre carte de crédit, votre chéquier et le liquide que vous avez retiré récemment.

L'ado n'est quand même pas totalement idiot, il a certainement déjà repéré votre code, quant à imiter votre signature il le fait depuis la cinquième pour ses mots d'absence.

Ensuite, déclenchez les hostilité.
Sournoisement.

Une fois rentré du travail, imitez son comportement.

Isolez-vous ou vautrez-vous dans l'espace commun, le nez plongé sur votre ordi ou sur votre téléphone portable, écouteurs dans les oreilles.

Ignorez-le, ignorez tout le monde.

Attendez l'heure du diner et guetter sa réaction (vous aurez pris soin d'avaler un solide encas dans l'après midi.

L'acidité de ses sucs gastriques aidant, il va inévitablement s'inquiéter, ne réagissez pas ou s'il vous insiste contentez-vous d'un " je suis barbouillée, démerde toi "puis observez-le.

Renouvelez ce manège deux ou trois jours, vous allez voir qu'il va s'apercevoir à nouveau de votre existence et se remettre à vous parler.

Pour vous engueuler, pour vous reprocher votre paresse mais vous pour vous parler quand même.

Et c'est déjà beaucoup: souvenez-vous du soulagement du visiteur de Cocteau à Barbizon "c'est pour le maître ?", "non c'est juste pour lui parler".

Cela vous permettra de lui tendre obligeamment un miroir.

S'il a compris votre manège et se montre apparemment indifférent à votre provocation, poussez le bouchon un peu plus loin.

Quand son T-shirt favori sera sale, tendez-lui sans un mot, le mode d'emploi de la machine à laver.

Quand sa mobicarte ou son forfait seront épuisés montrez lui vos poches vides.

Vous verrez, enfin, à nouveau, il finira par vous parler.

Merci qui ?

Merci Aldo

Etc`"

Quand ils nous crachent dessus...

à la manière de

Yann Moix

Yann Toix

Pithiviers

«Ce que j'ai toujours haï chez mes parents c'est leur amour béat, inconditionnel, leur compréhension tous azimuts, leur patience sans nom, leur tolérance infinie.

Ma mère, qui était une fan des psychologues du temps, du docteur Spock à Bruno Bettelheim, voulait m'élever comme Françoise Dolto a élevé Carlos.

Mais elle n'était pas Françoise Dolto et je ne suis pas Carlos.

"Tirelipimpon sur le chihuahua" tout est dit: un trémoussement du boa des danseuses en lamé et on voit le chihuahua se faire tirelipimponner avec les dents, avec les doigts-

 "Senor météo aglagla qué frigo", on frémit déjà et l'alexandrin est parfait.

C'est le phrasé de Stendhal qui citait lui-même le style du code pénal en exemple "tout condamné à mort aura la tête tranchée".

Pas le tirlipimpon du moins.

Ou encore la simplicité d'un Racine :"Le désir s'avance quand l'effet se recule"

 Non jamais je n'aurais ni son talent, ni son charisme.

Alors pourquoi tant de mansuétude et de compréhension maternelle ?

C'est pour ça que je n'aime pas les femmes de 50 ans elle me rappelle trop ma mère quand j'étais adolescent et son amour dégoulinant.

 Et que dire de mon père et de ses risibles tentatives de complicité, de ces attentions perpétuelles.

C'est avec lui que j'ai fumé ma première cigarette et, plus tard mon premier joint.

Il me passait tout.

Et toujours des surprises toujours des petits cadeaux.

Je ne savais jamais à quoi m'attendre.

C'était insupportable, insoutenable.
Comme je comprends Gide et son Nathanaël".

Etc…

NOS FARDEAUX :

CHAPITRE 3 :

NOS AÏEUX

Quand ça doit rester dans la famille...

à la manière

d 'Emmanuel Leroy Ladurie

Emmanuel legoître-Ladurite

Leçon inaugurale au collège de France

"Pratique le plus souvent horizontale, l'inceste est aussi une pratique transverse et généralisée qui imprègne la société rurale du néolithique à la première guerre mondiale au moins, cette grande tuerie, ce grand brassage aussi.

L'inceste joue un rôle-clé dans cette société rurale médiévale et traverse toute la société, de la noblesse, où la consanguinité est une marque de fabrique encore aujourd'hui, au hameau le plus isolé.

Seuls les bergers n'en bénéficient pas et doivent se rabattre sur leurs troupeaux.

Il est à la fois facteur de cohésion du groupe, en tant qu'expression ultime du modèle de production et de consommation autarcique et élément de solidarité trans-générationnelle, sur deux et trois générations, parfois plus, en ces temps où la vie vaut peu et où on ne s'attache guère.

Il permet aussi de maintenir une autarcie totale et d'éviter de s'engager dans les échanges en nature ou monétaires qu'implique l'exogamie, échanges susceptibles de déséquilibrer irrémédiablement les capacités de survie de la cellule familiale toujours à la marge du niveau de subsistance même les rares bonnes années et bien en dessous de ce niveau en période de crise.

Enfin il contribue, par des grossesses précoces et souvent fatales tant à la mère qu'à l'enfant, à conjurer la pression démographique et à maintenir le périlleux équilibre ressources-besoins en ces temps de rendements agricoles stagnants, voire décroissants aux marges des terroirs.

 Il est un des nombreux mécanismes de contrôle démographique que met en oeuvre le monde paysan pour éviter l'accroissement des bouches à nourrir et le fractionnement de la terre qui en résulte, au côté de l'infanticide direct des filles en bas âge et du *coïtus interruptus*, et, de fait, il tient un peu des deux.

. Il est peu documenté, faute de chroniqueurs, d'abord parce que les paysans avant le dix-neuvième siècle sont totalement illettrés et ensuite parce qu'il est en quelque sorte banalisé donc invisible et même pas digne d'être relaté.

Comme le dit le regretté professeur Desproges " l'inceste n'est pas grave puisqu'il ne sort pas de la famille".

Il est vécu comme une étape, comme l'était dans l'antiquité le statut de l'eromène adolescent auprès de son éraste, à ceci près qu'il s'agit cette fois d'une pratique très majoritairement héterosexuelle.

Il n'empêche donc pas, par la suite, de fonder un foyer qui a son tour le pratiquera comme une chose normale, en particulier pendant les longues soirées d'hiver, si sombres et si froides en ce petit âge glaciaire.

Par ailleurs tout en étant une pratique de passage donc transitoire, le renouvellement rapide des générations en fait également une pratique quasi-continue.

C'est un mécanisme universel, l'un des rares traits communs à toute la paysannerie dans le temps et dans l'espace.

Jules César en note l'existence avec intérêt dans sa guerre des Gaules. Dix-huit siècles plus tard, Arthur Young le relève avec curiosité dans ses "voyages en France". On le trouve au nord et au sud de la Loire, dans les pays de bocage et dans ceux d'open fields, de la Beauce prospère à la Bretagne miséreuse ,en langue d'oïl comme en langue d'oc, chez les manouvriers comme chez les propriétaires aisés, en pays de bière et en pays de vin ou de cidre, en pays blanc et en pays rouge où les curés et les instituteurs le pourchassent au dix-neuvième siècle avec un zèle, et un insuccès, commun.

Il est, pour tout dire, une autre facette de la malédiction de la glèbe.

C'est la ville qui, paradoxalement, (puisqu' elle apparait, vue des champs, comme un espace de perdition et de dépravation), qui va, par son essor, le faire laborieusement régresser au cours des deux derniers siècles.

 Il faudra attendre l'avènement des transports aériens long courrier et du tourisme de masse pour assister à son remplacement par une pédophilie enfin élargie au-delà du cercle familial".

NOS FARDEAUX :

CHAPITRE 4 :

NOS FRÈRES

Quand ils piquent dans notre assiette...

à la manière de

Marguerite Duras

Marguerite Vorace

Des journées entières sous les frangipaniers

« Un jour, j'étais âgée déjà, dans le hall d'un lieu public, à la vente des hospices de Beaune, un homme est venu vers moi. Il s'est fait connaître et il m'a dit " je vous connais depuis toujours : je vous ai vu à Apostrophes avant hier et vous avez exactement le même visage que la femme du marchand de vins et charbons de mon enfance, le même nez violacé , les mêmes yeux cernés. Parfois elle me recevait dans son arrière-boutique quand son mari était en livraison".

 Je pense souvent à cette image, à ces images quand je suis seule. Mes visages, deux ou trois, selon le moment de la journée et le niveau de la bouteille, sont là dans le miroir, comme une terre depuis longtemps fracturée par la sécheresse, ravins stériles, abandonnés depuis longtemps par leurs habitants.

Très vite dans ma vie il a été trop tard. A sept ans, il était déjà trop tard. J'avais déjà perdu mon souffle en m'échinant à téter la pipe d'opium de Kong, notre vieux boy, usé mes genoux à écoper avec une boîte de conserve les rizières de la concession de ma mère, vu mon grand frère voler sa nourriture à un mendiant.

A sept ans j'ai vieilli.

Les gens qui m'ont revu à neuf ans, quand je suis revenu en France, après m'avoir vu quand j'avais trois ans ont tous été impressionnés. ils disaient à ma amère regardez comme elle a grandi, regardez comme elle a changé aussi. Le rouge à lèvres, le fume-cigarettes peut être?

Que je vous dise encore. J'ai huit ans et demi. C'est le passage d'un bac sur le Mékong. .Un souvenir long comme le fleuve. Mou comme la boue du delta.

J'ai huit ans et demi. Il n'y a pas de saisons entre Inde et Chine. Il fait une chaleur à faire dormir un coolie. Le fleuve emporte au loin un chien crevé. Kong, le boy, m'évente, la sueur sur ses épaules maigres, plus que les frénétiques va et vient de la palme, me donne le sentiment d'être un peu plus au frais.¨

Je suis dans une pension d'Etat à Saïgon, avec des orphelines de guerre et des métisses que leurs familles ne sont pas arrivées à vendre. L'une des seules blanches. C'est pour ça qu'elles me gardent. ça fait bien pour la pension. J'y fais ce que je veux .Ma mère, institutrice, me veut au collège de France, avec une chaire de physique des particules. J'ai toujours entendu cette rengaine. Je n'ai jamais imaginé que je pourrais échapper au collège de France .

C'est comme mes frères. Elle en voulait un président du conseil et l'autre archevêque, si possible pape. Mais l'un, envoyé en France, a bu toute sa pension au Basile, sans jamais entrer à Sciences po, et l'autre est mort pendant l'occupation japonaise, au grand séminaire d'Hanoï. Lors d'un jeûne d'entrainement. Quand elle n'a plus pu faire ses rêves grandioses, elle a continué à penser au collège de France.

Elle allait voir les professeurs. Elle disait et les mathématiques, ça va ?, elle ne sait toujours pas additionner deux et deux, ils répondaient, mais elle est première en français. ça viendra disait ma mère, au moins elle ne sera dépourvue pour son discours inaugural, et pour le reste Einstein était bien considéré comme un débile mental à son âge. Elle, au moins elle sait lire.

C'est ça que j'ai toujours détesté chez ma mère, cet âpre réalisme.

On m'a souvent dit que c'était le soleil qui tapait trop fort, là-bas. Mais je ne l'ai pas cru. C'est seulement les veilles de rentrées que je faisais exprès de de rester tête nue pour attraper une insolation.

On m'a dit aussi que c'était la tristesse dans laquelle la misère plongeait les enfants. Mais non, ce n'était pas ça. Nous, nous n'avions pas faim. Nous avions honte, nous revendions l'argenterie, nous envoyions le petit frère chez les usuriers indiens , les chattyars , et il revenait parfois avec des conditions d'une clémence inattendue, mais nous n'avions pas faim.

Et qui n'a jamais mangé un petit caïman farci aux cafards, une "saloperie" comme il disait au poste de Bith Long, ne sait pas de quoi je parle. Même chez Hédiard, même chez Fauchon, ils n'arrivent pas à refaire les mêmes. A la Coupole, non plus, quand j'en commande parfois, pas croquants dehors, pas assez doucereux et sucrés dedans.

Non, il est arrivé quelque chose lorsque j'ai eu huit ans, qui a fait que ce visage a surgi. Ça devait se passer la nuit. J'avais peur de moi, peur du diable, peur du fleuve, peur de la pluie, peur de mon frère surtout. Il criait dans sa chambre, un tesson à la main, qu'un jour il irait voir les usuriers et qu'on verrait, et il faisait de grands gestes du bras, son bout de verre à la main.

J'aurais voulu tuer mon frère. Pour avoir raison au moins une fois avec lui et de lui .Pour qu'il cesse de clore les discussions en m'envoyant son poing dans la figure, en m'écrasant le nez, ce nez que depuis l'alcool a seulement coloré. Pour qu'il cesse aussi de prendre la nourriture du petit frère dans son assiette, en disant d'un air patelin, c'est pour l'entrainer, pour le séminaire, pour qu'il apprenne à jeuner. Et ma mère, au bout de la table, les yeux dans le vague, perdue dans je ne sais quel rêve de paquebot, qui opinait mollement en disant que le grand frère avait raison ou se mettant à pleurer quand elle avait dit qu'il avait tort et qu'il se vengeait en lui filant les bas avec sa fourchette...

NOS FARDEAUX :

CHAPITRE 5 :

LE PIRE DE TOUS :

NOUS-MÊMES...

Quand notre propre perfection est notre pire ennemi

à la manière

des Paresseuses

Les feignasses

Succès de librairie surprenant mais massi,; la série 'les feignasses": dans l'ordre :"les 'les feignasses, the régime", "la positive attitude des 'les feignasses", "les recettes de beauté naturelle des 'les feignasses ", "le prince charmant des 'les feignasses ", "le cahier sexo des 'les feignasses ", "la grossesse des 'les feignasses " etc, en attendant "le divorce des 'les feignasses ", "la garde alternée des 'les feignasses " et "la déprime des 'les feignasses " encore à paraître.

Voici, en avant-première des extraits du dernier volume de la série « La revanche des feignasses «.

Un livre militant autant qu'un guide pratique. Traduit en anglo américain, ce livre a reçu le "Valeria solanas Studies on gender award 2020 " de la Lysistrata feminine University de Big Pines, FLA.

« Vous êtes lasse.

Vous avez encore pris trois kilos avant l'été malgré deux régimes.

Dont un, fort coûteux, à base de sachets hyper-protéinés.

Malgré les sommes folles que vous engloutissez en crèmes, lotions, baumes, masques et maquillage en tous genre, y compris les dernières nouveautés comme cette crème raffermissante BBB à la lumière ajustable venue d'Allemagne après un détour par la Corée, et dont vous payez le gramme au prix du caviar, vous trouvez que votre teint manque d'éclat, que votre peau est trop grasse voire que des traces infimes de rides commencent à y apparaître.

Vous êtes encore seule, malgré une ou deux tentatives, parce que vos amis s'acharnent à vous présenter des imbéciles monomanes ou des hommes que le mot "engagement" terrifient ?

Pire encore vous n'êtes pas seule, mais votre compagnon/mari ne voit plus en vous qu'un carnet inépuisable de chèque emplois-services pour les tâches ménagères.

Votre chef(fe) de service sous des airs aimables et des propos sucrés vous agresse et vous insuporte par son p(m)aternalisme même,

Vous trouvez votre meilleure copine de plus en plus idiote.

Pas de panique ! Nous avons les solutions.

Nous allons vous réconcilier avec vous-même, vous aider à retrouver un rythme et un mode de vie naturels au moyen de recettes simples

Oubliées les super-women ayant l'œil à tout au bureau et à la maison, bienvenue dans le monde des feignasses!

Nous allons traiter successivement de chacun des compartiments de votre vie et y éliminer toute source de trouble et de frustration en prenant modèle- oui le mot est pénible et l'idée encore plus - sur nos braves compagnons.

Chapitre 1 :Le bonheur est dans l'à-peu-près

Une amibe ou un protozoaire peuvent-ils éprouver du bonheur ?

C'est une question philosophique autant que biologique et qui sommes-nous pour y répondre ?

 Pourtant on serait tenté de le croire à voir s'ébattre nos compagnons, plaisanter au comptoir des bistros, s'enthousiasmer et lever leur canette de bière en renversant la pizza quand un petit bonhomme dan l'écran pousse une baballe au fond des filets, faire trois tas informes de vêtements par terre : "presque propre", "moyennement sale" et "vraiment sale" et piocher indifféremment dans les trois, mettre des T-shirts et des shorts informes le weekend, lever systématiquement les yeux sinon le reste devant chaque paire de protubérances mammaire croisant leur chemin, émettre des borborygmes de satisfaction après avoir soulage leur vessie, chanter sous la douche ,s'amuser de ce qu'un congénère porte la même tenue et même fraterniser avec, se taper le ventre avec satisfaction, j'en passe et des meilleures.

Il faut se rendre à l'évidence, aussi pénible qu'elle soit.

Nos primitifs compagnons ont trouvé, eux, la ou les recettes du bonheur qui nous échappe(nt) depuis toujours. Ce qui est souci, imbroglio, casse-tête et source de frustration pour nous, n'effleure même pas leur conscience, si on peut utiliser un terme aussi ambitieux.

Cela fait des siècles que nous essayons d'élever leur niveau, de les amener à notre degré de perfection et de raffinement. En vain.

Nous n'avons réussi qu'à les déboussoler. Nous voulions qu'ils aient à la fois la subtilité de Ruppert Everett et la virilité de Charles Bronson. Nous avons obtenu l'inverse. Et ce résultat, insatisfaisant pour eux, nous encombre et nous accable encore plus.

Il est temps de réviser nos ambitions à la baisse et d'essayer d'apprendre d'eux les secrets d'un bonheur simple, quasi-animal.

C'est ce à quoi ce petit livre s'applique.

Chapitre 2: Le plan Lysistrata puissance 10

Les recettes des feignasses conviennent aussi bien aux femmes seules qu'a celles qui sont accompagnées, bien ou mal, mal surtout. Mais alors qu'elles peuvent être adoptées immédiatement par les solitaires, leur application dans un couple ou, a fortiori, dans une famille se heurtera à une forte résistance. Celle de l'habitude, celle de l'inertie.

C'est donc un combat qui se prépare et que nous allons soigneusement planifier avec vous. Nous aurions pu l'appeler "opération barba rosa" par antithèse à barbe bleue, cette figure archétypale du machisme et par allusion à notre glorieuse pilosité médiane, mais sa quasi -homonyme, l'opération Barbarossa, l'invasion de l'URSS par les allemands a tellement mal tourné que ce serait de mauvais augure. Nous, nous voulons une victoire totale. Et une victoire rapide, blitz. Blitz, voilà que ça nous reprend. Baissez ce bras droit tendu que je ne saurai voir, doctoresse Folamour !

Donc nous l'avons baptisé plutôt le plan "Lysistrata puissance 10".

Lysistrata du nom de cette héroïne d'une comédie d'Aristophane qui obtient la signature de la paix entre Athènes et Spartes en refusant avec ses compagnes d'accomplir son devoir conjugal tant que la paix n'aura pas été conclue.

Puissance 10. Parce que ce n'est pas seulement au lit que vous allez faire la grève ou vous dérober à vos soi-disant "devoirs". D'ailleurs soyons honnêtes cela ne suffirait pas. L'homme est comme le chien il oublie tout très vite, une privation au mieux hebdomadaire -soyons honnêtes- ne le marquera pas assez. Une visite furtive et frustrante sur internet et hop tout sera oublié jusqu'à la semaine suivante. Non, il faut qu'il sente le collier mordre sa chair, "feel the leash" disent joliment les anglo-saxons, sentir la laisse.

Il faut qu'il réalise à défaut de l'injustice qui vous est faite, sa propre dépendance à l'égard de l'esclavage domestique qu'il vous impose en toute bonne conscience -à supposer qu'il en ait une-puisque pour lui c'est dans l'ordre des choses. Même chose pour vos adolescents ces vampires, ces sangsues, voraces en plus .C'est une démarche hégélienne : vous leur ferez voir que les maîtres sont les esclaves des esclaves et vous allez redevenir le maître, leur maître.

Pourquoi toutes ces métaphores d'inspiration canine ?

Tout simplement parce que les recommandations qui vont suivre sont largement inspirées de manuels de comportementalistes canins.

C'est déjà placer la barre un peu haut, c'est vrai.

Du chien, l'homme n'a ni le flair, ni la fidélité inconditionnelle, ni le poil doux, ni même la grâce pataude. Vous ne pourrez jamais apprendre la propreté à un homme ni lui faire faire preuve d'agility.

Mais tout de même la similitude est frappante. Il ne comprend que la force, Il a toujours faim et l'envie, sinon les moyens physiques de sauter sur tout ce qui bouge et il aime qu'on joue avec ses baballes. Proprement stimulé -et Dieu qu'il leur en faut peu un battement de cil, un ongle peint, un creux de salière, ou un décolleté ou une minijupe pour les plus primaires. Il salive comme les chiens de Pavlov. Il est donc possible de rétablir l'équilibre dans le couple en utilisant des stimuli appropriés, ce que nous appellerons la stratégie "du bâton sur la carotte".

Vous hésitez encore ? Vous les considérez malgré tout comme des êtres humains, des partenaires dotés d'un esprit et même, qui sait ?, d'une conscience voire d'une âme. Peut-être avez-vous raison. Après tout des centaines de millions de gens croient en la résurrection de la chair. Ça n'est pas plus absurde. Mais votre laxisme vous perdra. Et même si l'on s'aventure dans ces hypothèses hasardeuses, les preuves de leur stupidité et de leurs limitations abondent.

Une seule suffira, tant elle est décisive: la façon dont ils lisent nos magazines féminins. Très sérieusement, au premier degré, généralement aux toilettes, en commençant par le début et en suivant l'ordre de pages jusqu'à la fin, en s'attachant aux textes plus qu'aux illustrations et en sautant systématiquement les pages de publicité. Quelle idée ! ils n'ont évidemment rien compris, comme toujours. Un magazine, ça ne s'absorbe pas comme un manuel, ça se butine ! A-t-on jamais vu une abeille, insecte pourtant besogneux, aller droit ?

<u>1Première étape du combat : le truc du pédiatre :</u>

 Quand une mère ne peut plus supporter les pleurs de son bébé, les pédiatres utilisent un truc. Très simple. La maman a l'impression que ces pleurs sont perpétuels, qu'ils ne s'arrêtent jamais. Mais c'est faux et cette fausseté est facile à démonter factuellement. Le pédiatre oblige donc la maman à se munir d'une feuille de papier millimétré et d'un crayon. Un centimètre sur la feuille figure dix minutes.

Quand le bébé commence à pleurer la maman marque le début d'un trait. Quand le bébé arrête de pleurer elle interrompt le trait et met des croix sur la ligne tant que le bébé ne pleure pas. Très vite la maman se rend compte que le bébé ne pleure qu'un cinquième du temps à peu près. Elle apprend à relativiser et à se relaxer un peu, le bébé sent cette détente et quasi miraculeusement au bout de quelques jours commence à espacer ses pleurs. Quelque mois plus tard, tout cela n'est plus qu'un mauvais souvenir.

Nous vous proposons d'appliquer cette méthode à votre gros bébé : votre mari ou votre compagnon. Mais c'est l'oisiveté, la glande, pour tout dire qui prendra la place des pleurs sur le graphique.

Il est avachi devant la télé, une heure un trait de six centimètre de long, il débarrasse la table et remplit le lave-vaisselle. Soit dix minutes à tout casser, bien, trois petites croix sur un centimètre de long. Il ne range pas son slip et ses chaussettes au pied du lit, pénalité ! Disons un centimètre si vous êtes genéreuse, deux si vous êtes sévère.

Soyez sévères bien sûr sinon ce n'est pas drôle et d'ailleurs ils aiment ça. Il ne débarrasse pas le petit déjeuner: un trait, mais il s'était fait son café tout seul: une toute petite croix, sur deux millimètres de toute façon etc... Vous prendrez bien soin de remplir le graphique pour ce qui vous concerne. La forme comparée des lignes sera très frappante : de longues plages de traits entrecoupées de quelque croix chez lui, une suite quasi ininterrompue de croix chez vous. Notez, au moins les premiers jours ce qui justifie les croix et les traits car vous allez vous heurter bientôt à une incrédulité totale.

Très vite, il va remarquer votre petit manège. Comme ses congénères omnivores opportunistes, le corbeau, le rat et surtout le cochon, avec qui il partage 95% de ses gènes, l'homme est dévoré de curiosité, c'est un trait adaptatif. dès la préhistoire3 et avant même que la vallée du Rift ne s'ouvre, ils ne pouvait pas s'empêcher d'aller voir ce qu'il y avait sous la pierre humide quitte à se faire piquer ou pincer, des fois qu'on y trouverait une beau ver, bien gras ou une belle charogne. ça n'a pas changé.

Inévitablement il vous demandera ce que vous " trafiquez ". Là, deux options s'offrent à vous. Soit faire l'innocente histoire d'attiser sa curiosité tout en faisant semblant de la satisfaire   "non, non ce n'est rien; un truc recommandé par une revue féminine pour se relaxer", ce qui devrait le calmer momentanément. Mais laissez bien en évidence le graphique avec ses légendes lui, elle, aspirateur xxxx, match de foot -----, pour qu'il le trouve.

Deuxième option, être frontale. Vous lui expliquez ce que vous faîtes, vous lui montrez noir sur blanc, la comparaison des deux courbes. S'ensuivra un silence gêné puis des dénégations mettez le défi de remplir lui-même la feuille toute la semaine suivante mais sous votre contrôle. Il vous enverra paître. passez immédiatement à la phase 2 (cf plus loin), Il n'y a aucune chance qu'il accepte, ou alors vous avez épousé un saint . ça n'existe pas, et si ça exiate c'est soit qu'il y a un vice caché soit qu'une autre tôt ou tard vous le prendra.

Vous voilà prête pour la phase 2 du plan Lysistrata.

<u>Deuxième étape du combat : l'émulation destructive :</u>

Il est temps de passer à l'offensive. A midi prenez un bon repas bien consistant. Le soir en rentrant affalez-vous sur le canapé devant la télé ou avec un magazine féminin et laissez le temps filer. Vers huit heures au plus tard l'estomac du mâle criera famine. Le premier soir ne le bousculez pas. Dites que vous êtes crevé et dites-lui de démerder avec le frigo. Si vous n'avez pas été trop malheureuse dans vos choix initiaux votre mâle s'exécutera de bonne grâce, en nounours. Le premier soir en tout cas. Ne débarrassez rien, ne nettoyez pas les plaques, laissez la poignée du frigo collante, rira bien qui rira la dernière. Naturellement, ne le laissez pas choisir le programme et gardez la télécommande. Choisissez le programme qui l'horripile le plus, dut-il vous horripiler aussi. Avec le câble vous avez l'embarras du choix mais TF1 c'est bien aussi si votre mâle a plus de deux neurones, disons trois. Le soir bien sûr migraine et ceinture, il pourra se la mettre sur l'oreille, sauf si vous vous en avez envie auquel cas ne vous privez pas. Il faut savoir souffler le chaud et le froid, d'ailleurs ils adorent ça.

Même manège la soirée suivant.

L'explosion devrait survenir le troisième ou le quatrième soir s'il est normal, à la fin de la semaine s'il est s'il est d'un tempérament placide, au début de la semaine suivante si c'est une couille molle.

Remontrez lui alors le graphique du pédiatre que vous aurez bien sûr actualisé entretemps et la similitude de votre courbe de cette semaine avec sa courbe standard. S'il se vexe, crie ou vous tourne le dos, bref s'il ne comprend pas, restez zen, ne levez pas le ton et continuez .Laissez le frigo et les placards se vider et surtout ne faites pas de course et continuez à bien manger le midi. Il va devoir se prendre en main. Pendant ce temps bien sûr pas de vaisselle ni même de remplissage du lave-vaisselle si vous en avez un.

A la fin de la semaine l'intéressante question du linge et du repassage des chemises va se poser. Soyez bonne: posez lui sur la table le mode d'emploi de la machine à laver, qu'il est bien sûr incapable de retrouver et tout juste capable de lire. Il est probable qu'il ne fera rien mais s'il vous prend au mot et décide se lancer, laissez le trouver la lessive tout seul, cela lui fera explorer des placards et des recoins de la maison ou de l'appartement pour lui inconnus. Soyez prudente, retirez votre propre linge de la corbeille si vous y tenez : l'homme est génétiquement incapable de trier le linge entre blanc et couleur et de sélectionner la température appropriée. Gare au linge involontairement coloré et rétréci, mais c'est en lavant qu'on devient lavandier. Qu'on le redevient plutôt, car les célibataires mâles, tant soit peu civilisés, savent faire fonctionner une machine à laver, passer l'aspirateur et même parfois repasser au moins avec une machine, même s'ils font tout cela très mal et à contre-coeur. Mais curieusement, ils oublient complètement le fonctionnement de ses appareils aussitôt qu'ils sont en couple, c'est une loi de la nature.

Si le stimulus "mode d'emploi de la machine à laver" n'a pas fonctionné, vous pouvez éventuellement lui imprimer via les pages jaunes la liste des pressings et des laveries automatiques de votre ville ou de votre quartier. Si avec tout ça il n'explose pas c'est que vous avez épousé un saint. Méfiez-vous, ce sont les pires. Mais bien sûr ce n'est pas un saint et il explosera et lâchera enfin les mots fatidiques "mais qu'est-ce que tu veux à la fin?"

<u>Phase 3 sortir du conflit par le bas:</u>

Prenez-le au mot et posez des conditions écrites, détaillées, mesurables et chiffrables. L'objectif de base est l'alignement de vos "courbes de feignasserie" , et comme vous êtes bonne ou que vous voulez le faire croire, plutôt que de procéder à cet alignement par le haut, ce qui l'obligerait à faire beaucoup d'efforts supplémentaires, suggérez-lui un alignement par le bas. Il adoptera cette solution d'emblée, la croyant avantageuse pour lui.

Si vous voulez être honnête, mais vous auriez tort de vouloir l'être; rappelez lui que sa décision est à ses risques et périls et irrévocable ,sous peine de divorce. Puis tirez les conséquences détaillées de cet accord amiable : la même courbe de feignasserie que lui exactement, donc, à partir de dorénavant, les courses une fois une fois vous, une fois lui et celui - naturellement pas celle-qui oublie quelque chose, du beurre, du sel, du lait, de la lessive retourne le chercher. vous allez voir, au bout de trois allers-retours supplémentaires il va faire des progrès fulgurants sur la planification. Faites-lui une liste si vous êtes en veine de bonté, mais dites-lui bien que c'est la dernière fois.

Pour la cuisine, que des plats cuisinés surgelés ou frais micro-ondables en barquettes. Il y en a de très bons, signés par des grands chefs et même des régimes. Si vous voulez à tout prix des légumes ou de la salade-tous les vices sont dans la nature- ne prenez que du tout prêt, déjà épluché, déjà lavé voire déjà découpé. Chacun mangera à même la barquette pour éviter d'avoir de la vaisselle, et s'il vous en faut à tout prix, utilisez de la vaisselle jetable en carton et des couverts et de verres en plastique. Pour débarrasser un sac plastique de 200 litres collé sur le côté de la table la table avec du chatterton, comme dans les fêtes foraines et les kermesses. Il faut le renouveler tous les soirs, c'est l'ennui, mais dans les magasins de demi-gros, il y a des 500litres qui vous feront toute la semaine.

Pour le repassage tout au pressing. Pour la lessive, consentez, dans votre magnanimité à faire le tri et à sélectionner les températures, il n'en est tout simplement pas capable. Mais laissez-lui tout le reste, le rassemblement du linge, le remplissage de la machine en lessive et en adoucissant, l'étendage ou la manipulation du sèche-linge, le pliage et le rangement. Pour ces deux derniers, livrez-vous à une inspection des travaux finis sans pitié et faites-lui refaire jusqu'à ce que vous soyez satisfaite, façon entrainement de marines

Et si vous désespérez de la qualité du résultat, souvenez-vous : il vaut toujours mieux quelque chose fait imparfaitement par lui que quelque chose fait parfaitement par vous.

Pour le ménage des règles simples. Il n'y aura de ménage que quand la saleté lui deviendra vraiment insupportable. Méfiez-vous, ça peut prendre trois ou quatre semaines car son seuil de tolérance à la crasse est très élevé. Mais vous verrez, s'il doit recevoir ses amis ou son patron par exemple il fera l'effort. Instaurez une rotation inflexible. Refusez tout remplacement ou tout accommodement: Il en profiterait immédiatement.

Eventuellement obligez le à passer l'aspirateur en caleçon, en boxer-short voire en string panthère. S'il n'est pas trop gras ce sera plaisant pour vous et lui, ça l'excitera. Comme ils sont simples! Mais méfiez-vous, il risque d'y prendre goût, de vouloir le passer à toute heure du jour et de la nuit, en guise de préliminaire. Dans ce cas, sévissez ! mais sévissez de manière aléatoire de façon à le maintenir dans l'incertitude et dans l'espoir, donc dans l'obéissance.

Vous verrez que par comparaison à la guerre totale de la phase 1, ces mesures simples lui apparaitront comme un soulagement qu'il acceptera sans douleur sinon sans grouinements.

Procédez évidemment de même avec vos adolescents, mais avec plus de brutalité: ils sont encore moins perceptifs.

Voilà les objectifs du plan Lisystrata sont accomplis. Vous venez de simplifier considérablement la vie de famille et le travail domestique. Reste à simplifier votre propre vie, à lutter contre votre instinct de perfection et c'est beaucoup plus difficile parce que cette fois votre adversaire est beaucoup plus rusée, beaucoup plus fine, beaucoup plus intelligente, beaucoup plus complexe, puisqu'il s'agit de vous-même.

Commençons par deux endroits stratégiques de la maison : votre armoire à produits de beauté et votre garde-robe. Nous allons procéder à un ménage sévère, sans pitié même, une épuration, un nettoyage ethnique des placards.

Commençons par votre garde-robe et par une question essentielle : avez-vous déjà songé qu'une robe de chambre en pilou et une paire de mules en fausse-fourrure, éventuellement assortie de bigoudis et d'une cigarette au bec constituait la plus confortable des tenues, sinon toujours la plus seyante ?. C'est un fait avéré pourtant.

Etc

Quand les hommes ne comprennent pas que c'est d'abord pour nous mêmes que nous nous faisons belles...

à la manière de

Pierre Dukan

Dr Pierre Dukon

"Le régime Dukon : maigrir en dévorant"

"Introduction : notions de base

Ce septième livre est le terme et l'aboutissement d'une réflexion de vingt ans. Il complète les six livres précédents et y fait fréquemment référence pour les notions de base. Il ne peut donc se lire sans eux. Vous les trouverez sans peine chez votre libraire ou dans votre grande surface car ils ont été récemment réédités. J'ajoute que pour commencer sérieusement le régime Dukon, un abonnement à mon site internet régime.dukon.com me paraît indispensable. Parmi les services proposés par celui-ci, je peux vous garantir, moyennant un léger supplément, le même coaching entièrement personnalisé que j'assure quotidiennement déjà à 200.000 des mes patients surtout des patientes en fait, si j'en crois les relevés de carte de crédit. Et v'est d'ailleurs à elle uniquement que je m'adresserai dans ce livre. Enfin la boutique en ligne avec, en exclusivité, tous les produits alimentaires franchisés Dukon vous aidera dans votre "effort minceur". Vous y trouverez également des produits non alimentaires tel qu'un terrarium pour pouvoir produire vous-même vos larves d'insecte et vos vers (voir plus bas), des agendas reliés crocodile ou cuir vachette pleine fleur siglés Dukon pour noter vos phases de régime, vos pertes de poids et vos commandes, des produits de beauté naturels comme la laque qui est le secret de mon brushing tant aimé de mes patientes et prochainement des cures d'amaigrissement couplées soit à de stages de survie soit à des safaris.

Ces bases étant posées, laissez-moi vous expliquer l'origine de ma démarche et comment j'ai trouvé la formule révolutionnaire du régime Dukon.

Petite histoire du régime Dukon

Mon intérêt pour les questions de nutrition et de diététique est le fruit d'un hasard. Un hasard heureux, me dit souvent mon banquier. Jugez-en plutôt. Après mes études de médecine et ma spécialisation en proctologie, je m'étais installe dans le Marais et gagnais déjà fort confortablement ma vie. Mais j'étais un peu las de ce que ma secrétaire appelait spirituellement mes trains-trains et je délaissai de plus en plus souvent mon cabinet et ma clientèle pour de longues promenades dans Paris, pour prendre du recul.

Un jour mes errances m'ont mené au jardin des plantes. Chemin faisant je m'étais acheté des abricots, un aliment que je réprouve formellement aujourd'hui mais que j'adorais alors. Désœuvré, je me suis rapproché de la cage des orang outangs. Là j'ai été frappé par l'air totalement déprimé et donc terriblement humain d'"un grand mâle affalé. Dans l'espoir d'attirer son attention et pour le distraire de son spleen, j'ai lancé un abricot en cloche par dessus les barreaux. Mon orang outang s'est effectivement redressé, a fait quelque pas, a pris l'abricot du bout de son long bras poilu puis il l'a examiné attentivement et l'a ouvert en deux.

Je m'attendais à ce qu'il en avale les deux moitiés l'une après l'autre et m'extasiais déjà sur sa délicatesse de manière lorsqu'à ma grande surprise je l'ai vu en extraire le noyau, puis se fourrer ledit noyau dans l'anus d'un geste décidé et que je jugeai, fort de mon expérience, très professionnel. Puis, de manière non moins étonnante, il a ressorti le noyau, a reconstitué le fruit en recollant les deux moities de par et d'autres du noyau et a avalé le tout d'un seul coup. Il n'avait plus du tout l'air déprimé et à en juger par le regard intéressé qu'il m'adressait souhaitait renouveler au plus vite l'expérience.

J'étais extrêmement intrigué et pour tout dire légèrement paniqué. Je venais d'apercevoir le petit panneau interdisant de nourrir les animaux et craignait d'avoir perturbé le régime alimentaire normal de l'animal. Je courus voir le gardien, qui, malgré mes plates excuses, m'engueula copieusement avant de se radoucir devant mon intérêt pour le comportement de son pensionnaire. Il l'appelait Gérard ou Gégé du fait d'une vague ressemblance avec un ex-jeune premier du cinéma français. Mais à la différence dudit Gérard le nôtre n'était devenu pas obèse: sa petite fourrrure rousse ne dissimulait aucune poignée d'amour.

"Ah oui, pour le noyau, hein, il le fait toujours ça, il est malin mon Gégé, malin comme un singe, faut dire qu'une fois, un touriste, un belge bien sûr, lui a lancé un avocat, oui monsieur! Un avocat je vous demande un peu! Et il l'a gobé comme ça avec la peau et le noyau. Il a fait une occlusion intestinale, alors depuis il vérifie avant que ca peut passer. Malin non !"

J'ai toujours aimé les singes et leur mimiques mais il n'y a que Leo Ferré qui sache bien en parler. Je vais essayer quand même. Je vois encore l'air bonasse de Gégé, son regard tendre, mais aussi son geste techniquement parfait, son expression soudain éveillée et vive et l'équilibre absolu de son corps malgré ses membres démesurés, son ventre plat, sa totale absence de cellulite ou de masses adipeuses malgré l'absence d'exercice et la nourriture quasi à volonté.

Et soudain une évidence m'a frappé: il n'y a pas de singes obèses, ni dans la forêt ni même au zoo de Vincennes ou au Jardin des Plantes. N'est-ce pas lumineux! Mangeons comme eux ! Apres tout, nous sommes, nous aussi, des primates. Des primates qui ont réussi mais des primates qui ont été victimes de leur succès. Pour redevenir minces comme nos cousins ou nos frères, il suffit que nous recommencions à manger comme eux ou du moins comme mangeaient nos ancêtres Sapiens Sapiens avant la découverte du feu, qui nous a définitivement dégagé de l'animalité et ouvert grand la voie de l'obésité.

Je me suis mis alors a étudier à la nutrition des primates et celle des pithécanthropes, homo habilis, homo ergastus, neanderthal, cro-magnon et autres hominidés jusqu'au paléolithique moyen. J'ai lu, étudié, expérimenté et testé sur des amis, dont certains ne me parlent plus, tâtonné, beaucoup, je l'avoue, jusqu'a trouver la formule parfaite.

Difficultés et efficacité du régime Dukon:

C'est un régime exigeant, c'est vrai; pas d'aliments cuits, quels qu'ils soient, pendant les trois premières phases, respect absolu des phases, faute de quoi rien n'est garanti, des ingrédients naturels parfois difficiles à trouver - sauf sur ma boutique en ligne-. Mais on n'a rien sans rien et l'on ne respecte que ce qui vous coûte moralement et physiquement. Si vous voulez maigrir sans effort et à peu de frais, passez votre chemin et allez voir les charlatans, comme ceux qui prônent par exemple le régime BLM ("Bouffe La Moitie"). Le conseil de l'ordre aura un jour raison de ces escrocs.

J'ajoute que pour exigeant et naturel qu'il soit, mon régime a été soigneusement humanise au propre et au figuré. Je vais vous en donner deux exemples.

Saviez-vous que les macaques, une espèce particulièrement svelte, buvaient systématiquement leur urine (et que les gibbons, autre espèce très gracile, avalaient leurs excréments)? Saviez-vous également que les plus dévots des adeptes du jaïnisme, une petite religion syncrétique de l'Inde, qui rassemble tout de même cinq millions de fideles boivent également leur urine et que, chez eux non plus, il n'y a pas d'obèses, alors que ce sont le plus souvent des commerçants prospères. Eh bien malgré tous ces éléments attestant la nature bénéfique de cette pratique, malgré sa simplicité aussi, je ne l'ai pas incorporé au régime. Naturellement il a fallu compenser par quelques suppressions mineures, qui auraient pu rendre votre régime cru plus simple, notamment la plupart des fruits et légumes des régions tempérées.

Je vous donne un second exemple de l'"humanisation" de mon régime : on sait maintenant que les singes en général et les chimpanzés en particulier sont cannibales et raffolent en particulier des nouveaux nés et des jeunes des clans adverses. La pratique s'est pérennisée chez les neanderthals où l'on a retrouve des charniers d'os humains brisés pour en extraire la moëlle et chez les cro-magnons du paléolithique pour subsister ensuite dans de nombreuses sociétés primitives jusqu'a la fin du dix neuvième siècle au moins.

Bien sûr, loin de moi la pensée de faire revivre cette pratique barbare. Mais diététiquement elle était indéniablement saine, et j'ai du, là encore, trouver des palliatifs. Je vous en propose deux, une solution quasi-optimale et une solution approximative mais plus économique. La solution optimale est la viande de singe, qui est évidemment très proche de la nôtre. Mais j'insiste, la viande de singe crue, au moins pendant les trois premières phases. Ne vous laissez pas abuser par la viande de singe que l'on peut trouver dans les restaurants africains, les maquis, de la goutte d'or et du vingtième arrondissement. Il s'agit toujours de viande de singe fumée et ayant donc perdu ses vertus diététiques. Sur ma boutique en ligne, vous trouverez en revanche de la viande de singe crue congelée d'excellente qualité.

L'organisation cette filière n'a pas été simple et je reconnais que le prix s'en ressent - J'ai du aller jusqu'à Moscou, c'est l'un des rares fret retour de l'est de la République du Congo pour les Iliouchine qui y livrent des armes-. Donc à défaut vous pouvez utiliser de la viande de porc, crue a nouveau. Pourquoi ? J'avais lu que les aztèques, après l'arrivée des espagnols, avaient renoncé assez facilement à leurs pratiques anthropophages parce que la conquête avait apporté le cochon jusque-là inconnu sur le continent américain et que la viande de porc ressemblait étonnamment a celle de l'homme.

Sur le moment Je n'ai pas cru cette assertion malgré les nombreuses études génétiques montrant que l'homme a un génome plus proche du porc que de celui du chimpanzé. Et puis, un jour, dans un congrès, organisé bénévolement aux Seychelles par une firme pharmaceutique, j'ai retrouve par hasard un collègue avec qui j'avais fait mes études de médecine. Il s'était spécialisé dans la lutte contre le ronflement, cet autre fléau du siècle. Pour ce faire, il brûlait au laser la luette de ses patients afin de dégager les voies supérieures.

Il était en butte aux plaintes constantes de ses voisins, à cause des odeurs de cuisine qui s'exhalaient de son cabinet dès huit heures du matin. En effet, la luette humaine, une fois brulée au laser, dégage l'odeur distinctive de l'échine de porc. Il a finalement résolu son problème en déménageant son cabinet au dessus d'un restaurant de grillades. Cette rencontre m'a convaincu d'inclure le porc, cru bien sûr, dans le régime Dukon.

Les quatre phases du régime Dukon:

Il est temps maintenant d'aborder un point capital du régime, celui des phases.

Λ la suite de mes recherches, j'ai défini une série d'aliments autorisés à volonté mais dont l'ingestion doit s'effectuer selon un calendrier très précis. Afin de simplifier la vie de mes patients j'ai fait en sorte que les aliments autorisés lors d'un jour donne d'une phase donnée commence tous par la même lettre. Voyons maintenant l'application pratique de ces principes.

Phase 1:

La première phase ou "phase d'attaque" est essentielle. C'est la période la plus difficile psychologiquement et physiquement parce que l'organisme s'adapte à un type d'alimentation tout à fait nouveau. Mais c'est aussi la phase qui entraîne la perte de poids la plus rapide et donc la plus encourageante. Haut les cœurs donc. Cette phase dure 24 jours. Pendant cette période la patient doit alterner chaque jour les aliments "en C", et les aliments "en A". Pour varier son menu et tenir compte de sa vie sociale, elle peut choisir et combiner n'importe quel aliment "en C" les jours "C" et n'importe quel aliment "en A" les jours "A". Il y a six aliments par lettre et sept lettres pour la totalité du régime (A, C, I, O, P, R, T, U) soit quarante-deux aliments autorisés, bien plus que les jambon blanc, carotte, salade, haricot vert et brocoli autorisés par les régimes du tout-venant.

Par exemple

Jour 1 : C Céleri, Chenilles, Cajou
Jour 2 : A Asperges, Ananas, Asticots,
Jour 3 : C Cacahouètes, Chimpanzé, Cactus
Jour 4 : A Amandes, Autruche, Avocat

Phase 2 :

La seconde phase ou "phase de consolidation" poursuit les acquis en réveillant pleinement la primate, la bonobo qui sommeille en vous. Votre compagnon ou compagne pourrait en être heureusement surpris(e), ce qui compensera sûrement les quelques inconvénients d'un régime qui reste à ce stade relativement contraignant. La phase 2 dure, comme la phase 1, 24 jours par périodes de deux jours, alternant à nouveau deux lettres. Cette fois I et P.

Exemple-type de journées de la phase 2:

Jour 1 : P Paresseux, Papaye, Pleurotes
Jour 2 : I Insectes, Ignames. Ipéca
Jour 3 : P Papillons, Petits pois, Petits gris
Jour 4 : I Iguane, Ilang Ilang, Impala

Phase 3 :

La phase 3 ou "phase de stabilisation" dure également 24 jours par période de deux jours, alternant deux lettres, O à nouveau et P. Le régime se relâche insensiblement, les aliments en O étant autant simiesques qu'humain post-paléolithique. Il s'agit de commencer à préparer le retour à la normale tout en grappillant encore quelques centaines de grammes voire kilos. Les effets secondaires simiens sont toujours là, même s'ils commencent à s'estomper, profitez en.

Exemple-type de journées de la phase 3:

Jour 1 : P Paresseux, Papaye, Pleurotes
Jour 2 : O Oursins, Ortie, Ouistiti
Jour 3 : P Papillons, Petits pois, Petits gris
Jour 4 : O Oeufs, Opossum, Origan

Phase 4:

Enfin la phase 4 ou "phase de transition", ramène progressivement la patiente vers un régime normal. Les aliments restent simiens mais sont plus variés. Il s'inspire directement de l'alimentation du paléolithique postérieur après l'invention du feu mais avant la domestication des céréales. Les aliments autorises pourront donc être cuits mais uniquement en utilisant les techniques de l'époque, c'est à dire soit rôtis au feu de bois allumé en frottant des pierres de silex soit bouillis dans un outre de cuir dans laquelle on aura versé une pierre préalablement chauffée au feu. Silex et outre de peaux naturelles sont également en vente, à des prix avantageux, dans ma boutique en ligne.

 Cette fois, la phase sur vingt-cinq jours par période de cinq jours faisant alterner cinq lettres dont deux déjà utilisées lors des phases précédentes O et P, auxquelles s'ajoutent trois nouvelles R, T et U.
[11]

Exemple-type de journées de la phase 4 :

Jour 1 : P Paresseux, Papaye, Pleurottes, Papillons, Petits pois, Petits gris
Jour 2 : R Renne, ragondin,Raifort
Jour 3 : O Oursins, Ortie, Ouistiti, Oeufs, Opossum, Origan
Jour 4 : U Urus[12], Umeboshi, Ustilaginal[13])

---

[11] Bison d'Europe; j'en importe de Pologne
[12] Prunes japonaises, je les prends rue sainte Anne
[13] Comme son nom le suggère, un champignon

Jour 5 : T Tortue, Topinambours, Tourterelle

Au terme de ce régime, la patiente sera mince comme ses ancêtres, sans avoir eu à subir, sinon via son estomac, aucun des maux de la préhistoire : forte mortalité infantile, froid, famine, prédateurs, raids des clans adverses, espérance de vie de vingt a vingt-cinq ans au mieux, faible densité donc consanguinité et ennui.

Tout de même, quand j'y pense, si j'avais été homme-médecine ou shaman à cette époque, histoire de récupérer le meilleur morceau du mammouth, sans m'être donné la peine de le chasser, je n'aurais pas eu beaucoup de clientes : 0,5 habitants au kilomètre carré et toutes minces en plus. Finalement on a peut-être bien fait d'inventer le feu et l'eau chaude....

Etc

CONCLUSION :

NOTRE AVENIR

Quand ils disparaitront..

à la manière

d' Elizabeth Badinter

Elisabeth Castrinter

(En collaboration avec Yvette Copins, Andrée Lagrande-Gourans et Michelle Chevallette) :

" Avant-propos

Un monde sans hommes est désormais techniquement possible. La domination masculine, fruit d'un accident de l'évolution, a perdu tout sens dans un monde où la force physique ne joue plus aucun rôle. Les progrès médicaux permettent par ailleurs de se passer d'eux dans le processus de reproduction. Aucune nécessité physique ou physiologique ne justifie plus leur existence en tant que genre distinct et dominant.

Qu'on me comprenne, je dis simplement qu'un monde sans hommes est possible, je ne dis pas nécessairement qu'il est souhaitable. Je laisse à chacune le soin de se déterminer par elle même. Pour ma part mon siège est fait. Mais après tout les chiens aussi appartiennent à une espèce devenue "inutile" faute de troupeaux à garder ou de chasseurs à accompagner et pourtant ils font de charmants compagnons.

Ma démarche intellectuelle, n' a rien de militant. Je ne serais ni une nouvelle Lysistrata ni l'auteur d'un nouveau "SCUM manifesto", cet ouvrage fécond, si j'ose dire où Valerie Solanas prônait en 1971, la création d'une Society for Cutting up men (littéralement une "association pour émasculer les hommes"), thèse qu'elle mettra en pratique avec une tentative de meurtre sur Andy Warhol, manquant de peu les attributs de celui ci. Non, les choses ont évolué depuis. Je dis simplement qu'une telle "émasculation" à grande échelle est désormais devenue possible, mais d'une manière douce, voire volontaire par attrition, par atrophie progressive.

Ma démarche est purement objective et, si j'ose dire, scientifique. Je me suis d'ailleurs entourée des meilleures spécialistes. Elle s'articule en deux phases. D'abord rappeler les fondements zoologiques et historiques de la domination masculine puis évoquer les progrès techniques qui l'ont progressivement privés de sens, sinon, hélas, de réalité.

Nous verrons donc dans une première partie intitulée *"un monde de brutes"* que dans le règne animal la domination masculine n'a rien d'une règle absolue (*chapitre 1 "comme une lionne"*), puis qu'un accident géologique et climatique survenu dans la grande faille du Rift a donné sa chance a une espèce, le pithécanthrope où le male se trouvait être dominant quand chez d'autres espèces d'omnivores opportunistes génétiquement proches, comme le porc ou la hyène, l'égalité des sexes est de mise (*chapitre 2 "un malencontreux accident"*). Puis que la durée de l'ère paléolithique, immense à l'échelle de l'histoire de l'humanité (plus de 98 pour cent de la période) et où la chasse était l'élément clé de la subsistance, a favorisé une sélection génétique et implanté des stéréotypes dans la psyché humaine, favorables aux individus mâles dote de force physique brute (*chapitre 3 "la faute au mammouth"*), puis que le néolithique, tout en achevant de transférer aux femmes l'essentiel des taches productives, dont les travaux des champs, a créé des surplus de nourriture enviables, facteurs de raids puis de guerres qui ont conduit a l'apparition de guerriers et donc à nouveau à favoriser la force brute -je ne parle pas d'endurance, une qualité typiquement féminine.(*Chapitre 4 "l'esclave du guerrier et du plouc"*)

Dans une seconde partie, intitulée plaisamment *"Mais si, un vibromasseur peut tondre la pelouse"*, nous évoquerons d'abord la quasi-disparition de la force physique comme facteur de production et de promotion sociale du fait de la mécanisation et de la tertiarisation (*chapitre 1: "Brutus dans la salle d'ordinateurs"*) puis la crise morale de la société machiste qui l'a amenée à concéder au genre féminin, droit de vote puis autonomie juridique et reconnaissance professionnelle au cours du 20 ème siècle (*chapitre 2 "la débandade"*), le caractère purement formel de cette égalité qui dissimule, mal, inégalité salariale, plafond de verre et tâches ménagères redoublées par le manque de temps (*chapitre 3 "plafond de verre et double peine"*) puis l'incapacité, probablement génétique, des mâles, même les mieux disposés, à accomplir convenablement les tâches les plus élémentaires qui nous sont dévolues (*chapitre 4 "il faut plus de trois neurones pour trier le linge et repasser proprement"*); nous pèserons ensuite, de manière objective, les avantages et inconvénients du mâle domestique -compagnie ,sécurité affective, élément statutaire contre esclavage domestique, saleté, "primitivité" etc.- et de ses substituts mécaniques ou économiques -sex toys, appareils électro-ménagers, prestataires de services tiers pour la garde des enfants, la tonte de la pelouse, le bricolage etc (chapitre 5: *"le mâle domestique et ses substituts, une analyse coûts/ bénéfices"*), avant de passer en revue les technologies de procréation artificielle actuelles et à venir (grossesse ex utero) ainsi que les techniques de sélection du sexe de l'enfant (*chapitre 5 "du sperme en banque"*), avant finalement d'esquisser les contours d'une société idéale ou quasi idéale, celle où l'homme aura sinon disparu, du moins sera devenu ce que le lion est à la lionne: rien qu'un sex toy un peu encombrant (*Chapitre 6 "rugir de plaisir"*)

Etc "